DRESSLER

# Beim zweiten Kuss VERWECHSELT

Sonja Kaiblinger



Dressler Verlag · Hamburg

Von Sonja Kaiblinger ist bisher im Dressler Verlag erschienen:
*Auf den ersten Blick verzaubert (Plötzlich verwandelt Bd. 1)*

MIX
Papier aus verantwortungsvollen Quellen
FSC® C014496

Originalausgabe
1. Auflage

Poppenbütteler Chaussee 53, 22397 Hamburg

Titelbild und Vignetten: Daniela Kohl
Typografie und Satz: Dörlemann Satz, Lemförde
Druck und Bindung: GGP Media GmbH, Karl-Marx-Straße 24,
07381 Pößneck, Deutschland
Printed 2018
ISBN 978-3-7915-0078-2

www.dressler-verlag.de

*Kannst du selbst kein Einhorn sein,*
*fällt mir noch Einhörnchen ein.*

Unbekannt

# Eins

Der normalste Tag seit langer, langer Zeit war ein Sonntag. Meine Zwillingsschwester Lora jonglierte mit Orangen und zwang mich, in unter zwanzig Sekunden einen Zauberwürfel aufzulösen (bei knapp fünf Sekunden liegt der Weltrekord, man kann sich also vorstellen, wie sehr ich mich ins Zeug legen musste) und nebenher die Ergebnisse aller großen Pferderennen in Großbritannien auswendig zu lernen, während Tante Rose und Tante Helly Pfefferminzschokolade tranken und die Antworten überprüften.

Wer sich übrigens an dieser Stelle die Frage stellt, wie zur Hölle ein Zirkus wie dieser denn normal sein konnte, dem sei gesagt: Normaler wurde es bei uns nicht. Niemals. Zu keiner Zeit. Solange die Familie MacBiggs nun mal die Familie MacBiggs war, eine Familie, in deren Villa es mehr Geheimnisse als Trinkschokolade gab (und es gab eine Menge Trinkschokolade!), hatte dieser Sonntagmorgen den höchsten Grad an Normalität, den man erreichen kann.

Leider.

»Mann, Ophelia, so schwer kann das doch nicht sein, sich Ergebnisse vom Pferderennen zu merken. Das sind doch bloß ein paar Zahlen. Du weißt, wie wichtig Sportfragen letztes Jahr waren.« Jetzt tauschte Lora die Orangen gegen einige Lexika aus dem Regal und balancierte sie auf ihrem Kopf. »Die waren der Grund, weswegen wir gegen diese superintelligenten Muskelprotze aus Aberdeen verloren haben.«

Ich seufzte. Ich hatte wirklich vor, mich auf die Junior Highland Games nächste Woche vorzubereiten und mir alles, was Lora dafür wichtig fand, zu merken. Einfach, weil ich die jährlichen Highland Games liebte. Und ich es nicht erwarten konnte, endlich mal zu gewinnen. Aber musste ich mir ausgerechnet Ergebnisse von Pferderennen ins Kurzzeitgedächtnis hämmern?

»Kann das nicht deine Freundin Chelsea übernehmen?«, bettelte ich und pfefferte den Zauberwürfel in die Ecke. Ich war froh, wenn ich das Ding überhaupt lösen konnte. In Stunden. Tagen. Innerhalb eines menschlichen Lebens.

»Chelsea ist nicht so gut mit Zahlen. Sie kann dafür kochen.«

»Ich kann auch kochen«, erwiderte ich. Konnte ich nicht. Nicht mal im Geringsten. Aber alles war besser als Sportergebnisse vom Pferderennen.

»Ach, ich liebe die Rennbahn«, säuselte meine Tante Rose währenddessen und stibitzte sich ein Karamellbonbon aus der Kristallschüssel auf dem Esstisch. »Aber wart ihr schon mal bei einem Kamelrennen? Kamele sind viel eindrucksvoller als Pferde. Sie speichern Fett in ihren Höckern und können ihre Nasenlöcher verschließen, äußerst praktisch bei Sandstürmen in der …«

»Nicht, Rose.« Meine älteste Tante, Tante Mildred, die die ganze Zeit mit einer alten Kette aus ihrem Pfandleihgeschäft in einem Sessel gesessen und uns ignoriert hatte, sprang auf und griff nach Tante Roses Hand. Sie ahnte, was jetzt kam. Wir alle ahnten es. »Bleib bei mir, Rose. Ich bitte dich, bleib bei mir, hörst du?«, murmelte sie in einem beschwörenden Unterton.

»Oh Mann, Tante Mildred, sie segnet ja nicht das Zeitliche, sie verwandelt sich nur ... ups.« In diesem Moment stolperte Lora über unser Hausschwein Mr Darcy, verlor das Gleichgewicht, plumpste auf den Teppichboden und beanspruchte damit einen kurzen Moment Tante Mildreds volle Aufmerksamkeit.

Und da war es auch schon geschehen. Der Wohnzimmerstuhl krachte zusammen, die Yuccapalme flog um und anstelle von unserer etwas rundlichen Tante Rose lag ein gertenschlankes braunes Kamel auf den Holztrümmern und ruderte mit den haarigen Beinen in der Luft.

Vor Schreck blieb mir fast das Herz stehen. Wie immer, wenn etwas in der Art geschah, befolgte ich Tante Mildreds Notfallinstruktionen für Tante Roses spontane tierische Verwandlungen (sie hatte sogar eine Liste an den Kühlschrank gepinnt!) und ging auf Sicherheitsabstand, während sich das Tante-Rose-Kamel ungelenk aufrappelte, durch die Nüstern schnaubte und mit der Stirn gegen den Kronleuchter stieß. Einige Kristalle klirrten und purzelten zu Boden.

»Herrje«, rief Tante Helly verärgert. »Das hat uns gerade noch gefehlt. Macht es Sinn, sie mit irgendetwas zu betäuben?«

»Und womit bitte? Pferdeberuhigungsmittel?«, brummte Tante Mildred. »Ich habe gerade überhaupt keine Zeit für ungeplante Verwandlungen. Der Auftrag von gestern bringt mich noch zum ...«

»Ein Auftrag?«, fragte ich verblüfft. Das Kamel im Wohnzimmer war für einen Moment vergessen. Stattdessen witterte ich ein Familiengeheimnis, dem ich schon seit Wochen auf der Spur war. War das der Grund, warum Tante Mildred schon den ganzen Abend nicht bei den Vorbereitungen half? Und sich hinten in der Ecke verschanzt hatte? Wie schon gesagt, Geheimnisse waren in unserer Familie nicht gerade Mangelware.

»Der eines Kunden vom Pfandleihladen«, zerstreute Tante Mildred meinen Verdacht und warf mir einen misstrauischen Blick zu. Doch bevor ich nachfragen konnte, ob es da wirklich um einen stinknormalen Kunden ging oder doch um etwas viel Geheimeres, schob sie mich auf das Kamel zu und legte meine Hand um das Halfter. »Jetzt hör auf, mich zu löchern, und pass auf deine Tante auf. Und du, Lora, mach dich doch auch mal nützlich.«

Lora und ich seufzten und packten das Halfter von Tante Rose, eine links, eine rechts.

»Und was jetzt?«, fragte ich. Aus der Nähe war das Kamel nicht nur unglaublich riesig, sondern auch, wie Tante Rose gesagt hatte, … eindrucksvoll. Nur leider nicht auf die gute Art.

»Wir überlegen, wie wir deine Tante wieder vermenschlichen«, ordnete Tante Mildred an. Das war es übrigens auch, was gleich nach »Erstens: Sicherheitsabstand« und »Zweitens: Bei Insekten aufpassen, wo man hintritt« auf Tante Mildreds Notfallliste am Kühlschank stand.

»Wir müssen ihr etwas vorsetzen, das sie kennt«, schlug Lora vor. »Das oder einfach warten, bis sie sich von alleine zurückverwandelt. Und hoffen, dass ein Kamelschaden von der Hausratversicherung gedeckt wird.«

Ihr etwas vorsetzen, das sie kannte, war nicht so schlecht. Zumindest in der Theorie. In der Praxis war es deutlich schwieriger, sich aus einer Verwandlung, ungewollt oder nicht, zurückzuholen. Das hatte ich schon mehrmals am eigenen Leib erfahren müssen.

»Und was?«, wollte Tante Helly wissen.

»Käsekuchen.« Tante Mildred machte Anstalten, in die Küche zu huschen. »Davon müssten wir doch noch was übrig haben.«

»Haben wir nicht. Alles verbraucht. Ging schon für die letzten Verwandlungen drauf«, war Tante Hellys Antwort.

Tante Mildred überlegte. »Wie wäre es mit einer Liebesschnulze, die wir dem Kamel zeigen? Eine Verfilmung von einem ihrer leidenschaftlichen Liebesromane? Läuft so etwas auf Netflix?«

Lora schüttelte den Kopf.

»Mist.« Tante Mildred wurde immer nervöser. Absolut verständlich, denn gerade knabberte Tante Rose mit ihren Kamelzähnen Löcher in die Samtvorhänge. »Rose, lass das, das sind Erbstücke!«

»Vergiss die Vorhänge und sei lieber froh, dass wir nicht in einer dieser winzigen Absteigen in der Innenstadt leben«, warf Lora ein. »Mit Ausnahme von Giraffen und Elefanten kann sich Rose hier eigentlich in jedes Tier verwandeln, ohne dass die Nachbarn was mitbekommen.«

Was übrigens auch der Grund war, weshalb wir meistens mit zugezogenen Vorhängen lebten. Doch heute schien unser stattliches Wohnzimmer nicht mal annähernd zu genügen. Das Tante-Rose-Kamel scharrte mit den Hufen, knurrte, drehte sich und bäumte sich auf wie ein Elefant im Porzellanladen. So wirkte das Tier leider weder zahm noch streichelbedürftig, wie es uns bei Tante Roses Tierverwandlungen am liebsten war, dafür umso heißblütiger.

»Wir könnten ihr etwas aus ihrem Lieblingsroman vorlesen, *Stolz und Vorurteil*«, schlug Lora vor.

»Ausgezeichnete Idee.« Eilig holte Tante Mildred das Buch aus dem Regal und drückte es Lora in die Hand. Dann schnappte sie sich Tante Roses Blümchenhut und setzte ihn Lora auf.

»Also gut. Wo fangen wir an?« Lora blätterte hektisch an den Anfang des Buches. *»Es war eine allseits bekannte Wahrheit, dass ein Junggeselle mit Vermögen auf der Suche nach einer Frau sein musste.«*

Unwillkürlich musste ich kichern. Nicht zu glauben, welches Bild sich mir da bot. Meine Schwester las einem Kamel Jane Austen vor. Mit Blümchenhut. Das gab es wirklich nur bei uns. Das Dumme war, dass die Aktion, so witzig sie auch sein mochte, keinerlei Wirkung hatte. Das Kamel machte keine Anstalten, sich zurückzuverwandeln, stattdessen fegte sein Hintern unentwegt Tante Mildreds gutes Porzellan zu Boden.

»Es klappt nicht«, stellte Tante Helly fest. »Was jetzt?«

»Nimm eine Szene, in der Mr Darcy vorkommt. Am besten eine romantische«, schlug ich vor. »Tante Rose ist total verliebt in Mr Darcy.«

Das stimmte. Welcher normale Mensch würde denn sonst sein Hausschwein so nennen, bloß um beim Fünf-Uhr-Tee mit ihrer Freundin Trudy behaupten zu können, sich mit Mr Darcy ein Bett zu teilen und dort schlabbrige Küsse auszutauschen?

»Romantische Szene?« Hektisch blätterte Lora im Buch. »Diese Figuren hier im Buch streiten sich die ganze Zeit. Versuch du dein Glück, Ophelia.«

Als Lora mir genervt das Buch in die Hand drückte, kam mir eine Idee. Warum hatte ich nicht schon viel früher daran gedacht?

»Leute, wir können uns verwandeln! Wie wär es, wenn eine von uns Mr Darcy wird?«

»Mr Darcy ist eine Romanfigur«, schnaubte Lora. »Niemand kann sich in eine Romanfigur verwandeln.«

»Natürlich nicht. Aber vielleicht in den Schauspieler.«

»Das ist es!« Jetzt sah Lora doch beeindruckt aus. »In diesen Colin Irgendwas, aus dieser alten Verfilmung von *Stolz und Vorurteil*, die Tante Rose uns mindestens ein Mal im Monat anzusehen zwingt.«

»Hey, ich finde die großartig«, wandte ich ein.

Tante Mildred dachte nach. »Wenn der Schauspieler, Colin Firth, hier auftauchen würde, würde sich Tante Rose im Nullkommanichts zurückverwandeln. Und nicht länger meine kostbare Einrichtung in Schutt und Asche legen.«

Lora grinste. »Als Kamel kann man keinen schottischen Adeligen anschmachten.«

»Englischen Adeligen«, korrigierte ich. »Mr Darcy kommt aus Derbyshire.«

Lora rollte mit den Augen. »Du brauchst dringend einen Freund.«

Beleidigt senkte ich den Kopf.

Tante Mildred schien angestrengt nachzudenken, während sich die Ader auf ihrer Stirn anspannte. »Patrick Dempsey war kein Problem neulich in eurer Schule, von dem hatte ich die Zigarettendose. Aber Colin Firth? Von dem habe ich keinen persönlichen Gegenstand, mit dem ich mich in ihn verwandeln könnte. Noch nicht mal ein weggeworfenes Taschentuch.«

»Du nicht, aber Tante Rose. Sie hat ein Requisit der Produktion auf eBay ersteigert. Ein weißes Hemd«, fiel mir ein. Sie erzählte ständig davon. Sie wollte für Mr Darcys Hemd sogar eine eigene Ausstellung in ihrem Stockwerk machen. Ein paar Reisegruppen hatten sich schon angemeldet.

Tante Mildred schnaubte. »Ach, diesen Fetzen. Den hätte ich neulich fast in den Müll geworfen. Na gut, ihr wartet hier und sittet das Kamel.« Im nächsten Moment war sie auch schon nach oben verschwunden.

Ich gab mir Mühe, dem Maul des Kamels auszuweichen, mit dem es mir in die Hand beißen wollte. Von Lora hielt das Tier jedoch Abstand. Mit mir konnte man's ja machen.

»Immer persönliches Zeug dabeihaben zu müssen, macht die Sache ganz schön kompliziert.« Lora zwinkerte mir zu. »Sich mit Gedanken zu verwandeln, so wie wir, ist um einiges cooler, findest du nicht?«

Cool hin oder her, mir war das egal. Ein Zwilling, oder wie bei meinen drei Tanten, Mildred, Rose und Helly, ein Drilling innerhalb der MacBiggs-Familie zu sein, war einfach nur anstrengend. Es gab nicht nur gruselige Verwandte, die als Geier verwandelt Partys ruinierten, sondern auch mysteriöse Familien-Websites, Kellerlabore mit Wassertanks und Laborkaninchen-Praktikanten. Das volle Programm.

Und natürlich, als Zuckerguss obendrauf, absurde Momente wie diesen. Denn soeben schritt ein braun gelockter Gentleman aus dem neunzehnten Jahrhundert in enger Hose und Reiterstiefeln ins Wohnzimmer. Er griff nach dem Halfter und streichelte Tante Rose über die Flanken.

Kaum hatte Mr Darcy Tante Rose die Hand aufgelegt, hörte das Tier auf zu wüten, flatterte mit den langen Wimpern und sah Mr Darcy aus großen Augen an. Und dann passierte es. Eine

Handvoll dattelgroße Köttel landete mitten auf unserem Wohnzimmerteppich.

»Ich glaube, das Kamel ist aufgeregt«, sagte Lora grinsend.

Tante Rose gab einen fast menschlichen Schrei von sich und errötete bis zu den Kamelohren. Dann schrumpfte das Tier vor unseren Augen zusammen, als hätte jemand in einen Luftballon gepikst. Das helle Fell wurde zu rosafarbener Haut und die Mähne zu Tante Roses blondem Haar. Ihre menschliche Zunge leckte immer noch über Tante Mildred-Darcys rechte Wange.

»Was tun Sie denn hier?«, entfuhr es Tante Rose, als sie wieder ganz sie selbst war. »Haben Sie etwa meine Fanbriefe erhalten? Ich habe Sie eingeladen, wieder und wieder!«

»Krieg dich ein, ich bin's nur, deine Schwester!«, knurrte Tante Mildred.

Tante Rose betastete misstrauisch die Koteletten in Mr Darcys Gesicht. »Mildred? Das ist aber fies! Einen Moment lang dachte ich, es wäre der echte Mr Darcy, der mich krault. Warum hast du das getan? Willst du etwa mit meinen Gefühlen spielen?« Jetzt entdeckte sie den Kamelhaufen und wurde puterrot. »Ach du liebe Güte, war das etwa das Kamel?«

Tante Mildred legte einen Arm um Tante Rose und führte sie in die Küche. »Schon gut. Jetzt machen wir dir erst mal eine leckere Pfefferminzschokolade und dann ist alles wieder in Ordnung.«

Tante Rose schniefte. »Na fein. Aber darf ich vorher noch ein Selfie mit dir machen? Für den Fünf-Uhr-Tee mit Trudy?«

»Meinetwegen. Helly, hilfst du mir mal?«

Als meine drei Tanten verschwunden waren, betrachteten Lora und ich das Chaos, das Tante Roses tierische Spontanverwandlung im Wohnzimmer hinterlassen hatte. Die zertrümmerten

Teller, die umgeknickten Pflanzen und den ruinierten Teppich. Und dachten beide wohl dasselbe. Gut, dass wir für die Junior Highland Games Sport und nichts anderes gebüffelt hatten. Zum Beispiel Literatur. Lora und ich hatten noch einige Klassiker lesen wollen und *Moby Dick* lag ganz oben auf unserem Bücherstapel. Ich mochte mir lieber nicht ausmalen, wie das geendet hätte.

Spätestens jetzt war dieser Sonntagmorgen wieder so, wie man's bei uns gewohnt war.

✵

Am nächsten Morgen beim Frühstück hatte auch Lora begriffen, dass ich mit Pferderennen nicht viel am Hut hatte. Stattdessen versuchten wir es mit dem Auswendiglernen von Fußballergebnissen. Weil es beim Fußball kein Tier gab, das Tante Rose hätte interessieren können, hatte sie sich weggedreht und las gelangweilt einen ihrer Liebesromane.

Das Dumme daran war bloß, dass Fußball in einem Land wie Großbritannien nicht gerade wenig Lernstoff bot, und weil die Zeit drängte und Lora alles für wichtig hielt, von der Schuhgröße David Beckhams bis zu den Abmessungen eines Fußballtors, aufs Inch genau, blieb mir nichts anderes übrig, als zwischen den Schulstunden weiterzupauken. Als Lora schließlich als Mitglied der Schülergemeinschaftshilfe in die Kantine gerufen wurde, um Essen auszuteilen, musste sogar Mae zum Abfragen einspringen, die auf Fußballwissen-Büffeln in etwa so große Lust hatte wie auf eine Woche Diät.

»Ich verstehe, warum du dir nichts davon merkst. Wer auch

immer mir verständlich erklären kann, warum Fußball zum Volkssport geworden und der Grund ist, dass Ehen zerbrechen, dem gebe ich ein Mittagessen aus.« Mae starrte kopfschüttelnd auf Loras Fragenliste und reihte sich mit ihrem Tablett in die Schlange vor der Essensausgabe ein. »Aber was soll's. Weiter im Text. Welches Land holte den Fußball-Weltmeisterpokal im Jahr 2002?«

»Probier's mal mit Brasilien, Ophelia. Stimmt fast immer«, sagte da jemand hinter mir.

Adrian. Mehr brauchte es gar nicht und über der Essensausgabe mit den Dosenravioli ging plötzlich die Sonne auf. Adrian war der Junge aus meinem Schauspielkurs, in den ich seit zwei Jahren ziemlich verschossen war. Also, bis ich auf meiner sechzehnten Geburtstagsparty an einer plötzlichen Blitzverliebtheit in jemand anderen gelitten hatte, und zwar in ... ach, unwichtig. Was zählte, war, dass nun zwei Monate vorüber waren und die unwichtige Blitzverliebtheit voll und ganz ausgestanden war. Und dass Adrian der war, auf den ich mich jeden Tag in der Schule freute. Der, der sich extra wegen mir für die Junior Highland Games angemeldet hatte, obwohl er die Stadt normalerweise nur verließ, wenn er zum Flughafen fuhr.

»Hey! Brasilien ist richtig.« Mae sah beeindruckt aus. »Du solltest die Sportfragen übernehmen und nicht die arme Ophelia.«

»Ich dachte, ich bin so was wie euer Experte bei Kunst, Schauspiel, Film und Geschichte. Aber ich habe eine Lösung. Du fährst einfach mit, Mae«, schlug Adrian vor. »Komm schon, du kannst mir nicht erzählen, dass du als Boxerin nicht bestens im Bilde bist.«

Ich seufzte. Was Adrian da gerade vorschlug, versuchte ich

schon seit Jahren. Ohne Erfolg. Seit dem ersten Jahr, als Lora und ich uns für die Junior Highland Games angemeldet hatten, einem Wettkampf verschiedenster Schülerteams mitten im schottischen Nirgendwo, hatte ich mich bemüht, Mae mit ins Boot zu holen. Doch ganze zwei Wochen während der Sommerferien in der Wildnis mit merkwürdigen Spielen zu verbringen (und merkwürdig konnten sie schon sein. Oder war Toastbrot-Wettessen etwa normal?), übte irgendwie keinerlei Reiz auf sie aus.

Für mich und Lora jedoch hatten die zwei Wochen in den Highlands eine ganz eigene Bedeutung. Sie erinnerten uns an früher, als wir mit unserem Vater Campen gegangen waren, über dem Lagerfeuer gegrillt und jede Nacht die Sterne gezählt hatten. Die Highland Games waren hier, weit weg von zu Hause, ein Stück Vergangenheit, in der ich mich mit meiner Zwillingsschwester super verstand und wir zusammenhielten wie Pech und Schwefel. Dazu hatte ich diesmal auch noch einen anderen Grund, mitzufahren. Ich konnte Zeit mit Adrian verbringen, abseits von Edinburgh und unserer Schule, wo mich immer noch alles an diese ... Unwichtigkeit erinnerte, die meine Gefühlswelt durcheinandergebracht hatte.

Deshalb freute ich mich dieses Jahr ganz besonders auf die Spiele. Selbst wenn Lora gerade in diesem Moment mit Haarnetz vor mir an der Essensausgabe stand, den Kochlöffel unheilvoll über zwei Töpfen schweben ließ und streng fragte: »Manchester City oder Liverpool?«

»Bitte was?«, fragte ich und schaute in die Töpfe. Das waren aber schwer belämmerte Namen für die Mittagsmenüs. Oder kamen da etwa die Dosenravioli her?

»Ich fragte, Manchester City oder Liverpool? Welche Mann-

schaft hat von allen britischen Clubs bisher die meisten Pokale geholt?«

Ich schluckte. Ich hatte leider nicht die geringste Ahnung. Und schlimmer noch, ich war fest davon überzeugt, dass ich mir mein Mittagessen abschminken konnte, wenn ich falschlag. Ich entschied mich für …

»Weder noch. Es ist Manchester United«, rettete mich jemand in der anderen Schlange.

Unwillkürlich bekam ich weiche Knie. Nicht, weil es der kleine rothaarige Roger war, der mich mit seiner Antwort so aus dem Konzept gebracht hatte. Sondern weil ich genau wusste, wen er in seinem Windschatten mit dabeihatte. Und der hatte noch nicht mal ein Wort gesagt.

Mr Unwichtig.

Okay, das war natürlich nicht sein richtiger Name. In Wirklichkeit hieß er Clifford Waldo MacAllister, was auch nicht so viel besser war als »Mr Unwichtig«, zumindest der Mittelname nicht. Und doch war ausgerechnet er es, in den ich mich schockartig blitzverliebt hatte und der nicht erst seit gestern eine Freundin namens Amalia hatte, mit der er schon die eine oder andere Krise durchlebt hatte. Aber da ich auf meiner Geburtstagsparty nicht ganz im Besitz meiner Sinne gewesen war und unbedingt meine Gabe hatte nutzen müssen, um mich in besagte Freundin zu verwandeln und ihn stürmisch zu küssen, war er nun der Ansicht, mit Amalia sei alles in Butter. Und ich, Ophelia, war nichts weiter als eine Freundin.

Was okay war, wirklich! Denn wie es aussah, war der stürmische Kuss auch zu etwas nütze. Damit hatte ich seine Beziehung gerettet, was doch eine gute Sache war, oder nicht? Außerdem war Amalia eigentlich ganz nett und hatte jemanden wie Cliff verdient. Nun, wo zwischen den beiden wieder alles in Butter war, wünschte ich ihnen Glück, Zufriedenheit und später viele zuckersüße Kinder. Das Blöde war nur, dass ich nicht abstellen konnte, dass mein Herz in Cliffs Gegenwart gefährlich aus dem Takt geriet.

»Hallo«, begrüßte ich ihn und gab mir Mühe, seinem Blick standzuhalten, etwas, das ich nach der Blitzverliebtheit erst hatte lernen müssen. Heute trug Cliff seine stinknormale Schuluniform, aber mit den breiten Schultern, den aufgekrempelten Hemdsärmeln und der Sonnenbrille in den blonden Haaren sah er trotzdem verboten gut aus. Viel besser, als Jungs in schlecht geschnittenen Schuluniformen mit Einhornmotiv auf dem Jackett eigentlich aussehen durften. Ich muss wohl nicht dazusagen, dass ich nicht das einzige Mädchen an der Schule war, das regelmäßig Herzflattern bekam.

»Stimmt das, was Roger sagt?«, vergewisserte sich Lora bei Cliff, bevor der auch nur eine Begrüßung loswerden konnte.

»Och ... ähm.« Cliff zögerte.

Er hatte nicht die geringste Ahnung. Denn obwohl er Teamkapitän unseres Fußballteams war, verstand er in Wahrheit kaum etwas von Fußball. Und das war noch nicht mal das Erstaunlichste an ihm. Irgendwie hatte er es über all die Jahre geschafft, sein wahres, theaterstückschreibendes, menschenscheues Ich in der Schule gut zu verstecken und uns allen hier die Lüge vom perfekt angepassten, allseits beliebten Schulschwarm aufzutischen. Hätte ich mich nicht erst kürzlich so intensiv mit ihm beschäftigt, hätte auch ich nie hinter die Fassade geblickt. Dann hätte ich nie sein wahres Ich entdeckt. Und das gefiel mir leider viel zu gut.

»Natürlich hab ich recht, Cliff«, nahm ihm Roger die Antwort ab. Dann wandte sich Roger Mae zu und seine Nase mit den Sommersprossen zuckte. »Ich frage mich allerdings, warum ihr Mädchen Fußballwissen büffelt.« Er betrachtete Mae. »Willst du dich etwa unserem Team anschließen? Keine Sorge, wenn du so aussiehst wie heute, würde niemand merken, dass du kein Junge bist.«

»Im Gegensatz zu dir, wo jeder längst gemerkt hat, dass du ein Hohlkopf bist«, schnaubte Mae.

Ich spürte, wie Cliff mich anlächelte. Ihm war auch aufgefallen, dass Roger und Mae wieder zu ihren alten Gewohnheiten übergegangen waren. Kaum zu glauben, dass sie auf meiner Party wild miteinander rumgeknutscht hatten.

»Cliff und Roger, *ihr* beide solltet in die Highlands mitkommen«, schlug Lora jetzt vor. »Wir sind erst zu viert und sollen acht Spieler aufstellen. Adrian, Ophelia, meine Freundin Chelsea und ich. Dann müsste Ophelia auch keine Sportfragen mehr büffeln.«

Entgeistert starrte ich sie an. Oh, Lora. Sie konnte ja nicht ahnen, dass sie da den hirnverbranntesten Vorschlag überhaupt unterbreitete. Ich fühlte mich gerade erst wieder absolut liebeskummerbefreit, genoss Adrians Gesellschaft und fühlte mich sogar imstande, eine platonische Freundschaft mit Cliff aufzubauen. Da konnte man mich doch nicht zwei Wochen Nacht für Nacht unterm Sternenhimmel an einem Lagerfeuer mit ihm sitzen lassen. Oh nein! Da paukte ich lieber Sportergebnisse. Und zwar zurück bis zum Beginn der Neuzeit.

Zu meinem Entsetzen zögerte Cliff. Sein Blick ruhte gedankenverloren auf mir, und in seinen Augen flackerte einen kurzen

Moment etwas auf, das mein Herz schneller schlagen ließ. Doch bevor Lora, Adrian oder die anderen etwas merken konnten, räusperte er sich, streckte den Rücken durch und verkündete: »Vielleicht nächstes Jahr. Da oben in den Highlands ist mir zu viel Wildnis, mit all den Wölfen und Vogelspinnen und so. Roger und ich verbringen die ersten Ferienwochen in einem Club auf Skiathos, mit meiner Schwester Penny und Mum und Dad. Wir wollen surfen lernen, stimmt's, Roger?«

Ich verkniff mir ein Grinsen. In den Highlands gab es seit dem achtzehnten Jahrhundert keine Wölfe mehr, und wenn selbst mir das klar war, wusste ein heimlicher Naturwissenschaftsfreak wie Cliff es längst und spielte hier und jetzt wieder eine Rolle. Und dass das mit den Vogelspinnen Blödsinn war, das ahnte vermutlich sogar Roger.

Doch der ließ sich mit seiner Antwort Zeit. Er kaute auf seiner Lippe herum, während Lora die Ravioli auf seinem Teller anrichtete und liebevoll mit einem Sträußchen Petersilie garnierte.

»Wenn du mit uns mitfährst, bekommst du eine Extraportion«, zwinkerte Lora ihm zu und schwenkte verheißungsvoll ihren Kochlöffel.

Entsetzt schnappte ich nach Luft.

»Nun, eine Extraration von im letzten Jahrhundert konservierten Ravioli ganz sicher nicht italienischen Ursprungs hätte schon ihren Reiz.« Vorsichtig spähte Roger rüber zu Mae. »Fährst du denn dieses Jahr mit?

»Roger!« Empört schob Cliff sich zwischen ihn und Mae. »Ich dachte, Griechenland wäre abgemacht?«

»Nach Skiathos können wir doch nächstes Jahr immer noch. Dann haben wir den Schulabschluss in der Tasche und fahren alleine. Ohne Penelope.« Beim Gedanken an Cliffs Schwester verzog er das Gesicht. »Also, was ist nun, kommst du mit, Mae?«

Ach, Roger. Er konnte Mae noch so oft auf den Schlips treten, sie hänseln, ärgern, treten oder ein Mannweib nennen – keinem war entgangen, dass er bis über beide Ohren in sie verknallt war. Er würde für sie alles tun. Einen einsamen Lagerplatz in den Highlands mit ihr zu teilen, gemeinsam mit Wölfen und ein paar fetten Vogelspinnen, war bestimmt seine leichteste Übung.

»Eher friert die Hölle zu.« Mae lud unendlich viele Päckchen Ketchup auf ihren Teller, obwohl es heute absolut gar nichts gab, was dazu passte. »Verschwinde nach Skiathos, Roger, und hol dir einen Sonnenbrand, der dich in ein menschliches Glühwürmchen verwandelt.«

Hinter uns begannen Stimmen laut zu werden, weil wir die Ausgabe blockierten. Lora warf einen Blick auf den Stau vor ihrem Tresen, knallte für Cliff und seine Freundin die übliche gesunde Pampe aufs Tablett und übergoss beinahe Adrians Finger mit heißen Ravioli. Als ich dran war, schnappte sie sich meinen Arm und zog mich zu sich.

»Es ist mir egal, wie du es anstellst, aber überrede deine Freundin, mitzufahren«, zischte sie. In ihren Augen funkelte etwas, das keine Widerrede zuließ. »Mit Roger und Cliff im Team treten wir diesen eingebildeten Möchtegern-Highlandern von Aberdeen so fest in den Hintern, dass sie denken, sie hätten sich in ein Wespennest gesetzt.« Dann legte sie ihren Finger auf die Stirn, als imitiere sie ein Einhorn, und rief: »Auf geht's, Unicorns!«

Ich knurrte. Der Finger auf der Stirn war der Gruß unserer Schule bei den Spielen. Etwas, das wir aus Gründen der Peinlichkeit in der Schule nicht durchführten. Eigentlich.

»Na fein. Ich versuche es«, murmelte ich. Und da Lora mich immer noch anguckte, als hätte ich etwas Wichtiges vergessen, stellte ich das Tablett ab und erwiderte gehemmt ihren Gruß. »Auf geht's, Unicorns.«

Lora nickte zufrieden.

Oje. Das konnte ja was werden.

# Zwei

»Du hast zwei Möglichkeiten«, erklärte Tante Helly in ihrer Lieblingsverwandlung als Eichhörnchen, als wir in meinem Zimmer saßen und ich ihr in allen Einzelheiten meine Zwickmühle mit Cliff, Roger und den Junior Highland Games geschildert hatte. »Möglichkeit eins: Du überredest Mae, mitzukommen, akzeptierst, dass dadurch Roger und Cliff dabei sein könnten, und gewinnst die diesjährigen Junior Highland Games, was dieser selbstverliebten Marsha und diesem dusseligen Don aus Aberdeen ganz recht geschehen würde. Weißt du noch, wie ich sie am Abholtag für eure Lehrer gehalten habe, weil sie so muskulös waren? Die sind doch alle auf Steroiden.«

Ich knirschte mit den Zähnen. Ein Sieg gegen unsere Erzfeinde wäre natürlich genial. »Und die zweite Möglichkeit?«

»Du schlägst Loras Bitte aus, ihr meldet euch nur zu viert an und müsst nehmen, wer sich eben noch so zusätzlich bewirbt, wohl wissend, dass du aus Angst vor deinen Gefühlen den Schwanz eingezogen hast«, erklärte Tante Helly.

Ich kicherte. Nicht, weil die Sache nicht ernst war, sondern weil Tante Helly in diesen Moment ihren eigenen, haarigen Eichhörnchenschwanz zu sich zog, um ihn von Tannennadeln zu säubern.

Meine dritte Tante, Tante Helly, war nicht nur meine Lieblingstante, sondern auch die beste Verwandlerin im Haus. Sie konnte sich mühelos in Menschen und Tiere verwandeln und war sogar so gut, dass weder mein spionierender Großonkel noch meine anderen Tanten oder Lora etwas davon mitbekamen. Sie alle glaubten, dass Tante Helly die Gabe einfach nicht abbekommen hatte. Nur ich kannte die Wahrheit.

»Du hast ja recht«, gab ich zu. Jetzt ließ sich das Tante-Helly-Eichhörnchen in ein Kissen auf meinem violetten Sofa fallen und putzte sich das Fell, was total niedlich aussah. »Ich sollte mit Cliff endgültig abschließen. Er liebt Amalia.«

»Du meinst diese besserwisserische Schnepfe, die sich nur von undefinierbarem Körnerfraß ernährt?«, wollte Tante Helly wissen.

Ich hob eine Augenbraue. »Darf ich dich daran erinnern, dass du als Eichhörnchen auch jeder Nuss hinterherjagst?«

»Du sagst es. Als Eichhörnchen!« Sie schnaubte. »Als Mensch mag ich Nüsse gar nicht so gerne. Die machen meine Zahnkronen kaputt.«

Ich seufzte. So übel, wie Tante Helly Cliffs Freundin Amalia jetzt darstellte, war sie in Wirklichkeit nicht. Früher hatte ich sie für unausstehlich gehalten, aber inzwischen wusste ich, dass sie einfach nur bis über beide Ohren in ihren Traumprinzen Cliff verknallt war. Und dass niemand etwas für seine Essensvorlieben konnte.

Ich setzte mich aufrecht hin und ließ Tante Helly auf meine Handfläche klettern. »Wie dem auch sei. Ich bin über Cliff hinweg. Habe ich dir erzählt, dass Adrian und ich schon drei Mal gemeinsam im Theater waren? Einmal in *Romeo und Julia* und zweimal in irgendeinem modernen Stück, das selbst mir zu abgedreht war. Adrian fand es aber ganz toll. Und wir proben außerdem laufend Cliffs Stück, du weißt schon, für die Theateraufführung in der Schule nächsten Herbst.«

»Hauptsächlich den Kuss im letzten Akt. Ich hab euch neulich gesehen.« Tante Helly grinste.

Ich wurde rot. Das war der Nachteil, wenn man in einer Familie lebte, in der jeder im wahrsten Sinne des Wortes Mäuschen spielen konnte. Man war einfach nie alleine.

»Schon okay, Ophelia. Ich hab es nur ein einziges Mal zufällig mitbekommen. Ich spioniere dich nicht aus, ich bin ja nicht dein Großonkel«, versicherte mir Tante Helly. Dann legte sie ihren haarigen Eichhörnchenkopf schief und betrachtete mich. »So verlegen, wie du jetzt bist, muss das ein ziemlich schöner Kuss gewesen sein. Und das sagt mir, dass dir eine zweiwöchige Cliff-Intensivdröhnung nichts mehr anhaben kann. Du bist über ihn hinweg, Schätzchen.«

Das aus Tante Hellys Mund zu hören, tat gut. Doch da war noch eine Sache. »Aber selbst wenn Cliff und Roger mit in die Highlands kämen, wir haben trotzdem noch keinen Plan, wie ich Mae jemals überreden soll …«

An dieser Stelle polterte es laut an der Tür. »Ophelia!« Es war meine Schwester. »Ich habe einen Plan, wie wir Mae überreden können, mit uns in die Highlands zu fahren. Kann ich reinkommen?«

Tante Helly zwinkerte mir zu, bevor sie einen weiten Satz auf den Fußboden machte und hinter meinem Kleiderschrank verschwand. Einen Moment später stürzte Lora ins Zimmer.

»Es liegt doch nur an dieser furchtbar anstrengenden Sind-wir-zusammen-oder-sind-wir-nicht-zusammen-Angelegenheit zwischen ihr und diesem Rotschopf Roger«, rief sie und zwirbelte sich angestrengt das Haar. Weil es jetzt nur noch bis zu den Ohren reichte wie meins, ging das nicht mehr so gut wie früher. »Gott, ich hasse Leute, die nicht offen über ihre Gefühle sprechen können. Du bist zum Glück nicht so. Bei dir war immer schon klar, dass du total auf Adrian stehst. Bei dir ist das so einfach.«

Ich schnaubte. Sollte ich noch mal extra erwähnen, dass Lora keine Ahnung von der Blitzverliebtheit in Mr Unwichtig hatte?

»Wir mögen ja noch so verschieden sein, du und ich, aber in dieser Sache sind wir komplett gleich«, plapperte sie weiter und ließ sich aufs Sofa fallen. »Ich habe Paul auf unserer Party nämlich auch gesagt, dass ich total auf ihn stehe. Klare Verhältnisse. Weißt du?«

Mir entging nicht, dass sie vermied, mich anzusehen. »Hat er sich immer noch nicht gemeldet?«, fragte ich vorsichtig.

Paul war der Praktikant meines Großonkels. Er war kein Teil der Familie und konnte sich somit auch nicht verwandeln, aber er half meinem Großonkel dabei, ein riesiges Untergrundarchiv zu führen, versteckt unter dem alten Familiensitz. Dort unten war es nicht nur kahl und ungemütlich, dort wurden auch Psychotests durchgeführt (nicht die lustigen aus den Zeitschriften, sondern richtig unangenehmer, verrückter Kram), um etwas, das sich »Verwandlungsgrad« nannte, zu bestimmen. Alleine schon deshalb hätte sich Lora niemals mit Paul einlassen sollen. Aber sie wusste es ja besser.

»Nope. Seit Wochen Funkstille. Aber das kümmert mich nicht die Bohne, alles, was mich beschäftigt, sind die Highland

Games.« Sie nahm meine Hand und rückte etwas näher an mich heran. »Ophelia, ich weiß, wie ich Mae dazu bringe, mitzufahren. Ich werde mich verwandeln. Morgen, noch vor der Schule.«

»Eine Verwandlung?« Ich runzelte die Stirn. »Muss das sein?«

Ich mochte es gar nicht, wenn Lora ihre Fähigkeiten einsetzte, um unwichtige Probleme in den Griff zu bekommen. Selbst jetzt, mit Verwandlungsfreigabe in der Tasche – der offiziellen Erlaubnis für unseren Familienwahnsinn –, führte ich Verwandlungen so selten wie möglich durch. Was sich als gute Idee herausgestellt hatte, denn mein als Geier spionierender Großonkel saß inzwischen viel seltener auf der Buche vor dem Haus.

»Oh ja, es muss sein.« Sie schritt auf mein Bücherregal zu, zog mein Jahrbuch heraus und blätterte darin herum, bis sie Rogers Jahrgangsstufe fand. »Und zwar in Roger. Ah ja, geboren in Irland, interessiert sich für Fußball, zwei Schwestern, hmm.« Sie überlegte. »Mit dem, was er so auf Instagram postet, müsste ich ein ziemlich gutes Bild von ihm haben.«

»Tu es nicht, Lora«, bat ich. Ich dachte an Mae und ihre Gefühle für Roger. Sie war meine beste Freundin, und ich wollte nicht, das Lora irgendetwas manipulierte. »Was immer du vorhast, Mae und Roger mögen sich wirklich, und ich bin sicher, sie finden alleine zusammen.«

»Nur wann?« Energisch klappte Lora das Buch zu. »In fünfzig Jahren? Hör zu, es bleiben nur zwei Möglichkeiten. Beide abfüllen, noch eine Party veranstalten und hoffen, dass sie wieder rumknutschen, oder …«

»Ja, warum nicht? Schmeißen wir eine Party«, sagte ich hilflos. Alles, wirklich alles war besser, als bei Herzensangelegenheiten Verwandlungen ins Spiel zu bringen. Das führte zu Missverständnissen, Liebeskummer und Chaos. Das wusste ich aus leidiger Erfahrung.

»Dafür haben wir keine Zeit, Ophelia.« Sie sah mich an. »Morgen ist der letzte Tag der Anmeldefrist. Wo wohnen Mae und ihr Bruder Stan noch mal? Im Süden der Stadt, nicht wahr?«

Ich nickte und sah hilflos zu, wie Lora aus der Tür verschwand und mein Jahrbuch mitnahm. Dann zückte ich mein Handy, um Mae zu warnen, legte es aber wieder aus der Hand. Was sollte ich ihr denn bitte schön schreiben? *Vorsicht, gleich kommt Roger vorbei, aber glaub ihm kein Wort. Er ist in Wirklichkeit meine Schwester!*

Nein. Unmöglich. Ich musste Lora vertrauen. Und, wenn der Plan doch in die Hose ging, mit großer Sicherheit die Scherben beseitigen.

✵

Am nächsten Nachmittag war es so weit. Direktor MacScott, unser noch recht junger und stets Schottenröcke tragender Schulleiter, hatte zur Verkündung der diesjährigen Teamaufstellung geladen. Jahr für Jahr versammelten wir uns in unserem historischen, von Backsteingebäuden umringten Schulhof und hörten zu, wie MacScott sich lang und breit darüber ausließ, wie unabdingbar diese Spiele für die Entwicklung und Förderung von Jugendlichen waren. Ihm zufolge ging es um Wissen, Sport, Ehrgeiz und Zusammenhalt.

In Wahrheit ging es eigentlich niemandem so wirklich um Wissen, Sport, Ehrgeiz und Zusammenhalt – sondern eher um einen kostenlosen Trip in die Highlands, Grillpartys und ums

Flirten. Manchen, ganz vereinzelt, ging es außerdem um die Collegebewerbung, in der die Highland Games meist vorteilhaft hervortraten, zumindest, wenn man gewann.

Als wir uns an diesem Nachmittag im Schulhof aufreihten, fehlte jede Spur von Mae, dafür entdeckte ich Lora.

»Und?« Ich platzte regelrecht vor Spannung. Ich hatte Mae den ganzen Tag noch nicht gesehen und hoffte seit Stunden, dass Lora sie ohne Katastrophen hatte überreden können. Ein Trip mit Lora, Adrian *und* meiner besten Freundin wäre einfach der Knaller, Cliff hin oder her. »Sag schon, wie war es? Was hast du gemacht? Fährt Mae mit?«

Lora rieb sich hintergründig die Hände. »Nun, wir werden sehen. Ich hab mein Bestes getan.«

Enttäuscht ließ ich den Kopf hängen. Das konnte eine ganze Menge bedeuten. Wenn Mae nur in der Nähe wäre, damit ich sie fragen könnte. Suchend ließ ich meinen Blick über die Köpfe der anderen gleiten. Sie hatte vor der Pause ihr Training gehabt, vermutlich stand sie irgendwo am Rand.

»Liebe Schülerschaft. Bald stehen sie wieder vor der Tür, die jährlichen Junior Highland Games, die dieses Jahr im Nationalpark Loch Lomond und den Trossachs stattfinden werden«, begann MacScott und stieg mit Kilt und Leinenhemd aufs Podium. »In den letzten Jahren haben wir wunderbar abgeschnitten und jedes Mal nur knapp den Sieg verpasst. Die Vorjahresteilnehmer unter Ihnen können wahrlich stolz auf sich sein.«

Einige Blicke glitten zu Lora und mir, sowie auf Raul und Eugene aus dem Hochbegabten-Physikkurs, die in Sachen Sport nicht besonders nützlich gewesen waren. Verhaltener Applaus ertönte und ich wäre am liebsten vor Scham im Boden versunken.

Wenn man bei den Spielen teilnahm, galt das hier nicht unbedingt als cool. Noch uncooler war nur die knappe Niederlage gegen unsere Rivalenschule in Aberdeen. Aber das kümmerte uns nicht. Wir wussten, dass die Highland Games klasse waren, ganz egal, was die anderen dachten.

»Ich bin sicher, dass Sie dieses Jahr die guten Ergebnisse noch übertrumpfen werden«, machte MacScott gut gelaunt weiter. »Da es immer neue Kategorien gibt und man sich nur schwer darauf vorbereiten kann, ist wie jedes Jahr Ihre Spontaneität gefragt.«

»Ja, ja, bla, bla, bla, das übliche Geschwafel, komm zum Punkt, Mr Schottenrock.« Lora sah mich an. »Glaubst du eigentlich, MacScott trägt was drunter?«

Abgelenkt runzelte ich die Stirn. Wer in aller Welt machte sich denn über MacScott und seinen Kilt Gedanken? »Keine Ahnung.«

»Wir alle drücken Ihnen jedenfalls fest die Daumen, nicht wahr, liebe Schüler? Es ist für uns von großer Bedeutung, wenn Sie unsere Schule, an der Ihre Wurzeln sind, repräsentieren. Getreu unserem Schulmotto, das wir hier seit der Gründung vor Hunderten von Jahren pflegen: *Radicibus carentem ventus auferet.*«

»Was heißt das eigentlich?«, fragte ich, den Blick aufs Podium gerichtet. »*Ventus* ... irgendwas mit Wind?«

*»Schließ die Augen, wenn der Wind geht«*, murmelte Lora.

»Wirklich?«

»Natürlich nicht. Aber das solltest du besser tun, denn Scottie macht gleich die MacMonroe. Und zwar ... jetzt!«

Tatsächlich brauste in diesem Moment ein Windstoß über den Hof und MacScott kam gerade noch dazu, die Anmeldekärtchen mit den Namen der diesjährigen Spieler festzuhalten. Sein Kilt hob sich nicht die Spur.

»Bestimmt hat er den Kilt an sich festgetackert«, schmunzelte Lora. »Gut so, niemand will seinen Dudelsack sehen.«

»Du bist die widerlichste Person auf diesem Planeten«, kicherte ich.

Sie stupste mich neckisch an. »Und du die prüdeste.«

»Gar nicht wahr.« In Sachen Erfahrung mit Jungs hatten wir bisher so ziemlich dasselbe erlebt, oder eher, dasselbe noch nicht erlebt. »Und jetzt sei endlich leise. Er verliest die Teilnehmer.«

»Dieses Jahr klingt die Zusammensetzung der Teams besonders spannend«, begann MacScott und nahm die Anmeldekarten zur Hand. »Mit im Team sind wie jedes Jahr Ophelia und Lorelei Sedgewick, aber auch Adrian Huxley, der übrigens neben Ophelia die männliche Hauptrolle in Señora Garcias Theaterstück spielt.«

Adrian drehte sich zu mir um, dabei fuhr eine Brise durch sein dunkles Haar, und mir wurde bei seinem Anblick ganz warm ums Herz. Das schöne Gefühl währte zumindest so lange, bis einige Jungs hinter uns wild zu kichern begannen, komische Knutschgeräusche machten und murmelten: »Ist ja wohl klar, mit wem sich der einen Schlafsack teilen will.«

»Romeo und Julia in den Highlands«, stimmte Nicolas aus dem Fußballteam in das Gekicher ein und legte sich theatralisch eine Hand auf die Brust. »Hoffentlich geht die Liebesgeschichte nicht tragisch aus und einer wird von einem Krokodil gefressen.«

»Kann bitte einer Nicolas den Mund zukleben?«, knurrte Lora.

Da sprach MacScott auch schon weiter. »Als Nummer vier im Team haben wir hier noch, na, sieh mal einer an, Mae Cavendish, unsere Weltklasseboxerin. Die Bären sollten sich also besser mal in Acht nehmen.«

Müdes Gelächter, während Lora ein kleines Tänzchen aufführte und sich selbst zu ihrer Genialität beglückwünschte. Konnte das wirklich wahr sein? Hatte ich mich nicht verhört? Wie zur Bestätigung vibrierte es in meiner Hosentasche. Es war eine SMS von Mae.

Roger hat mich überredet, mitzukommen. Lass uns die Highlands rocken!

Ich spürte, wie mich helle Freude überkam. Mae war dabei. Meine beste Freundin und ich würden zwei Wochen zusammen in der Wildnis verbringen.

»Jetzt sag schon, wie hast du das angestellt?«, drängte ich.

»Ich habe mich in Roger verwandelt, mit seiner krakeligen Jungsschrift einen Liebesbrief verfasst und ihn auf ihre Türmatte gelegt.« Lora grinste.

»Dieses Jahr steckt ja voller Überraschungen. Nummer fünf und sechs im Team sind Roger O'Malley und Clifford MacAllister«, machte MacScott da weiter. »Ich hätte eine Schafherde darauf verwettet, dass die zwei niemals in die Highlands fahren.« Er hielt inne. »Und da ist noch jemand auf der Karte. Amalia Sanders, die Jahrgangssprecherin. Na, sieh mal einer an, das liest sich ja wie ein Who's Who der Schülergemeinde.«

»Amalia? Ist die nicht Veganerin? Wie soll die denn zwei Wochen dort oben überleben? Soll die sich ein Tofu-Steak jagen, oder was?«, mokierte sich Lora, während in mir die unterschiedlichsten Gefühle hochquollen. Da war einerseits Enttäuschung. Amalia kam mit. Natürlich kam sie mit. Die ließ Cliff ja noch nicht mal alleine aufs Klo, wie ich seit meiner Geburtstagsparty wusste.

Und dann, gleichzeitig, war da Erleichterung. Mit Amalia im

Camp würde ich jede einzelne Sekunde daran erinnert werden, dass Cliff nicht mir gehörte. Sollte ich doch wieder einen spontanen Blitzverliebtheitsanfall erleiden, wäre da jemand, der mir vor rasender Eifersucht einen Holzpflock überziehen würde. Das war auf beunruhigende Weise beruhigend.

»Macht sieben Spieler.« MacScott griff in die Tasche seines Kilts. »Hm. Keine weiteren Karten da. Uns fehlt immer noch ein achter Spieler.« Er sah sich um. »Hat jemand noch Interesse, spontan mitzufahren? Sie müssten natürlich vorher noch das Einverständnis Ihrer Eltern einholen, die Kosten übernimmt die Förderstelle …«

»Da stimmt etwas nicht«, murmelte Lora. Amalias Anmeldung schien sie nicht sonderlich nervös gemacht zu haben, doch jetzt sah sie ernsthaft beunruhigt aus. Sie formte ihre Hände zum Trichter. »Sie haben Chelseas Namen nicht vorgelesen, Herr Direktor. Sie fährt mit. Sie hat es mir versprochen.«

Der Direktor kniff die Augen zusammen und zögerte. »Ich fürchte, hier ist keine achte Karte mit dem Namen von … wie sagten Sie noch gleich?«

»Chelsea Livingston«, rief Lora. Ihr Echo hallte von den Backsteinwänden wider. »Verdammter Mist, Chelsea, wo steckst du?«

»Miss Sedgewick, wenn Sie sich bitte beruhigen würden«, mahnte der Direktor streng.

Doch Lora dachte nicht daran, sich zu beruhigen. Aufgeregt zückte sie ihr Handy und tippte eilig eine SMS. »Sie müssen noch einen Moment warten, Herr Direktor. Chelsea hat bestimmt vergessen, die Karte abzugeben. Ich hab sie heut noch nicht gesehen. Wahrscheinlich ist sie krank.«

»Miss Sedgewick, die Anmeldefrist ist abgelaufen. Ich muss

leider andere Anmeldungen zulassen.« Der Direktor seufzte und wandte sich einer Gruppe Mädchen aus der Stufe unter uns zu, die nicht nur kurz, sondern auch wild entschlossen aussahen. Vor allem jetzt, da Cliff und Roger dabei waren. »Wenn eine von Ihnen Interesse hat, junge Damen, das ist Ihre Chance.«

»Wagt nicht, mitzufahren, ihr elenden Groupies, habt ihr gehört?«, drohte Lora. »Wehe, jemand nimmt meiner besten Freundin ihren Platz ...«

»Ich fahre mit«, tönte es von der anderen Seite des Platzes. Es war eine Stimme, die nicht nach Chelsea klang. Ich stand zu weit weg, um das Mädchen zu sehen, und Lora zu weit weg, um sie in die Finger zu kriegen.

»Da haben wir unsere achte Spielerin. Kommen Sie hoch zu mir, dann stellen wir Sie Ihrer Gruppe vor«, schlug MacScott vor.

Die Menge schob sich auseinander und machte einem mir unbekannten Mädchen Platz. Sie hatte rotes, wild toupiertes Haar, trug derbe Boots zu ihrer Schuluniform und hätte locker schon für achtzehn oder neunzehn durchgehen können. Ich mochte mich täuschen, aber sie wirkte nicht gerade wie eine typische freiwillige Bewerberin für das Sommercamp einer schottischen Privatschule, in das hauptsächlich Streber fuhren.

»Heilige Scheiße.« Lora stand der Schock ins Gesicht geschrieben. »Wer ist die denn? Etwa auch ein Roger-und Cliff-Groupie?«

»Ein Groupie? Die sieht eher aus, als könnte sie Roger ohne Mühe verprügeln«, stellte ich fest.

»Komm, lass uns die mal aus der Nähe ansehen«, beschloss Lora und zog mich durch die Menge, bis wir vor dem Podium angekommen waren.

»Möchten Sie sich nicht vorstellen?« MacScott hielt dem Mädchen das Mikro entgegen. Einen Moment zögerte sie und sah in die Menge, dann setzte sie einen genervten Blick auf. »Nicht nötig. Kann ich jetzt so eine blöde Karte haben? Sie sagten doch, der Trip sei kostenlos, oder?«

»Das ist er. Sind Sie sicher, dass Sie mitfahren möchten?« Der Direktor schien zu bereuen, dass er das Mädchen zu sich geholt hatte. »Ich könnte auch noch mal in die Runde fragen, ob …«

»Ich bin sicher«, schnitt ihm das Mädchen das Wort ab. »Außerdem kenne ich mich in der Natur aus. Ich bin in den Highlands aufgewachsen.«

»Haben dich die Wölfe aufgezogen?«, lachte Nicolas, was das Mädchen dazu brachte, ihre Faust zu heben. Nicolas grinste nervös.

Weil sich nun tatsächlich keiner mehr zu melden schien, überreichte MacScott dem Mädchen eine der Anmeldekarten. Sie griff danach und schrieb ihre Daten darauf.

»Willkommen im Team, Eleanor Hunter«, las der Direktor, als er die ausgefüllte Anmeldekarte wieder in den Händen hielt.

Lora verzog das Gesicht. »Na toll. Eleanor Hunter, die Fremde in unserem Team.«

»Mit einer Ratte im Kapuzensweater.« Adrian war hinter uns aufgetaucht, mit ihm der Rest unseres Teams, Roger, Mae, Cliff und Amalia. »Seht ihr die? Sie sitzt in der Seitentasche ihres Blazers und knabbert an einem zerbröckelten Scone.«

»Ist das ihr Haustier? Ist ja süß«, befand Amalia.

Mae schnaubte. »Süß? Ratten übertragen Krankheiten, das ist total unhygienisch.«

Mir kam der Gedanke, dass Eleanor Hunter vielleicht auch ihre tierische Tante mit sich herumtrug, so wie ich das Tante-Helly-

Eichhörnchen. Aber höchstwahrscheinlich war es einfach nur eine stinknormale Ratte.

Unser Team sah sich unsicher an. Wild zusammengewürfelt waren wir dieses Jahr, und dann noch eine komplett Fremde ... Nur Cliff trug wie immer sein unerschütterliches Lächeln im Gesicht. »Von Wölfen großgezogen, mag Ratten und pfeift auf Hygiene. Ich würde sagen, perfekte Voraussetzungen für die Highlands.«

# Drei

»Winkeldreieck, Lexikon, Taschenrechner?«, fragte Lora eine Woche später. Sie stand mit einer Checkliste neben meinem großen Koffer – dem größten, den ich besaß. »Ich sehe da nur Klamotten. Wo ist das ganze wichtige Zeug?«

»Entschuldige mal, in den Highlands ist es kalt«, verteidigte ich mich und zog einen Pulli aus dem Schrank, den ich mal von Tante Rose geschenkt bekommen hatte. Er war zwar schreiend lila und mit Perlen bestickt, dafür aber warm. Als nächstes folgten Gummistiefel. Nicht besonders vorteilhaft, aber unverzichtbar in einem Land, das nur aus Matsch, Moor und Schlamm bestand.

»Es ist Sommer. Die brauchst du doch gar nicht«, wandte Lora ein.

»Natürlich nicht«, knurrte ich sarkastisch. »Der schottische Sommer ist klasse. Da wird der Regen wärmer.«

»Mag schon sein.« Lora holte mein Schullexikon aus dem Bücherregal und drückte es mir in die Hand. »Trotzdem. Nimm das mit.«

»Wozu? Wir können Fremdwörter googeln.« Ich gab ihr das Lexikon zurück.

Sie gab es mir wieder. »Wie denn, ohne Handyempfang?«

»Mist«, grummelte ich. Diesmal behielt ich das Buch und versuchte, noch ein freies Plätzchen in meinem Koffer zu finden. Und der war wirklich zum Bersten voll, wenn ich ganz ehrlich war. Nicht *nur* mit dem Notwendigsten, sondern auch mit hübscherem Zeug wie einem Rock und einer Bluse, Ohrringen und Halsketten. Letztes Jahr hatte ich das alles nicht eingepackt und war zwei Wochen mit fettigen Haaren und ausgeleierter Jeansjacke herumgelaufen. Aber letztes Jahr war ja auch Adrian nicht dabei gewesen.

Lora setzte sich neben mich. »Schlechte Laune?«

Wortlos deutete ich zum Fenster. Nicht der zu kleine Koffer war der Grund für meine Stimmung, sondern mein gruseliger Großonkel draußen auf dem Baum. Seit der Verkündung der Teilnehmer letzte Woche spionierte er mich nach alter Stalker-Manier wieder täglich aus. Dabei hatte ich gehofft, der dumme Vogel hätte sich eine neue Lieblingsbeschäftigung gesucht.

»Ich fürchte, Big Mac ist wieder da, weil du dich in Roger verwandelt hast«, vermutete ich. Ich hatte ja von Anfang an geahnt, dass das keine gute Idee war. Bestimmt war Big Mac, wie ich Großonkel MacBiggs gerne nannte, sauer, dass wir so achtlos mit unseren Fähigkeiten umgingen. Das war der einzige Grund, der mir plausibel erschien.

Lora schüttelte den Kopf. »Wir haben die Verwandlungsfreigabe, ich könnte mich in Ronald McDonald verwandeln, wenn ich wollte. Und jetzt mach dir keine Sorgen, ich bin sicher, das zerrupfte Geierchen will sich bloß verabschieden.«

»Warum tut er es dann nicht einfach?«, rief ich aus dem Fenster. Ob er mich hören konnte oder nicht, war mir egal. Ich fand es unmöglich, dass ich meinen geheimnisvollen Großonkel noch nie in natura gesehen hatte. Stets tauchte er unangemeldet als schweigender Geier auf, sehr unhöflich, wie ich fand, und verspeiste sogar totes Getier auf unserem Rasen, das war noch viel unhöflicher.

Und doch passte seine Daueranwesenheit zu den Worten, die er mir auf seiner Party mit krächzender Geierstimme zugeflüstert hatte. *»Es ist noch nicht vorbei!«* Oft hatte ich darüber nachgedacht. Was war noch nicht vorbei? Die totale Überwachung? Oder ging es ihm um etwas anderes?

»Und jetzt komm, wir müssen los.« Lora machte meinen Koffer zu und schob ihn aus dem Zimmer. Dann rief sie nach unten: »Hey, wir sind fertig, könnt ihr uns mal mit Ophelias Kram helfen? Sie hat tonnenweise Klamotten für Adrian eingepackt.«

Na toll. Ganz sicher waren die Bluse und der Rock an dem Gewicht schuld. Und nicht Loras Lexikon.

Doch merkwürdigerweise half uns niemand. Erst als wir das zentnerschwere Ding nach unten gehievt hatten, tauchte Tante Rose auf. Sie trug einen pinkfarbenen Jogginganzug, eine Reisetasche und einen Sonnenhut.

»Habt ihr schon das Neueste gehört? Wir kommen mit!«, jauchzte sie.

»Wohin?« Lora runzelte die Stirn. »Zum Bahnhof?«

»Nein, in die Highlands.«

Loras Unterkiefer klappte runter. Hatte ich mich gerade verhört? Meine drei Tanten kamen mit? Das war ein Feriencamp und kein Familienurlaub. Und es war ja nicht so, als ob wir dort keine Aufsichtspersonen hätten.

Nun war auch Tante Mildred aufgetaucht. Zu meinem Entsetzen hatte sie einen riesengroßen Wanderrucksack auf den Rücken geschnallt.

»Ihr alle drei?«, stöhnte ich. Tante Rose und Tante Helly waren in Wahrheit ziemlich cool, aber Tante Mildred, die absolut keine Ahnung hatte, wie es war, im einundzwanzigsten Jahrhundert jung zu sein, würde uns den Spaß verderben. »Aber das müsst ihr nicht. Wir kommen gut alleine zurecht.«

Tante Helly war nun auch zur Stelle. »Nur Rose und Mildred fahren. Ich bleibe daheim. Irgendjemand muss sich ja um das Hausschwein kümmern.«

Ich verstand immer noch nichts von dem, was mir meine Tanten gerade zu verklickern versuchten. Bis eben hatte das nicht mal zur Debatte gestanden! »Jetzt noch mal langsam. Ihr kommt mit? Warum?«

Tante Mildred deutete auf eine Schatulle, die sie unterm Arm trug. »Ich muss dieses Medaillon einem interessierten Kunden in den Highlands zukommen lassen. Ihr wisst schon, der Auftrag.«

Meine Augen wurden schmal. Aha. Da war er wieder, der ominöse Auftrag. Langsam konnte sie mir nicht mehr weismachen, dass es sich bei der Sache um eine Angelegenheit für den Pfandleihladen handelte. Dank Tante Rose wusste ich nämlich, dass noch jemand Tante Mildred regelmäßig Aufträge erteilte. Großonkel MacBiggs.

Welcher Natur diese Aufträge waren, darüber konnte ich nur mutmaßen. Tante Rose hatte damals unter Sekteinfluss durchsickern lassen, dass mein Großonkel meine Tanten als seine Marionetten benutzte, um streng geheime und unerlaubte Aufträge auszuführen. Tante Mildred und Tante Rose mussten mithilfe ihrer Verwandlungen Dinge stibitzen, Leute an der Nase herumführen oder andere belauschen.

Genaueres hatte ich auf unserer Familienwebseite noch nicht herausfinden können, weil mein Zugang limitiert war. Ich hatte schon oft versucht, Tante Mildreds Passwort zu knacken.

»Na meinetwegen, dann kommt ihr eben mit.« Lora seufzte. »Im Camp ist allerdings kein Platz frei, ihr müsst woanders schlafen. Bitte mit genügend Sicherheitsabstand.«

»Das habe ich mir schon gedacht«, brummte Tante Mildred. »Wir nehmen meinen alten Fiat und übernachten einige Meilen entfernt auf dem Campingplatz am Loch Lomond. Ihr habt nichts zu befürchten.«

Tante Rose nickte. »Wir wollen ohnehin nicht in der Nähe einer Horde von hormongesteuerten Minderjährigen wohnen, die sich jeden Abend anschmachten und billigen Whisky trinken.«

»Ihr trinkt billigen Whisky?«, fragte Tante Mildred streng.

»Natürlich nicht. Cliff sitzt an der Quelle, der hat das gute Zeug dabei«, witzelte Lora.

Tante Mildred fand das gar nicht lustig.

»Ach, Whisky hin oder her, ich freue mich auf einen Urlaub im Nationalpark. Der diesjährige Austragungsort der Spiele ist wirklich atemberaubend schön.« Tante Rose setzte sich ihre Sonnenbrille auf und vollführte mit Mr Darcy im Arm ein kleines Tänzchen. »Ein riesiger Nationalpark, Ruhe und ein Campingplatz. Und Helly daheim in Edinburgh, die mein herzallerliebstes Schweinchen füttert. Du weißt, dass Darcy zahlreiche Lebensmittelintoleranzen hat? Milch und rohes Gemüse verträgt er sehr schlecht, gleichzeitig darf er sich auch nicht zu ungesund ernähren. Sein Cholesterinspiegel ist jetzt schon viel zu hoch. Ich glaube, er hat eine angeborene Fett-Resorptionsstörung.«

Tante Helly nickte übertrieben. »Fett-Resorptionsstörung, gespeichert.«

Ich warf Tante Helly einen mitleidigen Blick zu. Rose und Mildred fuhren in die Highlands und Tante Helly musste schweinesitten? Wie ungerecht.

»Wiedersehen, Tante Helly«, sagte ich mit einem Kloß im Hals. Dann stürmte ich noch mal auf sie zu und schloss sie in die Arme. Würde ich zwei Wochen ohne sie klarkommen? Sie kannte immerhin als Einzige fast alle meine Geheimnisse.

»Keine Sorge«, wisperte sie in mein Ohr. »Ich bin immer in deiner Nähe. Ich hab gehört, die Trossachs sind voll mit leckeren Nüssen. Es gibt Haselnüsse, Bucheckern, Esskastanien und was weiß ich noch so alles. Die sind sicher tausendmal besser als dieses Zeug in den Nussschnecken.«

Ich grinste in mich hinein. Und plötzlich war ich unheimlich erleichtert.

Die Zugfahrt dauerte zwei Stunden, in denen sich Schottland von seiner besten Seite zeigte. Sonnenbeschienene grüne Hügel wechselten sich mit schmalen Tälern ab, weiß gestrichene Farmhäuser trotzten Wind und Wetter, und weit ins Land hineinreichende Meeresarme glitzerten im Sonnenlicht. Schottland war zwar ein schroffes, karges Stückchen Erde, aber an Tagen wie heute schien sich Schottland mit mir versöhnen zu wollen.

»Ah, schottischer Sommer. Mein absoluter Lieblingstag im ganzen Jahr«, freute sich Roger, als wir aus dem Bus ausstiegen, der uns das letzte Stückchen vom Bahnhof zum Camp gebracht hatte. Dieses Jahr fanden die Spiele einige Meilen südlich eines kleinen, verschlafenen Dorfes namens Stronachlachar mitten in der Wildnis statt. Das Camp bestand aus zehn hölzernen Wohnhütten, einem großen weißen Haupthaus und nur einer Toilette inmitten eines riesigen Geländes. Letzteres umfasste nicht nur ein zum Camp gehörendes Wäldchen und einen Grillplatz, sondern auch einen eigenen Badestrand mit Steg am Loch Katrine – nicht, dass bei den arktischen Wassertemperaturen jemand tatsächlich schwimmen gegangen wäre. Aber schön war der Anblick des glitzernden dunklen Gewässers allemal.

»Wenn das Wetter so bleibt, könnte das hier fast als Urlaub durchgehen«, erklärte Cliff und setzte seine Sonnenbrille auf. Es gab nicht viele Tage im Jahr, an denen sie tatsächlich einen Zweck erfüllte und nicht nur als Modeaccessoire an seinem Shirt oder in seinem Haar steckte.

»Und es ist auch gar nicht das Ende der Welt«, schwärmte Amalia. »An der Grundstücksgrenze gibt's eine Bushaltestelle, von da fährt ein Linienbus nach Stirling. Die haben dort sogar einen veganen Laden. *Mulligans kleine Kräuter- und Gemüseinsel.*«

Doch am allerglücklichsten war Lora. Seit wir durch den eisernen Torbogen des Camps gefahren waren und sie einen Blick auf die gegnerischen Teams hatte werfen können, trug sie ein Grinsen im Gesicht, das noch nicht mal verschwunden war, als sie herausgefunden hatte, dass die einzige Toilette nicht geschlechtergetrennt war.

»Ophelia, das ist der absolute Wahnsinn. Hast du gesehen, wie die Gruppen aus Dundee und Glasgow dieses Jahr zusammengesetzt sind? Glasgow hat bis auf zwei Mädchen nur Jungs dabei, die sind wegen des Barbecues hier, darauf wette ich, zumindest sehen sie ziemlich verfressen aus. Dundee sind überhaupt nur zu sechst am Start und unsere Erzfeinde aus Aberdeen sind noch nicht mal aufgekreuzt. Vielleicht haben die kurzfristig abgesagt?«

Das glaubte ich zwar nicht, aber die Hoffnung starb ja bekanntlich zuletzt.

»Und hast du schon unsere Aufsichtspersonen gesehen?«, quasselte Lora weiter. »Von unserer Schule ist Miss Cooper mitgefahren.«

»Die Hauswirtschaftslehrerin«, erklärte Adrian und lächelte. »Ist die nicht neuerdings Single und auf der Suche nach einem Mann, den sie mit Kuchen verwöhnen kann?«

Dafür, dass er so selten aus der Stadt herauskam, stand ihm die Wildnis wirklich ausgezeichnet. Er trug eine kakigrüne Outdoorhose, ein enges schwarzes T-Shirt und eine Isomatte unterm Arm und sah ganz anders aus als der feinsinnige Theaterfreak, den man aus der Schule kannte.

»Wie aufregend.« Lora rieb sich die Hände. »Ach, bei Lehrerliebesgeschichten kann ich mich immer nur schwer ausklinken. Denen muss ich auf den Grund gehen.«

Ich stupste meine Schwester in die Seite. »Hey! Du weißt, was wir vorhin im Zug vereinbart hatten!«

»Ja doch!« Sie sah mich pikiert an. »Ich mache doch nur Spaß!«

Ich hoffte, dass sie das tat. Denn ich wusste, dass Lora es liebte, mithilfe ihrer Verwandlungen zu lauschen oder, noch schlimmer, für heilloses Chaos zu sorgen. Deswegen hatte ich sie mir auf der Hinreise geschnappt und ihr das Versprechen abgerungen, sich nur im Notfall zu verwandeln. Das war wahrscheinlich Schlupfloch genug für sie, aber besser als nichts. Erlaubt waren Verwandlungen weder zu Klatschzwecken noch, um die Spiele zu gewinnen. Sie hatten die letzten Jahre nicht auf der Tagesordnung gestanden und würden auch dieses Jahr nicht vorkommen. Das wäre Betrug. Dieses Camp musste möglichst ohne Verwandlungen stattfinden. Darauf hatten wir uns geeinigt.

Inzwischen gruppierten sich die Teilnehmer vor der Haupthütte um die Handvoll Lehrer und warteten darauf, dass sich der diesjährige Campleiter vorstellte. Die Tür schwang auf und ein grimmig aussehender Mann mit schütterem Haar, faltiger Haut und Lederhut stand vor uns. An dem Gürtel, den er um den Bauch trug, hing verschiedenstes Outdoor-Zeug, vom Fernglas über eine Taschenlampe bis zum Buschmesser. Um seinen Hals baumelte ein Krokodilzahn.

»Willkommen zu den Junior Highland Games«, verkündete er. »Mein Name ist Dave Clarke und ich bin euer Campleiter dieses Jahr hier in den Trossachs. Für alle, die noch nie dabei waren, will ich gleich mal eins vorausschicken. Die diesjährigen Junior Highland Games werden noch herausfordernder und schwieriger werden und euch allesamt an eure Grenzen bringen. Es wird hart. Sehr hart. Deshalb müssen wir ein paar Regeln aufstellen.«

Neben mir krempelte sich Roger die Ärmel auf und ballte die Fäuste. *»Regel Nummer eins. Niemand redet über den Fight Club.«* Er holte zum Boxschlag aus und verfehlte nur um einen Zentimeter Maes rechtes Auge.

Mae blieb ruhig. »Roger, tu uns allen einen Gefallen und versuch es gar nicht erst. Du verletzt dich nur selber.«

Na, sieh mal einer an. Wie auch immer Lora Mae zu diesem Camp überredet hatte – nun waren Roger und Mae wieder bei den üblichen Streitereien angelangt. Ob sie die Sache jemals in den Griff bekamen?

»Kein Alkohol, keine nächtlichen Besuche in anderen Hütten und, am wichtigsten, keiner entfernt sich über den Zaun, der die Grenze des Lagers markiert. Hinter uns befindet sich nichts als Wildnis«, verlautbarte Mr Clarke. »Überall lauern Gefahren. Und wenn ihr mir das nicht abnehmt, dann glaubt zumindest der Geschichte einer Frau, die einst alleine durch den Wald wanderte. Sie hat sich verlaufen, kam in ein Moorgebiet, ist dort eingesunken und qualvoll ertrunken.«

Lora schnaubte. »Diese Schauergeschichte ist genauso echt wie die Kette mit dem Krokodilzahn um seinen Hals. Die ist aus der Frühjahrskollektion von Primark.«

»Ich wäre da etwas vorsichtiger«, wandte Roger ein. Er kaute angestrengt auf seinen Lippen. »Die Geschichte ist wahr. Es ist zwar schon knapp hundert Jahren her, aber sie stimmt. Angeblich befindet sich hier im Wald ein geheimer keltischer Friedhof, wo die Überreste der Frau begraben liegen.«

»Dann hat Mr Clarke recht?« Mae tat erschrocken. »Bringt euch alle in Sicherheit.«

Roger schnaubte. »Mach dich nur lustig.«

»Beginnen so nicht alle Horrorfilme? Mit einer Legende aus dem Wald, die keiner glaubt?«, sagte Cliff, halb im Spaß.

»Kommen wir zur diesjährigen Mutprobe.« Jetzt sprach ein Lehrer, den ich nicht kannte und der von einer anderen Schule mitgefahren sein musste. Er erinnerte mich an einen Hamster, mit seinem wuscheligen braunen Haar, den Pausbäckchen und

der Zahnlücke zwischen den Schneidezähnen. Außerdem trug er einen Strickpullover mit dem Loch-Ness-Monster drauf.

»Das ist übrigens Mr Gibs«, verkündete Mr Clarke.

»Cam G. Gibs«, sagte der Lehrer. Er machte eine Verbeugung. Miss Cooper schickte er sogar ein Flatterküsschen. »Zu euren Diensten.«

»Was ist das denn für ein Spinner?«, wollte Mae wissen. »Und was ist das für eine Mutprobe?«

»Es gibt jedes Jahr sechs Wettkämpfe«, wisperte ich ihr zu. »Fünf davon haben mit Geschicklichkeit, Sport oder Wissen zu tun und die sechste ist eine Mutprobe. Die findet so gut wie immer nachts statt.«

Mae runzelte die Stirn. »So etwas wie Roger Bohneneintopf essen lassen und dann in derselben Hütte schlafen? Ich bin raus.«

»Jede Gruppe verbringt dieses Jahr eine Nacht tief im Wald«, erklärte Mr Gibs jetzt mit schauriger Stimme. »Und zwar in der Hütte genau der Frau, die qualvoll im Moor ertrunken ist und in deren Unterkunft seither ihr Geist umherwandern soll.«

»Es ist bloß meine Jagdhütte«, ergänzte Mr Clarke und rollte mit den Augen.

Mr Gibs zog Mr Clarke zur Seite und wisperte: »Na und? Niemand wird sich gruseln, wenn Sie es nicht richtig verkaufen, Mr Clarke.«

»Eine Hütte, in der es spukt? Das ist ja nicht besonders gruselig«, lachte Lora. »Ganz Schottland ist doch ohnehin voll von Geistern.«

»Das stimmt. Angeblich geht die enthauptete Mary Stuart Nacht für Nacht in den Pub meines Onkels und bestellt sich eine Bloody Mary. Mit ihrem Kopf unter dem Arm«, ergänzte Cliff.

»Mr Clarkes Regeln in allen Ehren, ich füge nun eine weitere Regel dazu«, beendete Mr Gibs seine kleine Ansprache. »Habt Spaß! Seht das alles hier als riesiges, spannendes Spiel. Und Miss Cooper sorgt dabei auch noch für euer leibliches Wohl.«

Wir applaudierten und ich schaute in die Runde. Mr Gibs' gute Laune war ansteckend und meine Teammitglieder grinsten sich gegenseitig an. Ein warmes Gefühl rieselte durch meinen Bauch, und plötzlich fühlte sich diese Truppe zusammengewürfelter Menschen richtig wie mein Team an. Auch mein Mund verzog sich zu einem glücklichen Grinsen, als plötzlich ein dröhnender Minibus ins Camp rauschte. Daraus kletterten Don, Marsha und sechs weitere Jungs und Mädchen, die mir zwar nicht bekannt waren, aber die aussahen, als hätten Marsha und Don sie nicht zufällig ausgewählt. Alle trugen Team-T-Shirts, auf denen »Doppelte Meister der Junior Highland Games« zu lesen war. Mist, warum hatten wir denn keine T-Shirts machen lassen?

»Wer sind die denn?«, wollte Cliff wissen und starrte auf den Geigenkoffer in der Hand eines Mädchens.

Ich seufzte. »Das, Cliff, sind die Erzfeinde.«

# Vier

Natürlich nannten sie sich nicht wirklich »die Erzfeinde«, sondern die Aberdeen Dragons.

»Ich habe mich schlaugemacht«, flüsterte Lora beim Essen, reckte den Hals und sah in meine Richtung. Bevor wir in die Hütten ziehen würden, gab es in der Kantine Sandwiches, die wir alle mit Mordsappetit verschlangen. »Eins der Mädchen von Dundee hat mir erzählt, wen sich Don und Marsha für ihr Team mit an Bord geholt haben. Ihr werdet es nicht glauben.«

Ich warf einen Blick auf das Aberdeen-Team, das am anderen Ende der Hütte ihre Sandwiches aß. Nur Marsha und Don, beide hellblond und seit Jahren ein Paar, sprachen miteinander, während der Rest der Gruppe eisern schwieg. Befreundet waren die alle schon mal nicht.

»Links von Marsha sitzt Mike, ein Karate-Kämpfer, der Backsteine mit seiner rechten Hand zertrümmert«, begann Lora. »Dann kommt Phoebe, die schon drei Bücher geschrieben hat, allesamt Bestseller. Dann ist da noch Jenny, die ist zwar erst vierzehn, aber sie komponiert Sinfonien, die in der Wiener Staatsoper aufgeführt werden. Die Zeitungen nennen sie Little Miss Mozart.«

»Deshalb der Geigenkoffer«, murmelte Mae und biss in ihren Sandwich.

Lora nickte und deutete mit dem Kinn auf die gegenüberliegende Reihe. »Außerdem gibt's noch Mia, eine Jungwissenschaftlerin, die gerne an Robotern herumbastelt, Pat, einen Survival-Profi, der zwei Wochen in einer Felsspalte im Himalaja festsaß und sich nur von nepalesischen Kakerlaken ernährt hat. Und schließlich Laszlo.«

Wir betrachteten den glatzköpfigen Kerl mit dem kantigen Kinn und den blutunterlaufenen Augen.

»Und welche Superkraft hat der?«, fragte ich.

»Er kann Sandwiches essen, ohne zu kauen«, sagte Cliff und lächelte.

Da war es wieder, das nervige Flattern in meiner Magengegend. Heute hielt es zumindest so lange, bis mir auffiel, dass Eleanor Cliff und mich vom anderen Ende des Raums genauestens beobachtete. Ertappt schaute ich auf meinen Teller.

»Ach du liebe Güte«, rief Lora in diesen Moment. »Schnell, verhaltet euch unauffällig. Marsha und Don kommen her.«

Ich schob alle Cliff-Gedanken zur Seite, während die beiden auf uns zusteuerten. Noch schlimmer als ihr Team aus Superhelden und ihre Gruppenshirts war nur noch eine Sache an den beiden: Marsha und Don waren nett. Sehr nett sogar. So nett, dass sie jeden Sonntag im Kirchenchor sangen, im Kindergarten jobbten und den Lehrern jeden Wunsch von den Augen ablasen. Es war kaum auszuhalten.

»Hey! Edinburgh!« Marsha stützte sich auf unseren Tisch und strahlte uns an. Abgesehen davon, dass sie äußerst athletisch war, war sie ungerechterweise auch noch eine echte Schönheit.

»Wie fabelhaft, euch dieses Jahr wiederzusehen. Seid ihr bereit für die Spiele?«

Lora begegnete ihr wie jedes Jahr mit abgrundtiefster Abneigung. »Bemüh dich gar nicht erst, Marsha. Wir wissen, dass ihr nur darauf aus seid, drei Mal in Folge zu gewinnen.«

»Also, eigentlich ist uns der Sieg überhaupt nicht wichtig«, winkte Marsha ab.

Ich unterdrückte ein Schnauben. Ja, schon klar. Deshalb hatten sie sich auch T-Shirts drucken lassen.

»Genau. Es geht um den olympischen Gedanken. Dabei sein ist alles«, erklärte Don mit stolzgeschwellter Brust. Er war breitschultrig, athletisch und war so etwas wie die männliche Ausgabe von Marsha. »Aberdeen, Edinburgh, Dundee und Glasgow. Wir sind die vier Ringe von Olympia.«

»Don, es sind fünf Ringe«, murmelte Marsha.

»Aber wir sind doch bloß vier Teams.«

Marsha seufzte. »Wir sind hier auch nicht bei Olympia, Don.«

Mit einer Ausnahme: Don war dumm wie Brot.

»Halt dich mal besser raus«, sagte Marsha und gab Don einen versöhnlichen kleinen Kuss. »Was wir eigentlich sagen wollten, ist …« Mit gespieltem Mitleid ließ sie ihren Blick über unsere Gesichter schweifen. »Wenn wir euch unterstützen können, wo ihr dieses Jahr doch nur zu siebt antretet, dann …«

»Wir sind nicht zu siebt.« Lora deutete auf Eleanor, die gerade ihre Ratte fütterte.

»Die da gehört zu euch?« Jetzt schien Marsha sich erst recht zu freuen. »Na, dann ist ja alles prima. Also, wir sehen uns!«

Als Marsha weg war, ballte Lora ihre Faust. »Gah! Ich hasse sie!

Miss Kirchenchor mit ihren superintelligenten Wunderkindern. Keine Ahnung, ob die wirklich auf ihre Schule gehen. Die sind sicher gekauft.«

Roger schien etwas ganz anderes zu beschäftigen. »Spinne ich oder hat Marsha gerade ihren Bruder geküsst?«

»Das ist ihr Freund«, sagte ich.

Roger runzelte die Stirn. »Ihr Bruder ist ihr Freund?«

»Er ist nicht ihr Bruder, okay?«, meinte Lora gestresst.

Geschwister oder nicht, die bittere Wahrheit war, dass Aberdeen dieses Jahr so stark war wie noch nie zuvor. Noch schlimmer war allerdings, dass sie keinerlei Angriffsfläche boten, weil sie nicht nur nett waren, sondern auch äußerst fair spielten. Zu allem Übel bekamen wir nach dem Essen auch noch die Hütte direkt neben den Aberdeen-Mädchen zugewiesen.

»Wir haben ein Problem«, begann Miss Cooper, als sie uns in die Unterkunft führte. »In eurem Team gibt es eine ungleiche Anzahl aus Mädchen und Jungs. In der Hütte haben wir nur vier Betten und ihr seid fünf Mädchen. Eine von euch muss drüben bei Dundee schlafen. Mir ist egal, wie ihr es löst, ihr seid alt genug, das selbst zu bestimmen, okay?«

Als Miss Cooper gegangen war, ließ sich Lora rücklings auf eins der unteren Stockbetten fallen. »Eleanor wird ausquartiert! Ha, das ist die beste Nachricht des Tages. Ich hatte ohnehin keine Lust, mir mit einer Ratte die Hütte zu teilen.« Sie lachte. »Stellt euch nur mal vor, die krabbelt nachts in eure Betten.«

Amalia und Mae verzogen ihre Gesichter.

»Lora hat recht. Sie ist die unhöflichste Person, die mir je begegnet ist«, stimmte Amalia zu und schnappte sich die untere Seite vom anderen Stockbett.

Verblüfft sah ich die drei an. Mir war, als hätte ich da etwas nicht ganz Unwichtiges verpasst. »Was ist denn nur los mit euch? Eleanor hat doch niemandem etwas getan. Und wenn, dann ist es ja wohl unsere Schuld. Wir haben in der Kantine noch nicht mal gefragt, ob sie bei uns sitzen möchte.«

»Mit gutem Grund, Ophelia«, erklärte Mae. »Sie hat sich die ganze Fahrt über auf der Zugtoilette eingeschlossen und geraucht. Und als ich auch mal musste, hat sie rausgeplärrt, ich soll ihr nicht den Urlaub ruinieren.«

»Denkt sie tatsächlich, das hier sei Urlaub?« Lora schüttelte fassungslos den Kopf. »Sie bringt uns noch alle in Schwierigkeiten mit ihrer Ratte und dieser rüpelhaften Art. Und sie hat sogar ein Messer dabei! Kein Taschenmesser, sondern ein richtiges Buschmesser. Habt ihr das gesehen? Es steckt in ihrem rechten Schuh.«

Ich seufzte. Okay, das mit dem Messer war gruselig, aber wollten wir wirklich so voreilig sein? »Amalia, komm schon. Was ist mit Nächstenliebe? Wohltätigkeit? Ich dachte, zumindest du würdest verstehen, dass ...«

»Sie hat mich eine körnerfressende Dumpfbacke genannt«, schnitt mir Amalia das Wort ab.

Lora prustete los. »Wie kommt sie denn darauf?«

»Weil ich ihr meine Klamotten angeboten hatte. Es war doch nur gut gemeint, immerhin trägt sie immer bloß dieses schlabbrige, mottenzerfressene Flanellhemd. Sie sagte, das sei eben ihr Stil.«

Ich schwieg. Dass die Fronten so verhärtet waren, hatte ich gar nicht mitbekommen. Ich fühlte plötzlich, wie meine Vision von Stärke und Teamzusammenhalt in sich zusammenbrach. Das war doch das Einzige, was uns von Aberdeen unterschied, oder nicht?

»Und wer sagt es ihr?«, fragte Amalia.

»Ist schon gut.« Ich fühlte, dass es Zeit war, etwas zu tun. Etwas, das die Gruppe näher zusammenrücken ließ. »Ich schlafe bei Dundee, okay?«

»Was?« Mae schüttelte entschieden den Kopf. »Nein, dann lasst mich das mal machen. Ich ziehe zu Dundee.«

»Spart euch die Mühe«, erklärte jemand hinter unserem Rücken. »Ich schlafe weder hier noch drüben bei Dundee.«

Vor Schreck fuhr ich herum. Eleanor stand in der Tür, ihre Ratte auf der Schulter. Mist. Wie lange war sie schon da? Hatte sie etwa unser ganzes Gespräch gehört?

»Es gibt keine weitere Hütte mehr, Eleanor«, erklärte ihr Mae möglichst bedächtig. »Du musst dich entscheiden. Willst du hier schlafen? Dann ziehe ich um. Oder willst du lieber bei Dundee wohnen? Du hast die Wahl.«

Jetzt bewegte sich etwas in Eleanors Gesicht. Eine Augenbraue wanderte nach oben. »Ich soll mich entscheiden? Zwischen Pest und Cholera?«

Wir starrten betreten auf den Boden.

»Ich schlafe im Zelt«, entschied Eleanor. »Da ist es ruhig, und es gibt keine Hühner, die bis spätnachts die Liebesratgeber der Frauenzeitschriften lesen und sich dabei die Augenbrauen zupfen.«

»Dundee liest bis spätnachts Liebesratgeber?«, wisperte Lora.

»Ich glaube, sie meint uns«, flüsterte Mae zurück.

Doch das hörte Eleanor schon gar nicht mehr. Sie war bereits aus der Hütte gestürmt.

Ohne groß nachzudenken, rannte ich ihr hinterher. Wir waren doch nur als Gruppe stark. Und nun lagen wir uns schon am ersten Tag in den Haaren? Ich würde nicht zulassen, dass wir uns wegen einer dummen Kleinigkeit stritten.

Ich erwischte Eleanor schließlich vor dem Waldstück, ein Stückchen entfernt von unserer Hütte. Schnaufend holte ich Luft. »Eleanor, bitte. Wir wollen dich nicht ausquartieren. Komm, wohn bei uns. Ich schlafe einfach auf dem Boden.« Ich streckte ihr meine Hand entgegen. »Stört mich nicht die Spur. Nach den Spielen werde ich ohnehin so müde sein, dass ich an einen Baumstamm gelehnt schlafe.«

Einen Moment war sie stumm, betrachtete mich, und ich hoffte, dass sie meine Hand ergreifen und wir die Sache hinter uns lassen würden. Wenn sie Lora, Mae und Amalia schon nicht verzeihen konnte, dann hatte sie zumindest eine Freundin hier. Jeder brauchte einen Freund, nicht wahr?

Doch Eleanor griff nicht nach meiner Hand. Ihre Miene war aalglatt, und es war unmöglich, zu erkennen, was in ihr vorging. »Verzieh dich, Ophelia. Du bist doch die Schlimmste von allen. Berechnend, hinterlistig und falsch«, brachte sie dann hervor.

»Was?« Ich fiel aus allen Wolken. Hatte sie das gerade wirklich gesagt?

Jetzt schob sich ein Grinsen in Eleanors Gesicht. »Vielleicht verrätst du der körnerfressenden Dumpfbacke mal, dass es ihr Freund ist, den du dir vorstellst, wenn ihr nachts um drei durch die Liebesratgeber in den Frauenzeitschriften blättert. Wie wäre das?«

Und dann, einfach so, war ich sprachlos. Ich fühlte mich bloßgestellt und begann zu zittern. Keine Ahnung, wie lange ich in der

Abenddämmerung so dagestanden hatte. Es mussten jedenfalls einige Minuten vergangen sein, denn als Eleanor schon längst verschwunden war, hörte ich plötzlich ein Krächzen, das mir bekannt vorkam und das mein Unwohlsein nur noch verstärkte.

Der Geier. Er war da. Hier, im Camp. Er saß auf dem hölzernen Dach unserer Hütte und legte den Kopf in den Nacken, als würde er lauthals über mich lachen.

In der kommenden Nacht beugte sich Eleanor über mein Bett. Ihre blauen Augen funkelten im Mondlicht, und ihre Haare wirkten wie geisterhafte rote Fäden aus Licht.

Mit klopfendem Herzen starrte ich zu ihr hoch. Als ich schon etwas sagen wollte, etwas wie »Was suchst du denn hier?«, begann Eleanors Gesicht, sich langsam zu verändern. Ihre Augen wurden zu zwei schwarzen Knöpfen, ihr Hals wurde krumm und lang, und auf ihren Schultern begann, feuchtes Gefieder zu sprießen. Sie verwandelte sich in einen Geier, vor meinen Augen. Der Schnabel in ihrem Gesicht leuchtete spitz im Mondlicht, bevor sie lauthals krächzte und ihn auf meine Augen niedersausen ließ.

Ich gab einen unterdrückten Schrei von mir und schlug die Augen auf.

»Ophelia?« Mae blinzelte mich von ihrem Bett gegenüber aus an. »Ist alles in Ordnung?«

»Ich glaub schon.« Mit panischem Blick sah ich mich um. Niemand war hier, weder Eleanor noch der Geier. Niemand wollte mir mit einem Geierschnabel die Augen ausstechen. Ich atmete erleichtert aus.

»Schlecht geträumt?«, säuselte Mae schlaftrunken. »Willst du mir erzählen, was du …«

Stille.

Ich grinste matt. Mae war mitten im Satz eingeschlafen und auch Lora und Amalia schliefen tief und fest. Nur ich war putzmunter, und das um vier Uhr morgens.

Also nahm ich die Taschenlampe aus meinem Koffer, zog mir eine dicke Jacke an und schlich nach draußen, um Luft zu schnappen. Dort lehnte ich mich gegen die Hüttenwand und ließ den Lichtkegel achtlos übers Gras schweifen, bis er auf ein niedriges Zelt fiel, das etwas abseits der Hütte aufgebaut worden war.

Eleanors Zelt. Der Zelteingang war zur Seite gerafft und ich konnte mühelos hineinsehen. Es stand leer.

Der gruselige Traum von vorhin schob sich in meinen Kopf. Der Traum von Eleanor, die sich nachts in Hütten schlich und sich in einen Geier verwa… Meine Gedanken stoppten abrupt, als in der Dunkelheit zwei gelbe Augen auftauchten. Da war er, der Geier. Schon wieder, oder noch immer, wer wusste das schon so genau. Er saß auf einem Ast, kaum einen Steinwurf entfernt von Eleanors Zelt. Der Mond schien auf sein Gefieder, während er den Kopf schief legte und mich betrachtete.

Eilig knipste ich meine Taschenlampe aus, damit er mich nicht sehen konnte, was, nachträglich betrachtet, total dumm und unnötig war, denn vermutlich hatte er mich längst entdeckt. Schlief das blöde Tier denn nie? Und wo war eigentlich Eleanor? Warum war sie nicht in ihrem Zelt?

»Hi, Ophelia«, sagte jemand nicht weit von mir entfernt.

Vor Angst hätte ich beinahe wieder geschrien. Doch es war nicht der Geier, der mit mir sprach. Es war Cliff. Er stand auf einer kleinen Veranda, die an die Hütte der Jungs angebaut war.

»Hallo«, antwortete ich. Der Geier war kurz vergessen. Stattdessen ärgerte ich mich jetzt darüber, dass ich in meinem Eulenpyjama nach draußen gegangen war. »Du bist auch wach?«

»Jupp.« Er setzte sich auf einen Klappstuhl und legte die Beine auf die Brüstung. »Kann nicht schlafen. Es ist so ruhig, das bin ich gar nicht gewohnt. Willst du auf die Veranda kommen? Hier gibt's noch einen freien Stuhl.«

Ich zögerte. Es war nur ein freundschaftliches Angebot, sonst nichts, doch Amalia fand es bestimmt nicht besonders toll, wenn ich nachts mit ihrem Freund alleine auf der Veranda saß.

»Cliff, Eleanor ist weg«, sagte ich deshalb. »Ihr Zelt ist leer.«

Cliff runzelte die Stirn und machte seine Taschenlampe an. Auch ich knipste meine wieder an. Nun tanzten zwei Lichtkegel übers Gras. »Meinst du, sie ist abgehauen?«

»Kann sein. Wir hatten vorhin einen Streit.«

Cliff zog seine Jacke enger um sich. »Ach ja? Worüber denn?«

»Über die Bettenverteilung«, wich ich aus. Dass sie mich beschuldigt hatte, noch Gefühle für ihn zu haben, wollte ich keinesfalls zugeben. »Danach hat sie beschlossen, zu campen. Und jetzt ist sie weg. Du musst mir helfen, sie zu finden.«

»Okay.« Cliff klang ernst. »Bist du sicher, dass das Zelt leer ist?«

Zur Bestätigung führte ich Cliff vors Zelt und leuchtete mit der Taschenlampe in den Innenraum. Keine Spur von Eleanor.

»Glaubst du, sie ist zurück in die Stadt gefahren?«, wisperte ich.

»Und hat ihren gesamten Kram hiergelassen?« Cliffs Lichtkegel glitt über Eleanors Taschen. Darin lagen nicht nur Zigaretten und Bierflaschen, sondern auch Nagerfutter aus der Tierhandlung. Tante Rose verkaufte so Zeug.

»Stimmt. Alles ist noch da«, meinte ich verblüfft.

Cliff knipste seine Taschenlampe aus und sah mich aufmunternd an. »Mach dir keine Gedanken, Ophelia. Sie ist sicher nur mal kurz auf die Toilette gegangen. Oder schwimmt im See.«

Ich ließ mich zurück zur Veranda führen und setzte mich neben ihn, allerdings mit etwas Sicherheitsabstand. Dabei machte ich mir nicht nur um Eleanors Verschwinden Sorgen, sondern auch um Big Mac und sein Auftauchen. Warum war er hier? Bestand zwischen meinem Großonkel und Eleanor ein Zusammenhang? Oder war es nur ein blöder Traum gewesen?

»Morgen gehen die Spiele los.« Cliff legte seine Jacke um meine Schultern, bevor ich weiter über Big Mac oder Eleanor grübeln konnte. »Bist du aufgeregt?«

Ich zog die Beine an und versuchte, nicht darüber nachzudenken, wie gut seine Jacke roch. »Ich hoffe, wir spielen nichts, was man nur mit mehr als fünf Stunden Schlaf schaffen kann.«

Er lachte. »Du meinst, eine Boeing 747 fliegen? Oder eine OP am offenen Herzen durchführen?«

Ich zuckte mit den Schultern.

»Vielleicht hast du Glück und es geht ums Theater. Shakespeare-Zitate raten.« Er lächelte zuversichtlich. »O *Romeo, Romeo, warum bist du Romeo?* Na, woher stammt das?«

»*Romeo und Julia.*« Ich verdrehte die Augen.

»Gut.«

»Jeder würde das erkennen, Cliff.«

»Don vielleicht nicht.«

Ja. Don vielleicht nicht, dachte ich, während Cliff zufrieden vor sich hin lächelte. Eine Weile schwiegen wir und sahen zu, wie über dem See langsam die Sonne aufging. Die Vögel begannen zu zwitschern. Vielleicht war dieses Freunde-Ding zwischen uns doch ganz in Ordnung. Wer weiß, vielleicht würde ein stummes Nebeneinandersitzen und Schweigen mir irgendwann genügen.

»Dir ist es ganz schön wichtig, zu gewinnen, oder?«, fragte Cliff.

Ich überlegte, was ich darauf antworten sollte. Scheinheilig lügen wie Marsha und Don wollte ich jedenfalls nicht. »Das wäre schon ein gutes Gefühl, ja. Immerhin bedeutet der Wettbewerb Lora und mir eine ganze Menge.« Ich sah ihn an. »Willst du denn nicht gewinnen?«

Cliff zuckte die Schultern und sah auf den See. »Deswegen bin ich nicht hier.«

»Sondern wegen Roger?«

Cliff blickte zu mir. »Roger ... der kommt schon alleine klar. Ich bin hier, weil ich dir helfen will, zu gewinnen.«

Ein wohliges Kribbeln stieg in mir auf. Cliff war nicht wegen Roger, sondern wegen mir mit in die Highlands gekommen. Wegen mir! Doch ich verbot mir, neue Hoffnung in mir aufleben zu lassen. Er war hier, um mir beim Gewinnen zu helfen, und nicht, um zwischen den Wettbewerben romantische Tage an kristallklaren Seen und in dichten Wäldern zu verbringen. Also, zumindest nicht mit mir.

Seltsamerweise war dieser Moment allerdings doch ziemlich romantisch, denn der Sonnenaufgang vor unseren Augen war absolut kitschig und perfekt. Hach, dieses Freundschafts-Ding war aber auch verdammt schwer.

»Hast du es auch bemerkt?«, fragte Cliff amüsiert.

»Was?«, fragte ich ertappt. Ich befürchtete, unbewusst irgendetwas Seltsames, ganz und gar nicht Freundschaftliches angestellt zu haben. Unabsichtlich näher gerückt zu sein oder meine Hand auf seine gelegt zu haben. Doch die lag immer noch auf der Brüstung der Veranda. Ein Glück.

»Ach so. Ich dachte, dir wäre auch aufgefallen, dass dieser Geier uns anstarrt«, sagte Cliff.

Jetzt sah ich, was er meinte. Der Geier war wieder da. Er hockte jetzt nicht mehr auf dem Ast über Eleanors Zelt, sondern wieder auf unserer Hütte. So nah, dass er uns mühelos zuhören konnte.

»Der war gestern auch schon da.«

Nun war es allerdings nicht mehr Cliff, der sprach. Adrian hatte sich mit Roger zu uns auf die Veranda gesellt. Adrians Blick lag einen Moment zu lange auf Cliff und mir, und ich senkte verlegen den Kopf, während Roger nach einem Schuh griff und ausholte.

»Nicht! Was, wenn du ihn verletzt?« Ich griff nach Rogers Arm. Ich würde ordentlich Ärger mit meinen Tanten bekommen, wenn das Tier nachher wie ein gerupftes Huhn aussah.

»Keine Sorge. Ich ziele äußerst miserabel«, meinte Roger, warf und bewies, dass er damit recht behielt. Er verfehlte nicht nur den Geier, er verfehlte sogar das Dach. Dafür wäre der Schuh um ein Haar in Loras Gesicht gelandet, die in diesem Moment aus der Hütte kam.

»Wollt ihr mich umbringen?«, knurrte sie und hob den Turnschuh auf.

»Tut mir leid«, rief Roger. Der Geier jedenfalls saß immer noch da. Und verzog seinen Schnabel, bis man beinahe glauben konnte, ihn grinsen zu sehen.

»Na, wenigstens seid ihr schon wach.« Sie marschierte auf die Veranda und baute sich vor uns auf. Dabei trug sie eine Jogginghose, eine Trainingsjacke und eine Trillerpfeife um den Hals und sah beneidenswert ausgeschlafen aus. »Unsere erste Trainingseinheit geht los. Wir machen einen kleinen Geländelauf um den See, vier Meilen heute, morgen erhöhen wir auf acht. Ich sage Mr Clarke Bescheid, wir treffen uns um fünf nach fünf vor der Haupthütte, verstanden?«

Ich rieb mir die Augen. Ernsthaft? Vier Meilen um den See? Jetzt? Die Sonne war kaum aufgegangen und es war immer noch klirrend kalt. Doch an Loras verbissenem Gesichtsausdruck erkannte ich, dass das ihr voller Ernst war.

»Vielleicht hättest du sie doch treffen sollen, Roger«, murmelte ich bitter.

# Fünf

»Das sind Snowball, Daisy, Milky White und Polly«, erklärte Mr Clarke nach dem Frühstück. Der missmutige Campleiter steckte wieder in seinen Dschungelklamotten und führte unsere Gruppen auf eine Schafweide etwa eine halbe Meile entfernt vom Camp. »Die sind für eure erste Aufgabe heute.«

Für unseren allerersten Wettkampf hatten Mr Gibs und Miss Cooper eine große Kreidetafel aufgebaut, auf der die Punkte niedergeschrieben wurden, und sogar Sitzränge für die zuschauenden Teammitglieder aufstellen lassen. Schon die ganze Zeit über herrschte Aufregung unter den Gruppen. Einige Jungs trainierten noch in letzter Minute und einige Mädchen abseits sprachen sich gegenseitig Mut zu. Man konnte die Spannung förmlich spüren, die zwischen den Wettkämpfern in der Luft lag.

Doch jetzt, nach Mr Clarkes Ansprache, herrschte Ratlosigkeit. Schafe? Die allererste Aufgabe der diesjährigen Junior Highland Games drehte sich um Schafe? Wofür waren wir noch mal vier Meilen um den See gejoggt und hatten fast das Frühstück verpasst? Um kurz nach sieben hatte es leider nur noch Reste von verkohltem Toast gegeben, deshalb war nicht bloß meine Laune, sondern auch meine Energiekurve ziemlich im Keller.

»Wir sollen Schafe hüten?«, rief ein Junge aus Glasgow und ließ enttäuscht den Wimpel mit »Go Glasgow« sinken. Jetzt, wo feststand, was wir heute tun würden, hatte die gute Stimmung einen ordentlichen Dämpfer abbekommen.

»Ihr sollt sie nicht hüten, ihr sollt sie scheren«, antwortete Mr Clarke. »Wer sein Schaf am schönsten schert, gewinnt.«

Aufgeregtes Gemurmel. Eleanor, die seit Sonnenaufgang wieder da war, spielte gelangweilt mit ihrer Ratte, Amalia sah aus, als würde sie am liebsten in die Stadt zurückfahren, und die anderen Mitglieder unserer Gruppe schienen sich noch nicht so recht entschieden zu haben, was sie von dieser Aufgabe halten sollten. Eins stand jedoch fest: Keiner hier hatte jemals ein Schaf geschoren.

»Aber wir können das nicht«, meldete sich jetzt Amalia. »Und ich habe Mitleid mit den armen Tieren.«

»Arm sind sie dann, wenn sie nicht geschoren werden. Außerdem sind das Milchschafe, die sind so zahm, dass niemandem etwas passieren kann. Für alle Fälle stehen euch ja auch die Cartwrights zur Seite.« Mr Clarke pfiff vier Jungs zu uns rüber. Sie waren allesamt schlaksige Teenager, hatten ordentlich Pickel im Gesicht und konnten nicht abstreiten, dass sie zu einer Familie gehörten. »Ihnen gehört die Schafzucht ein paar Meilen nördlich von hier. Sie kümmern sich vorab um die heiklen Stellen wie die Beine und die Ohren, geben euch eine gründliche Einweisung und bestimmen danach auch den Sieger.«

Ich seufzte. Schafe scheren. Das war so eine Disziplin, mit der man nicht gerechnet hatte, noch nicht mal hier, mitten in Schottland. Genau deswegen war es auch so schwer, sich auf diese verflixten Spiele vorzubereiten.

Doch jetzt war es zu spät, um zu jammern. Gemäß den Regeln der Spiele musste nun, nachdem die Aufgabe vom Campleiter Mr Clarke gelüftet worden war, bestimmt werden, welcher Spieler antreten sollte. Es war noch nicht zu spät, mit einer klugen Entscheidung das Ruder rumzureißen.

»Ihr solltet das machen«, schlug ein blondes Mädchen namens Alison von Dundee vor und schob sich zwischen Roger und Cliff. »Ich wünschte, wir hätten so sportliche Jungs in unserem Team.«

Roger wurde auf der Stelle rot. »Oh nein, wir können das nicht. Cliff vielleicht, aber ich …«

»Ihr wollt mir doch nicht erzählen, dass ihr unsportlich seid. Was macht ihr so? Polo? Lacrosse?«

»Fußball.« Roger lächelte. »Cliff ist unser Teamkapitän. Er weiß alles über Fußball. Außerdem wurde er dreimal hintereinander zum Schulsprecher gewählt.«

Alison kaute auf ihrer Lippe herum, was bei mir immer ziemlich eklig, bei ihr allerdings total niedlich aussah. »Ist das wahr?«

Ehrlich gesagt wunderte es mich nicht die Bohne, dass die Mädchen der anderen Teams auf Cliff aufmerksam wurden. Er war immer noch der bestgekleidete Junge in diesem Camp, hielt seine weißen Sachen auf magische Weise sauber und hatte auch noch Roger an seiner Seite, der in Momenten wie diesen verhinderte, dass jemand auch nur auf die Idee kam, Cliff sei nicht so cool, wie er tat. Ich fragte mich, ob Cliff je den Mut haben würde, er selbst zu sein.

»Könnten wir uns jetzt mal um den Wettbewerb kümmern?«, fauchte Amalia und sagte es gar nicht so sehr zu Cliff und Roger, sondern eher zu der aufdringlichen Alison.

»Genau.« Mae schien auch sauer. »Wir müssen einen Spieler für das Schafescheren benennen.«

»Wenn keiner von euch will, mach ich es«, bot Lora prompt an. »Ich kann das.«

»Du kannst das?« Ich betrachtete sie. »Bist du sicher?«

»Na klar.« Sie war die vier Meilen in Rekordzeit gelaufen und sah topfit aus. In ihren Shorts und dem kurzen Top hätte man ihr sogar den Marathon zugetraut. Außerdem war es Loras Spezialgebiet, sich neuen Herausforderungen zu stellen. Im Gegensatz zu mir machten sie ihr keine Angst, sondern schienen sie zu motivieren.

Und so bekam Lora von dem ältesten der Cartwright-Jungen eine Einführung, die diesen Namen nicht verdient hatte, weil er Lora dabei die ganze Zeit über verliebt anschmachtete und am Ende sogar die Schafsbeine zu scheren begann, obwohl seine Schermaschine noch gar nicht an war.

»Bereit fürs Scha...Schafesche...scheren, Lo... Lora?«, stotterte er.

Lora zwinkerte ihm zu, ging in Position und betrachtete die anderen Spieler. Dundee ließ ein kräftiges Mädchen antreten, Glasgow einen durchtrainierten Jungen, und für Aberdeen ging Marsha ins Rennen. Gegen die anderen Mitspieler war Lora eine halbe Portion.

Mr Clarke aktivierte die Zeitschaltuhr und rief: »Und los.«

Es war ohrenbetäubendes Gebrüll zu hören. Jedes Team feuerte seinen Spieler an, während die ihre Maschinen anwarfen und erst zögerlich, dann entschlossener die Wolle von den Schafen schoren. Die, es war kaum zu glauben, so regungslos und gelangweilt dastanden, als erlebten sie diesen Zirkus an jedem zweiten Tag.

Alle bis auf ein einziges Schaf. Unseres.

Dieses Tier hatte nicht vor, die Prozedur einfach geschehen zu lassen. Ausgelassen wie eine Ziege hüpfte es übers Feld, hielt dann inne, um Lora ein paar Meter aufholen zu lassen, nur um sie danach wieder quer über die Wiese zu jagen. Wäre es nicht so zermürbend gewesen, auf YouTube hätten wir jede Menge Klicks dafür bekommen.

»Mist.« Adrian lehnte neben mir am Zaun. »Wir haben das aufmüpfigste Schaf der ganzen Herde.«

»Ich wette, Aberdeen hat Polly mit Kaffee gefüttert«, murmelte Mae. Missmutig sah sie zum anderen Team hinüber. Deren Schafe sahen bereits deutlich nackter aus als unseres.

Doch dann, als Aberdeen beinahe schon fertig war, bekam Lora ihr Schaf zu fassen. Bevor es einen weiteren Haken schlagen konnte, stellte sie sich dem Tier breitbeinig in den Weg und hielt drohend die Schermaschine hoch.

Stille. Jeder starrte Lora an.

»Jetzt sperr mal die Lauscher auf, Wollknäuel«, knurrte meine Schwester. »Ich habe einen Plan, wie wir noch gewinnen können. Aber dazu musst du stillhalten, verstanden?«

Polly spitzte das Schafsohr. Und tat, was keiner mehr für möglich gehalten hatte. Sie gehorchte, trabte brav in die Reihe mit den anderen Schafen und ließ Lora an ihre Wolle.

»Es sind nur noch dreißig Sekunden übrig.« Adrian ließ den Countdown auf seinem Handy mitlaufen. »Das schafft sie nie.«

»Sie kann das«, sagte ich. Sie war Lora. Sie schaffte immer, was sie sich in den Kopf setzte. Sie war all das, was ich nicht war. Knallhart und selbstbewusst. Und sie ließ sich von niemandem

was vormachen. Weder von zwielichtigen Familienmitgliedern noch von Hochlandschafen.

»Stooopp«, rief Mr Clarke Augenblicke später und blies in eine aus Holz geschnitzte Trillerpfeife. »Maschinen fallen lassen.«

Gesagt, getan. Als die Spieler zur Seite wichen, erkannten wir, dass fast niemand sich besonders gut angestellt hatte. Das Mädchen von Dundee hatte bloß ein paar Löcher ins Fell geschoren und der Junge aus Glasgow hatte gerade mal den Schafshintern geschafft. Nur Marshas Schaf war fast vollständig wollbefreit. Sie hatte mit Abstand des beste Ergebnis.

Und Lora? Die versuchte gerade, unser störrisches Schaf in Richtung der Jury zu drehen. Als Polly sich schließlich überzeugen ließ und ihr Fell präsentierte, erkannten wir, was sich Lora ausgedacht hatte. Da war ein Herz zu erkennen, ein Stern, die Initialen *M + R* (Mae und Roger wurden beide puterrot) und ... war das da etwa ein Einhornkopf?

Die Mädchen aus den anderen Teams kicherten.

»Gro ... großartig«, stotterte der älteste Cartwright-Junge.

»Wu ... wu ... wunderschön«, stimmte der zweite Junge zu.

»Nie ... niedlich«, sagte der dritte Junge.

»Atemberaubend«, sagte der kleinste von ihnen ganz ohne Sprachfehler. Dafür starrte er Lora ganz unverhohlen an.

Mir kam der dringende Verdacht, dass sie nicht nur über das Schaf sprachen. Lora wusste wirklich, wie man Jungs um den Finger wickelte.

»Du bestimmst den Gewinner«, bat Mr Clarke den ältesten Jungen. »Wer soll die ersten zwölf Punkte bekommen?«

Ich hielt den Atem an, während die Cartwrights zu tuscheln begannen.

»Lora«, beschloss der älteste Cartwright-Junge schließlich. Ach du liebes bisschen, den hatte es wirklich erwischt. Wie stellte Lora das nur an?

»Aber mein Schaf ist beinahe fertig geschoren«, beschwerte sich Marsha. »Sollte ich nicht gewinnen?«

»Es hieß, das schönste Schaf gewinnt«, wandte Lora ein und grinste siegessicher.

»Na fein. Edinburgh gewinnt«, ließ Mr Clarke hören, woraufhin unsere Gruppe vor Freude johlte. Mae und Amalia lagen sich sogar in den Armen, und das war echt kein üblicher Anblick. Nur Aberdeen raunte unzufrieden, auch wenn Marsha und Don sich bemühten, so zu tun, als sei ihnen die Niederlage total egal.

»Und das ganz ohne Verwandlung«, wisperte Lora im Vorbeigehen und rieb sich zufrieden die Hände. »Ob ihn das beeindruckt hat?«

Ich folgte Loras Blick. Der Geier saß auf dem Zaunpfahl der Weide, legte seinen Vogelkopf schräg und betrachtete das kunstvoll geschorene Schaf. Prompt musste ich an meinen seltsamen Traum denken. Und an Eleanor. Ich sah mich um. Das neue Mädchen war wieder verschwunden.

Wie merkwürdig. Eleanor war weg und der Geier da. War der Traum vielleicht doch kein Hirngespinst, sondern eine Warnung gewesen? Und was machte der Geier hier?

Es nützte alles nichts. Schon den ganzen Tag ging mir Eleanors merkwürdiges Verhalten, aus dem ich nicht so recht schlau wurde, nicht aus dem Kopf. Jetzt, wo das erste Spiel vorbei war, sich die Gruppen auflösten und in Richtung Mittagessen schlenderten, Mr Clarke die Ergebnisse auf der Kreidetafel festhielt und Miss Cooper Lora überschwänglich zum Sieg gratulierte, war womöglich der richtige Augenblick, um mir Antworten zu holen. Wer weiß, vielleicht gab es die sogar bei Tante Mildred und Tante Rose, ganz in der Nähe, am Loch Lomond? Ich wurde die Vermutung nicht los, dass es noch einen anderen Grund für ihre Reise in die Trossachs gab als den Auftrag eines Kunden. Dazu musste ich zwar Mr Clarkes Campregeln brechen und das Gelände verlassen, aber das war es wert.

»Es sind acht Meilen«, rechnete ich laut vor mich hin, als ich schließlich über den Zaun kletterte, der die Geländegrenze zwischen dem Camp und der schottischen Wildnis markierte. »Zu Fuß brauche ich für eine Meile ungefähr fünfzehn Minuten, zumindest bei gutem Wetter ...«

»Wenn du Flügel hättest, wärst du mindestens doppelt so schnell«, keckerte es über mir von den Baumwipfeln. »Sagen wir mal als Taube, die ist nicht so knifflig. Die schafft 114 Fuß pro Sekunde. Die nächste Stufe wäre eine Schwalbe mit 170 Fuß pro Sekunde. Solltest du allerdings einen Wanderfalken hinbekommen, könnest du sogar rüber nach Irland und wärst vor dem Mittagessen zurück. Beeindruckend, oder?«

Ich spähte auf den Ast über mir. Ein rotbraunes Eichhörnchen sah auf mich herab. »Tante Helly?«

»Nicht dass euer Mittagessen *so* besonders wäre.« Jetzt hüpfte das Eichhörnchen auf den nächsten Ast. »Ich hab gesehen, wie sie zwanzig Dosen Gulasch angeliefert haben. Allerdings muss ich für Miss Coopers Desserts eine Lanze brechen, die sind grandios. Heute gibt es Muffins.«

»Du bist also wirklich hier«, sagte ich zufrieden und fühlte mich gleich viel weniger allein.

Das Eichhörnchen verzog die Schnauze, bis die Grimasse

einem Lächeln gleichkam. »Hab ich ja gesagt ... heilige Güte, ist das da ein Haselnussstrauch? Der sieht aber lecker aus!«

Es tat unendlich gut, Tante Helly zu sehen. Ohne sie hatte ich das Gefühl, dass jemand ganz Wichtiges an meiner Seite fehlte. Auch wenn dieser Jemand gerade den Haselnussbusch am Wegesrand leer pflückte, die Hälfte ihrer Beute gleich verputzte und mit der anderen Hälfte zu mir rüberkam und sie als Vorrat in die Potasche meiner Jeans stopfte, die sich schon hässlich ausbeulte.

»Du willst zu Tante Mildred und Tante Rose, nicht?«, meinte Tante Helly währenddessen. »Um herauszufinden, warum der Geier ständig in eurem Camp herumlungert. Komm, wir machen uns auf die Socken. Wie wär's, möchtest du versuchen, dich in einen Wanderfalken zu verwandeln?«

Ich runzelte die Stirn. Meine Verwandlungsfähigkeit hatte sich in den letzten Wochen zwar enorm verbessert, aber in ein Tier hatte ich mich noch nie verwandelt. War das nicht besonders knifflig? Abgesehen davon litt ich leider auch noch an fieser Höhenangst.

»Kann ich das denn?«, fragte ich zweifelnd.

»Wieso nicht? Oder möchtest du lieber etwas Einfacheres versuchen? Ein zweites Eichhörnchen vielleicht? Die sind auch ziemlich flink.«

Meine Neugierde war geweckt. »Und was muss ich dafür tun?«

»Es läuft nicht viel anders als bei Verwandlungen in Menschen. Du stellst dir das betreffende Tier in all seinen Facetten vor. Und dann wirfst du noch ein paar Gefühle dazu, die du mit dem Tier verbindest. Du weißt schon, so wie Tante Rose neulich, als es um Kamele ging.«

Einen Versuch war es wert. Zuerst stellte ich mir das Eichhörnchen, das ich werden wollte, von oben bis unten vor. Den haarigen Kopf mit den spitzen Ohren, den flauschigen Körper und den buschigen Schwanz. Meine Haut begann zu kribbeln.

Ein gutes Zeichen.

»Aber sei nicht traurig, wenn es nicht beim ersten Mal klappt«, murmelte Tante Helly, die gerade einen zweiten, noch viel größeren Haselnussstrauch entdeckt hatte. »Oder du in einer missglückten Zwischenverwandlung feststeckst. Halb Mensch, halb Nagetier. Oder wenn du, wie Tante Rose, plötzlich deine menschliche Sprache oder, womöglich noch schlimmer, dein menschliches Bewusstsein verlierst.«

Das klang gar nicht gut. Ich hielt inne. »Halb Mensch, halb Nagetier? Bewusstseinsverlust? Mir wird schon ganz schummrig im Kopf. Ist das schon mein Ich, das sich verabschiedet? Gebe ich bald nur noch Quiekgeräusche von mir? Quieken Eichhörnchen überhaupt? Verflucht!« Ich atmete aufgeregt und riss die Augen auf. Die Welt um mich herum wankte.

»Huch«, machte Tante Helly und starrte mich an. Der Haselnussstrauch war plötzlich vergessen.

»Was denn? Hat es schon angefangen?«, rief ich. Doch die Frage hätte ich mir sparen können. Alles um mich herum war riesig! Das Gras am Wegesrand war höher, als ich groß war, und die Bäume schienen bis zum Himmel zu ragen.

»Ophelia. Du hast es geschafft. Du bist ein Eichhörnchen.« Tante Helly sah beeindruckt aus. »Wie um alles in der Welt hast du das so schnell hinbekommen?«

»Bin ich wirklich ein Eichhörnchen? Sehe ich gut aus?«, murmelte ich und blickte an mir hinab. Da, wo früher mein Oberkörper gewesen war, befand sich nun flauschiges Eichhörnchenfell, das in haarige Beine überging. Natürlich fehlte auch der buschige Eichhörnchenschwanz nicht.

»Und wie!« Tante Helly betrachtete mich von allen Seiten. »Das müssen wir feiern! Willst du eine Nuss?«

»Nein, danke. Tante Helly, wir haben es eilig.« Ich wollte so schnell wie möglich wieder in meine menschliche Form zurück. Ich war zwar etwas stolz, dass die Verwandlung gleich geklappt hatte, aber unheimlich war es mir schon. Ein Tier zu sein, fühlte sich ganz anders an, als in einem fremden menschlichen Körper zu stecken. So weit hatte ich mich, biologisch gesehen, noch nie von meinem alten menschlichen Ich entfernt.

Doch jetzt war nicht der Augenblick, um den Schwanz einzuziehen. Entschlossen betrachtete ich den moosbewachsenen Baum, der vor mir in die Höhe ragte wie die Bohnenranke aus dem Märchen. »Ob ich es hinbekomme, da hochzuklettern, trotz meiner Höhenangst?«

»Du willst keine Nuss?« Tante Helly sah verblüfft aus.

Ich schüttelte den Kopf. »Mir liegt immer noch der staubige Toast vom Frühstück im Magen. Herrje, der Baum ist verdammt hoch. Vielleicht hätte ich mich doch besser in etwas verwandeln sollen, was nicht springt, klettert oder sonst wie in luftigen Höhen sein Leben riskiert.«

»Ohne tierische Triebe, interessant«, murmelte Tante Helly vor sich hin.

»Tja, äh, sorry.« War vielleicht auch besser so, wenn die tierischen Triebe bei mir aussetzten. Nicht auszudenken, wenn ich mich mal in ein Wildschwein in der Brunftzeit verwandelte. Dann war die Höhenangst mein geringstes Problem.

»Na egal. Legen wir los«, erklärte Tante Helly. »Versuch, die Höhenangst zu vergessen. So etwas kennen Eichhörnchen nicht. Und jetzt folge mir.«

Ehe ich großartig darüber nachdenken konnte, ob ich mir waghalsige Sprünge und vertikales Baumklettern zutraute, flitzte Tante Helly schon voran ins Geäst einer Eiche. Von dort krabbelte sie über einen Ast und setzte zum Sprung an.

Auf der Stelle flitzte ich ihr hinterher. Später konnte ich kaum benennen, was ich empfand, als ich mit Tante Helly als Eichhörnchen durch den Wald jagte. Ich verlor meine Höhenangst beinahe sofort und vertraute stattdessen meinem neuen Eichhörnchenkörper. Der schien fast von alleine zu wissen, wie das mit dem Klettern und Springen ging. Als ich schließlich dahinterkam, dass ich meinen buschigen Schwanz wie ein Ruder einsetzen konnte, um die Sprünge zu steuern, waren wir schon fast angekommen.

Tante Helly drosselte das Tempo und hielt auf dem höchsten Wipfel einer Tanne an. Unter uns, unweit des Loch Lomond, erstreckte sich ein randvoller, dicht besiedelter Campingplatz.

»Ab hier musst du alleine weiter«, sagte Tante Helly. »Sonst muss ich vor meinen Schwestern zugeben, dass ich mich schon mein ganzes Leben lang verwandeln kann. Und dass ich Mr Darcy zu einem Bauern in die Lowlands geschickt habe, der nicht die geringste Ahnung von Unverträglichkeiten bei Schweinen hat.« Sie hielt sich ihre Eichhörnchenpfote vor die Schnauze und kicherte. »Ich weiß nicht, was sie wütender machen würde.«

»Soll ich mich jetzt zurückverwandeln?«, fragte ich.

Tante Helly hob die Schultern. »Wozu? Zeig ihnen doch gleich, was du kannst! Und ich verwandle mich mal schnell in einen

Wanderfalken und sehe nach, wie es unserem Hausschwein geht. Du findest alleine zurück, nicht wahr? Tschüssi!«

Verdutzt starrte ich ihr hinterher. Meinte sie, alleine ins Camp oder alleine in meinen Körper zurück? Beides knifflig. Aber bevor ich ihr das sagen konnte, hatte sich Tante Helly schon in einen prächtigen Falken verwandelt und flog über mir durch die Lüfte in Richtung Lowlands.

# Sechs

Als Eichhörnchen einen belebten Campingplatz zu überqueren, war kein Kinderspiel. Bis ich das Zelt meiner Tanten in Reihe D erreicht hatte, hatte ich gleich mehrmals mein noch junges Eichhörnchenleben riskiert: In Zeltreihe B hatte ich einen Cockerspaniel, einen verrückten Dobermann und eine Horde wild gewordener Kinder abschütteln müssen und wäre beinahe gegen einen brennenden Grill geknallt. Umso enttäuschter war ich, als ich den Zeltplatz meiner Tanten leer vorfand.

Ratlos kletterte ich auf ihren Campingtisch. Waren sie spazieren? Ich beschloss, zum Parkplatz zu laufen, und gerade, als ich dort ankam, bog Tante Mildreds alter Fiat um die Ecke.

Während sie das Auto einparkte, überlegte ich, wie ich sie auf mich und meine neue Verwandlung aufmerksam machen könnte. Ich könnte auf Tante Mildreds Schulter springen. Meine Stimme verstellen, bis ich klang wie ein Nager aus einem Disneyfilm. Oder ihnen zahm bis zum Zelt hinterherlaufen, bis sie dahinterkamen, dass mit diesem Eichhörnchen etwas nicht ganz stimmte.

»Dieser verflixte Auftrag. Ich finde, wir sollten MacBiggs nicht helfen. Es ist nicht richtig«, murmelte Tante Rose und schlug die Autotür zu.

»Keine Frage, es ist das Schwierigste, was wir bisher machen mussten. Du hast selbst gesehen, wie viele Wochen ich mich damit beschäftigt habe.« Tante Mildred seufzte und hievte eine große Tasche aus dem Kofferraum.

Ich erstarrte und alle Guckt-mal-wie-winzig-ich-bin-Gedanken ebenso. Sie sprachen über den Auftrag. Der, jetzt hatte ich Gewissheit, absolut gar nichts mit einem Kunden aus dem Pfandleihladen zu tun hatte. Sondern mit meinem Großonkel MacBiggs.

Wie praktisch, dass ich mich nicht einfach zu erkennen gegeben hatte. Jetzt konnte ich gefahrlos weiterlauschen. Ich folgte den beiden in sicherem Abstand.

»Aber ich verstehe das nicht. Was erhofft er sich davon? Worum geht es ihm?«, fragte Tante Rose jetzt.

Tante Mildred zuckte mit den Schultern. »Du weißt, wie es funktioniert. Er gibt uns Aufträge, und wir führen sie aus, ohne Wenn und Aber. Das ist der Deal. Wir müssen ihm vertrauen.«

Tante Rose war nun am Zeltplatz angelangt. »Was ist, wenn er etwas Illegales plant? Es wäre nicht das erste Mal, dass wir Aufträge erledigen, die nicht ganz richtig sind.«

Tante Mildred setzte sich in einen Campingstuhl und kramte aus ihrer Handtasche die Schatulle mit dem Medaillon heraus, das sie angeblich einem Kunden liefern wollte und welches der Grund für die Reise in die Highlands war. »Ich denke nicht, dass er Böses im Schilde führt. Seine Pläne sind eben jedes Mal ... sehr speziell.«

Ich hatte genug gehört und war nicht länger bereit, mich nach Strich und Faden anlügen zu lassen.

»Okay, raus damit«, rief ich und baute mich zu meiner vollen

Größe von eindrucksvollen sieben Inches auf. »Was ist das für ein Auftrag, den ihr da ausführt? Und versucht gar nicht erst, mich anzuflunkern. Ich habe alles gehört.«

Als die beiden meine Stimme hörten, guckten sie sich erst erschrocken auf Augenhöhe um, bevor sie mich schließlich im Gras entdeckten. Ha. Ich hatte sie auf frischer Tat ertappt.

»Ophelia! Bist das du? Du bist ja ein Eichhörnchen«, rief Tante Mildred entzückt.

Ja. Das war ich. Obwohl ich mich, rückblickend betrachtet, wohl lieber in ein stattliches Wildschwein hätte verwandeln sollen. Das hätte mir bestimmt ordentlich Respekt verschafft. Vor dem wild gewordenen Dobermann aus Zeltreihe B, aber auch vor meinen heimlichtuerischen Tanten.

»Ja, ein niedliches noch dazu«, jauchzte Tante Rose.

Tante Mildred nickte. »Das stimmt. Du bist richtig gut. Hat Lora dir dabei geholfen?«

»Nein, das hab ich ganz alleine hinbekommen«, sagte ich stolz. Na ja, fast. Aber dann besann ich mich meines eigentlichen Anliegens. »Und jetzt lenkt nicht ab. Was ist der wahre Grund dafür, dass ihr mitgefahren seid? Und streitet es nicht ab. Ich weiß, dass Big Mac euch seit Jahren per Telefon Aufträge erteilt.«

Tante Mildred runzelte misstrauisch die Stirn. »Hast du dich in unsere Familienwebsite gehackt?«

»Was? Nein!«

»Woher weißt du dann davon?«

Schuldbewusst hob Tante Rose die Hand. »Gut möglich, dass ich ihr das erzählt habe. Schon vor Wochen, als ich zu viel Sekt getrunken hab.«

»Na prima.« Tante Mildred seufzte und sah sich um. Vermutlich, um zu prüfen, ob der Geier in Lauschweite war. War er glücklicherweise nicht. »Ja, es gibt Aufträge, Ophelia. Und ja, wir wissen noch nicht so recht, was sie eigentlich bedeuten, aber …«

»Warum bekommen Lora und ich keine Aufträge?«, unterbrach ich sie ungeduldig. »Nicht dass ich welche wollen würde. Ich meine ja nur.«

»Ich glaube, ihr seid noch nicht alt genug.« Sie rieb sich angestrengt den Kopf. »Ach, ich weiß auch nicht. Warum denkst du eigentlich, dass ausgerechnet ich alles über unser Familiengeheimnis weiß?«

Ich betrachtete sie. Entweder log meine Tante Mildred gerade verdammt gut oder sie war auch nur ein kleines Rädchen in einem viel größeren Plan. Beide Möglichkeiten munterten mich nicht gerade auf.

»Hat es mit Eleanor zu tun?«, bohrte ich weiter. »Ist der Geier etwa Eleanor?«

Tante Mildred kniff die Augen zusammen. »Du denkst, dein Großonkel hat sich in eure Mitschülerin Eleanor verwandelt? Wie kommst du denn auf diese Idee?«

»Ich weiß nicht. Es war bloß ein Traum.« Ich schüttelte verwirrt den Kopf. »Was allerdings kein Traum ist, ist unser Großonkel, der uns ständig überwacht. Warum interessiert es diesen Spinner, wenn eine Gruppe Teenager dusselige Spiele spielt? Wir haben heute Schafe geschoren!«

»Oh, Schafe«, zwitscherte Tante Rose verträumt. »Ich liebe Schafe. Sie sind so flauschig und kuschelig …«

»Nicht! Kein Wort mehr über Schafe, Rose«, knurrte Tante Mildred. »Denk an Mr Darcy, in Pumphosen.«

Tante Rose nickte gehorsam, und ich beschloss, meinen letzten Joker zu spielen. Dafür setzte ich meinen süßesten Eichhörnchenblick auf. »Ach, komm schon, Tante Mildred. Du weißt doch etwas, das ich nicht weiß. Raus damit.«

Tante Rose jedenfalls schmolz dahin. »Oh, Mildred? Siehst du nicht ihr treuherziges Eichhörnchengesicht? Ihre Bäckchen? Und ihre Kulleraugen? Niemand kann einem süßen Eichhörnchen einen Wunsch abschlagen.«

Doch Tante Mildred konnte es. »Es geht nicht, Ophelia. Es ist zu eurem eigenen Besten.«

Ich ließ den Kopf sinken. Tante Mildred war aber auch eine harte Nuss. Und jetzt die Es-ist-zu-eurem-Besten-Karte zu spiele war wirklich unterste Schublade.

»Dann zeig mir zumindest das Medaillon«, verlangte ich.

Offenbar schien Tante Mildred erst jetzt zu bemerken, dass sie die Schatulle noch in der Hand hielt. Sie zögerte kurz, doch dann nahm sie das Medaillon heraus und legte es vor mich ins Gras.

Es war eine zerkratzte silberne Kette mit Herzanhänger. Ein Ding, das schon seit Ewigkeiten aus der Mode war.

»Ein altes Medaillon. Nichts weiter.« Sie seufzte. »Hör zu, Ophelia. Ich weiß, du bist in Sorge. Aber du musst keine Angst vor dem Geier haben.«

Das beruhigte mich leider gar nicht. »Ich habe keine Angst vor ihm. Aber er ist total creepy. Und außerdem sagt ihr doch selbst, er hat seine eigenen Methoden. Wahnsinnige Methoden.«

»Wir würden nie zulassen, dass dein Großonkel euch Schaden zufügt. Außerdem haben wir immer ein Auge auf euch«, versicherte mir Tante Mildred. Dann entspannten sich ihre Gesichtszüge und sie führte mich ins Zelt. »Und jetzt sieh dir an, was wir für dich haben. Etwas, das dir gefallen könnte.«

Eigentlich hatte ich nicht vorgehabt, sie vom Haken zu lassen. Aber nun, im Innenraum des geräumigen Zelts, neben dem zusammengeklappten Campinggrill und der Luftmatratze, hatten meine Tanten doch tatsächlich etwas gegen die Zeltwand gelehnt, das ich seit Wochen nicht gesehen hatte: mein Porträt. Ich nannte es »Frau mit Glatze, Doppelkinn und mächtiger Warze«, was nun nicht mehr so ganz zutraf. Ich hatte vor einiger Zeit herausgefunden, dass es eine Art Gradmesser meiner Verwandlungsfähigkeit war. Je ähnlicher es mir sah, desto besser war ich.

»Es wird von Tag zu Tag hübscher«, sagte Tante Mildred zufrieden.

Tante Rose nickte. »Es fehlt gar nicht mehr viel und du hast Lora überholt.«

Das war nicht nur so dahingesagt. Die Dame auf dem Porträt sah mir wirklich sehr ähnlich. Kaum zu glauben, dass ausgerechnet ich in Sachen Verwandlungen so schnell dazugelernt hatte.

»Wie sieht's mit Rückverwandlungen aus? Wie schnell gehen die dir denn von der Hand?«, fragte Tante Mildred und nahm sich einen Schokopudding aus der Kühltasche.

Ich ließ mich auf meinen Eichhörnchenhintern plumpsen und dachte nach. Mit Rückverwandlungen hatte ich so meine Probleme. Laut Tante Mildred ging es dann besonders schnell, wenn man eine Erinnerung abrufen konnte, die man beinahe vergessen hatte. Aber das war genau die Crux: Vergessene Erinnerungen ließen sich nicht so einfach abrufen.

Und doch hatte ich einen Weg gefunden, um mich rasch zurückzuverwandeln. Ich dachte an meine Mum. Doch so verbissen ich nun an sie dachte, es stellte sich keine Rückverwandlung ein. Mist.

»Versuchst du's gerade?« Tante Rose betrachtete mich. »Oder hast du bloß Nagetierblähungen? So ein neues tierisches Verdauungssystem ist nicht einfach.«

»Tante Rose weiß, wovon sie spricht«, sagte Tante Mildred grinsend.

Tante Rose schnaubte. »Wirst du wohl aufhören, mich wegen des winzig kleinen Kamelapfels im Wohnzimmer aufzuziehen? Es war ja nicht der echte Mr Darcy, vor dem ich mich angemacht habe.«

Tante Mildred kicherte. »Schon gut, wir reden nicht mehr über dein kleines Missgeschick! Außerdem heißt es nicht Kamelapfel.«

»Ach, Frau Neunmalklug, wie heißt es denn? Gefällt dir Kamelkacke besser? Kamelkacke, Kamelkacke, Kamelkacke. Habe ich dir jetzt den Appetit verdorben?«

In der Tat schien Tante Mildred nicht mehr viel Lust auf ihren Schokopudding zu haben. »Es heißt Kameldung.«

Oje. Ich stellte mich auf die Hinterbeine, bereit, in Eichhörnchen-Geschwindigkeit vor meinen Tanten zu flüchten, mir ein ruhiges Plätzchen zu suchen und mich zurückzuverwandeln. Dabei war ich froh, dass sich der Campingplatz so weit weg von unserem Lager befand. Wenn ich nur daran dachte, dass jemand beiläufig ihre Gespräche hören würde … vielleicht war der Geier dann doch das kleinere Übel.

# Sieben

Das Grinsen, das Lora aufsetzte, nachdem Mr Gibs zwei Tage später den nächsten Wettbewerb vorgestellt hatte, war riesig. »Diese zwölf Punkte gehören uns. Marsha ist clever und Don ist stark. Aber beides zusammen? Keine Chance.«

Ich lächelte zufrieden. Auch wenn ich seit vorgestern unentwegt an die Heimlichtuerei meiner Tanten, die recht schwierige Rückverwandlung aus der Eichhörnchengestalt, die nach ein paar Anläufen dann doch geklappt hatte, und den Der-Eleanor-Geier-sticht-mir-die-Augen-aus-Traum gedacht hatte – zumindest in den Wettbewerben lagen wir vorne.

Und das nicht nur wegen des gewonnenen Schafscherwettkampfs. Letzte Nacht war die Gruppe aus Dundee als Erste in Mr Gibs' Jagdhütte alias die Hütte der Moorleiche gezogen. Lora, Roger, Marsha, Don und die anderen aus Aberdeen waren ihnen gefolgt und hatten sie mit der vollen Palette an Spukeffekten, Schreien aus dem Wald und sogar einer Kettensäge das Fürchten lehren wollen, doch die Dundee-Mädchen waren cool geblieben. Aber als alle längst im Bett lagen, geschah etwas, das niemand für möglich gehalten hatte. Eine kleine, unschuldige Spinne war über den Boden der Moorleichenhütte gekrabbelt und hatte unter den sechs Mädchen ein wahres Schreikonzert ausgelöst. Kaum eine Minute später stand das gesamte Dundee-Team schlotternd im Wald, wurde von Mr Clarkes Jeep abgeholt und musste sich von den zwölf Punkten für die Mutprobe verabschieden.

Nun, da feststand, dass es in Mr Clarkes Jagdhütte offenbar Spinnen gab, hatte sich Lora tausendmal von uns versichern lassen, dass niemand an unbehandelter Arachnophobie litt. Taten wir zum Glück nicht.

Doch bevor unsere Nacht in der Moorleichenhütte anstand, mussten wir das hier überstehen. Mathe-Baumstammwerfen. Bei diesem Wettkampf musste ein Spieler jedes Teams von einer Linie aus einen Baumstamm möglichst weit ins hohe Gras werfen. Um die Sache noch etwas schwieriger zu gestalten, befanden sich unter jedem Baumstumpf aufgeklebte Rechenaufgaben, die der Spieler ohne Hilfsmittel lösen musste. Gewertet wurden die Zeit, die man zum Lösen der Aufgabe benötigte, und die Weite des Wurfs.

»Schau mal, Aberdeen nimmt Don«, raunte ich Lora zu.

»Vielleicht ist er ja gar nicht so dumm?«, wisperte Lora zurück.

Ja. Vielleicht war er das wirklich nicht. Ich beobachtete ihn dabei, wie er sich zufrieden auf Mr Gibs' Teilnehmerliste eintrug.

»Mathe?«, jammerte ein Glasgow-Junge namens Marc in diesem Augenblick. »Das ist eine Katastrophe. Bei unserer letzten Mathearbeit sind alle durchgefallen.«

»Alle?«, antwortete Don und grinste breit. »Haha, wie dumm ihr seid. Und welche Note hattest du?«

Das gesamte Glasgow-Team kicherte zufrieden.

»Okay, ich nehme alles zurück«, murmelte Lora und rieb sich zufrieden die Hände. »Don ist ein absoluter Holzkopf.«

Während sich die Spieler von Glasgow und Aberdeen eintrugen, kam Mr Gibs zu uns. Passenderweise hatte er einen Sweater an, auf dem ein Mann im Kilt beim Baumstammwerfen abgedruckt war. »Habt ihr euch schon entschieden, wer antritt?«

Während Lora und Adrian wild den Kopf schüttelten (beide waren weder stark noch Rechengenies) und Eleanor sich als Antwort an die Stirn tippte, bekam ich beiläufig mit, wie Cliff und Amalia ihr eigenes Gespräch führten.

»Du solltest spielen«, schlug Amalia vor.

Cliff stöhnte. »Es gibt Bessere hier in Mathe als mich.«

»Gar nicht wahr. Du bist klug und stark. Schau doch, Don zieht sich gerade sein Shirt aus und wärmt sich mit Liegestützen auf. Komm schon, das könntest du auch.«

Diesmal antwortete Cliff gar nicht erst. Er hasste es, im Mittelpunkt zu stehen. Vor vielen Menschen wurde er so nervös, dass er noch nicht mal imstande war, ein einfaches Französischreferat zu halten. Gerade, wenn man den anderen seit Jahren weismachen wollte, der selbstbewusste Schulstar zu sein, war das eine ziemlich verzwickte Angelegenheit.

Amalia stupste ihn an. »Ich finde, es darf jeder mitbekommen, dass ich den tollsten Freund aller Zeiten habe. Du kannst es dir leisten, ohne Shirt Baumstämme zu werfen.«

»Ehrlich?«

»Oh ja. Ist ja nicht so, dass ich dich noch nie ohne Shirt gesehen hätte.«

Am liebsten hätte ich mir die Finger in die Ohren gesteckt. Ich wollte diesem Gespräch nicht länger zuhören. Wirklich nicht. Aber leider waren die beiden so laut, dass man sich schon Miss Coopers Muffins in die Ohren hätte stecken müssen.

»Bist du etwa aufgeregt?«, rief Amalia.

»Nein. Na ja, vielleicht etwas«, gab Cliff zu. Er zog Amalia noch ein Stückchen weiter zur Seite. »Es kann gut sein, dass ich vor all diesen Menschen nicht mal mehr zwei und zwei zusammenzählen kann. Willst du das Risiko eingehen? Ich könnte das Spiel haushoch verlieren.«

Amalia runzelte die Stirn. »Seit wann hast du denn Lampenfieber?«

»Seit ... argh.« Cliff raufte sich die Haare. »Bitte, lass es wen anders machen. Ich erledige dafür die nächste Aufgabe. Egal, was es ist. Komm schon.«

Amalia sah ihn an und schüttelte dabei fassungslos den Kopf, ähnlich, wie Tante Mildred es immer bei mir tat, wenn ich etwas ausgefressen hatte. »Ich weiß gar nicht, was in letzter Zeit mit dir los ist, Cliff. Du bist ständig so verhalten und unentschlossen.«

»Was soll das denn heißen?«

»Du weißt, was ich meine.«

»Ich habe keine Ahnung, wovon du sprichst.«

»Na, das Liebesgeständnis«, zischte sie, deutlich leiser, aber immer noch ziemlich laut. »Ich warte immer noch darauf, Cliff. Wir sind schon über ein Jahr zusammen, und du hast mir immer noch nicht gesagt, dass du mich liebst.«

Ich hatte ja nicht lauschen wollen, ehrlich, aber jetzt konnte ich nicht mehr weghören. Denn ich musste an meine Verwandlung in Penelope, Cliffs kleine Schwester, denken. Und daran, was

Cliff ihr gebeichtet hatte: Er war nicht nur in Sachen Gefühlsbekundungen absoluter Anfänger, sondern er zweifelte daran, dass er Amalia liebte. Ging es darum? Verlangte Amalia die drei magischen kleinen Wörter von ihm?

»Ist dir das denn so wichtig?«, fragte Cliff jetzt.

»Natürlich. Ich weiß gar nicht, warum du dich so anstellst. Also, ich habe es schon …«, Amalia schien zu rechen, »… drei Mal gesagt. Einmal zu meinem ersten Freund, als ich zwölf war, auf Papier, keine Ahnung, ob das zählt, und dann zu Derrick, meinem letzten Exfreund, und natürlich zu dir. Aber bei Derrick bereue ich es furchtbar.«

»Weil du es zu voreilig gesagt hast?« Cliff betrachtete sie nachdenklich.

»Nicht deswegen. Weißt du, er hat mir immer erzählt, dass er was mit Tieren macht.«

»Das ist doch süß!«

»Nicht wirklich. Er war Auszubildender beim Metzger.«

Cliff und Amalia schwiegen, während ich danebenstand und die dicke Luft zwischen den beiden fast schon vor mir sehen konnte. Diese schlechte Stimmung war ja kaum zu ertragen. Ich musste was unternehmen – zumal langsam auch Lora und die anderen in unsere Richtung blickten in der Hoffnung, einer von uns würde diese Aufgabe übernehmen.

»Mae könnte sich für dieses Spiel aufstellen lassen«, schlug ich laut vor. »Mae ist stark. Und gut in Mathe.«

»Warum nicht?« Mae hatte uns gehört und schlenderte zu uns rüber. Sie schien sich tatsächlich zu freuen, dass ich sie vorgeschlagen hatte. »Ich bin gut im Training!«

Cliff sah mich erleichtert an.

»Nur, damit das klar ist«, rief Mae. »Mein Shirt lass ich an.«

»Ist auch besser so«, knurrte Roger.

»Ich hoffe, es kommt noch ein Wettkampf, wo ich dir mit einer Armbrust einen Apfel vom Kopf schießen darf«, murmelte Mae und trug sich auf der Teilnehmerliste ein.

Wir wanderten zum Wettkampfgelände hinüber, wo Mr Gibs erneut die Tafel aufbaute, Miss Cooper Kuchen unter den Zuschauern verteilte und die Aufregung vor dem Spiel richtig zu spüren war. Als es schließlich losging, die übrigen Teammitglieder ihre Wimpel hissten, Schlachtgesänge anstimmten und jemand aus Glasgow sogar trommelte, lehnte ich mich zufrieden ans Geländer. Die Sache mit dem Liebesgeständnis konnte ich Cliff zwar nicht abnehmen, aber zumindest hatte ich den Streit zwischen ihm und Amalia abgewendet und ihn vorm Rampenlicht bewahrt. Das war immerhin das, was jemand wie ich in meiner Situation tun sollte: Cliff und Amalia helfen. Genauso, wie ich es auf meiner Party mit dem Kuss getan hatte, der die beiden wieder zusammengeschweißt hatte. Das war auch gut so, denn ohne eigenen Liebeskummer konnte ich mich viel besser auf die Spiele konzentrieren und hatte außerdem den Kopf frei, um herauszufinden, was mir meine Tanten nicht verraten wollten. Warum sich der Geier so oft in unserem Camp aufhielt. Und ob Eleanor mit ihm in Zusammenhang …

Eleanor!

Ich war so in Gedanken versunken gewesen, dass ich beinahe übersehen hätte, wie sie sich in diesem Moment klammheimlich von der Gruppe wegstahl.

Verdutzt sah ich ihr hinterher. Eigentlich sollte ich ja Mae die Daumen drücken. Doch da die ohnehin gerade im großen Einmaleins brillierte, Baumstämme hob, als wären sie nicht schwerer als Eleanors Ratte, und dabei auch noch bewundernde Blicke des wortkargen Laszlo auf sich zog, konnte ich ebenfalls davonschleichen. Das hier war immerhin die Gelegenheit, mehr über Eleanor herauszufinden. Doch zuerst musste ich dafür sorgen, dass mein Verschwinden nicht auffiel.

»Ich muss mal kurz weg«, wisperte ich in Loras Ohr. »Kannst du mich bitte decken?« Etwas abseits von uns schlüpfte Eleanor gerade ins Dickicht des Waldes. »Es geht um Eleanor. Vielleicht kann ich sie überführen. Ich glaube nämlich, sie ist in Wirklichkeit MacBiggs.«

Lora rollte mit den Augen. »Du glaubst, dass Eleanor in Wahrheit unser Großonkel ist? Nicht jeder Idiot hier im Camp ist unweigerlich er in anderer Gestalt, Ophelia.« Sie seufzte. »Da käme der alte Geier gar nicht mit dem Verwandeln nach. Hast du gesehen, wie mir der Kerl aus Glasgow den Stinkefinger gezeigt hat, als ich gewonnen habe? Wie alt sind wir, acht?«

Während Lora sprach, war es drüben auf dem Wettkampfgelände ungewohnt leise geworden. Niemand stimmte mehr Schlachtgesänge an, kein Wimpel wehte im Wind. Mae, Don und die anderen Werfer standen auch nicht mehr auf ihren Positionen, sondern bildeten eine Menschentraube um eine Stelle auf dem Rasen.

»Irgendwas stimmt mit Hannah nicht!«, schrie ein Junge von der Seite des Spielfelds in unsere Richtung.

Erschrocken starrten Lora und ich uns an. Eleanor, mein Plan und der Geier waren für einen Moment vergessen. Aus der Nähe erkannten wir Hannah, das Mädchen, das für Glasgow angetreten war. Sie lag umringt von einer Handvoll Lehrern und ihren Freundinnen im Gras und rang keuchend nach Luft. Schweiß strömte über ihr Gesicht. Es war ein grauenvoller Anblick.

»Ein Asthmaanfall«, wisperte Mae neben mir.

»Ihr müsst ruhig bleiben. Und ihren Oberkörper heben. Sie soll sich vornüberbeugen. Beengende Kleidungsstücke müssen weg«, ordnete Mr Clarke an. Dann, an Hannah selbst gewandt, fragte er: »Weißt du denn nicht, wo dein Spray ist?«

Als Antwort gab Hannah bloß ein Röcheln von sich. Die Sache war ernst, das war jedem hier klar.

»Es war in ihrer Tasche, Mr Clarke«, beteuerte Hannahs Freundin und deutete auf eine pinke Sporttasche, die etwas abseits lag. »Aber jetzt ist es nicht mehr da. Da ist bloß die Verpackung. Ohne Inhalt.«

»Welche Farbe hat es?«, fragte Mr Clarke.

»Dunkelgrün«, antwortete Hannahs Freundin.

»Okay. Sie, Mr Gibs, laufen in meine Hütte und rufen den Krankenwagen. Und alle anderen suchen einen dunkelgrünen Inhalator!« Mr Clarkes schroffe Art hatte eindeutig Risse bekommen, jetzt sah unser stets etwas missmutig wirkender Campleiter nämlich hektisch und nervös aus. »Er kann nicht weit sein. Sucht das gesamte Camp ab, ja? Die Waschräume, die Essensausgabe, die Gemeinschaftshütte, die Toilette, alles! Verstanden?«

Erschrocken stand ich da, während die anderen Mr Clarkes Anweisungen Folge leisteten, und musste plötzlich an Tante Mildred denken, die sich ganz zu Beginn meiner Verwandlungsepisoden in den Oberarzt aus einer TV-Serie verwandelt hatte. Das konnte ich inzwischen auch. Doch was half mir das, wenn sich meine medizinischen Fähigkeiten auf Wunden bepusten, Grippetabletten in Wasser auflösen und Pflaster aufkleben beschränkten? Warum benahm sich unsere Familie so, als wäre unsere Fähigkeit der sprichwörtliche Stein der Weisen, wenn sie im Ernstfall so nutzlos war wie eine leere Verpackung ohne Inhalator?

Es war Cliff, der unter uns Schülern die Führung übernahm. »Okay, wir finden dieses Ding«, rief er, als wären wir seine Fußballmannschaft kurz vor ihrem wichtigsten Spiel. »Lora, du suchst im Speisesaal, Roger, du in den Waschräumen und auf der Toilette, Mae, Amalia, ihr durchsucht das Gelände, vielleicht ist das Ding aus der Tasche gefallen.« Er überlegte angestrengt. »Hat jemand von euch etwas mitbekommen?«

Während Cliff sprach, fügte sich in meinem Kopf plötzlich alles zusammen. Eleanor alias der Geier alias mein wahnsinniger Großonkel kam mir in den Sinn, und ich bekam eine Gänsehaut. »Eleanor! Ich habe gesehen, wie sie sich weggeschlichen hat.«

Cliffs Blick schnellte zu mir. »Du denkst, sie war es? Sie hat ihn geklaut?«

»Nicht sicher ... aber möglich.« Betreten schaute ich zu Boden. Es konnte schließlich niemand ahnen, dass Eleanor vielleicht keine gewöhnliche Schülerin war.

Doch Cliff schien mir zu glauben. »Und wo ist sie jetzt?«, fragte er.

»Im Wald«, murmelte ich. Vermutlich hockte mein Großonkel inzwischen wieder in seiner Lieblingsgestalt als Geier auf irgendeinem Baumwipfel, hatte das Spray wie ein Kuckucksei in einem Vogelnest versteckt und lachte. Ich fühlte plötzlich eine unbändige Wut auf diesen Vogel. Nicht zu glauben, dass ich Roger neulich noch davon abhalten wollte, ihn mit dem Schuh zu treffen, bloß weil er ein Familienmitglied war.

Da stand Adrian plötzlich neben mir. »Sie kann nicht weit weg sein, Cliff. Die Campgrenze liegt nach einer halben Meile hinten im Wald. Weiter darf Eleanor nicht ins Gelände gehen.«

»Ich glaube kaum, dass sie sich um Mr Clarkes Campregeln schert, wenn sie Sprays klaut, Adrian.« Cliff war an Eleanors Zelt angelangt und wühlte hektisch in ihren Sachen. »Mist, da ist nichts. Hast du gesehen, in welche Richtung sie verschwunden ist, Ophelia?«

»Da lang.« Ich deutete ins Dickicht.

»Wir müssen ihr hinterher.« Cliff ließ Eleanors Kram fallen und wandte sich mir zu. Er reichte mir seine Hand. »Kommst du?«

»Ich gehe mit Ophelia«, bot Adrian an.

»Ich gehe alleine«, beschloss ich und hob eines von Eleanors Sweatshirts auf, das Cliff in seinem Durchsuchungswahn fallen gelassen hatte. Ich konnte weder Cliff noch Adrian mitnehmen, und das aus zwei Gründen. Zum einen hatte mein eigener Großonkel dieses Desaster verursacht, da war ich mir sicher, und deshalb war es nun auch meine Aufgabe, dieses Spray wiederzufinden. Und zum anderen hatte ich einen Plan.

Unschlüssig betrachtete Adrian Eleanors Pulli in meiner Hand. »Und was hast du vor? Willst du ihre Fährte aufnehmen?«

Ich verschwand ohne eine Antwort im Blätterwald. Genau das hatte ich vor.

Kaum waren Adrian und Cliff außer Sichtweite, landete Tante Helly auf meiner Schulter – in Eichhörnchengestalt.

»Na, was unternehmen wir heute Schönes?«, flötete sie. »Eine erneute Hochseilklettergarten-Tour als Eichhörnchen durch den Wald? Oder eine Flugstunde als Fledermäuse? Oder nein, warte, ich hab's!« Sie kicherte. »Wir verwandeln uns in fette Vogelspinnen und krabbeln in die Bluse von dieser aufdringlichen Spinnenphobikerin Alison, die Cliff neulich angeschmachtet hat.«

»Schscht.« Tante Helly kam gerade im rechten Augenblick, aber sie musste mir zuhören. »Vergiss die Spinne, Tante Helly. Ich muss mich in einen Hund verwandeln. Und zwar schnell.«

Tante Helly krabbelte meinen Arm entlang auf meine Hand und sah mich aus ihren großen dunklen Eichhörnchenaugen an. »In einen Hund? Warum denn das? Ich war eigentlich nie ein besonders großer Hundefreund. Ich bin eher ein Katzenmensch. Ich habe Tante Rose ja jahrelang bearbeitet, dass wir uns statt einem Hausschwein einen schnuckeligen Kater zulegen, aber Tante Mildred meinte, ein Allesfresser wäre praktischer, quasi gleich eine Biomüllverwertungsanlage. Mit Mr Darcy und seinen Allergien allerdings, tja, die Tierarztkosten sind höher als bei jedem überzüchteten ... hey, lass mich los!«

Kurzerhand steckte ich meine Tante in die Seitentasche meiner Jeansjacke. Ich hatte es eilig und jetzt war nun wirklich nicht die richtige Zeit für Geschwafel. »Ich sagte, ich muss ein Hund werden. Komm schon, verrat mir, wie das geht.«

»Na gut, wie du möchtest«, plapperte sie aus meiner Jackentasche. »Nun, Verwandlungen in Hunde sind ähnlich wie die in Eichhörnchen. Überlege dir zuerst mal, ob du ein Rüde oder ein

Weibchen sein willst, danach suchst du dir die Rasse aus, dann kommt das ungefähre Alter, du weißt ja, Hundealter ist gleich Menschenalter durch sieben, und dann perfektionierst du das Ganze mit ein paar arttypischen, charakterbezogenen Einzelheiten, zum Beispiel stellst du dir vor, wie der Hund deine Schuhe zerkaut, auf einen Teppich pinkelt, bei Regenwetter stinkt ... huch!«

Meine Verwandlung ging schneller als geplant. Entgegen Tante Hellys etwas kompliziertem Vorschlag (vor allem, was die Rechenaufgabe mit dem Hundealter anbelangte) hatte ich Eleanors Sweatshirt vor mir auf den Boden geworfen und einfach an Maes moppeligen Dalmatiner Rocky gedacht. Von dem wusste ich auch, dass er gerne in Maes Boxhandschuhe biss und die Katzenklappe benutzte, in der er oft stecken blieb. Unterstützend kam hinzu, dass Tante Helly und ich des Öfteren den Film *101 Dalmatiner* guckten und uns immer vorstellten, Tante Mildred sei Cruella de Ville, nur ohne den ganzen Pelz. Sie sah ihr aber auch verblüffend ähnlich.

»Alle Achtung. Maes Dalmatiner, sogar inklusive dem roten Samthalsband«, sagte Tante Helly, die durch die Verwandlung auf dem Waldboden gelandet war, anerkennend. »Und was hast du jetzt damit vor? Sollen wir Stöckchen holen spielen? Du siehst aus, als könntest du ein wenig Auslauf gebrauchen!«

»Wir müssen Eleanor suchen. Sie hat ein Asthmaspray geklaut«, informierte ich sie ernst. Dabei blieb mir nicht viel Zeit, mich darüber zu wundern, dass mir beim Sprechen plötzlich eine schlabbrige rosa Zunge aus dem Mund hing und ich dazwischen immer wieder seltsame Hechelgeräusche machte. Stattdessen konzentrierte ich mich auf das Wesentliche, betete, dass Dalmatiner halbwegs brauchbare Fährtenhunde waren, und steckte meine Schnauze tief in Eleanors Sweatshirt. Dabei stieg mir ein markanter Geruch nach Parfüm, Zigaretten und nach Ratte in die Nase. Derselbe Duft haftete außerdem an Grashalmen und an Pflanzen am Wegesrand.

Ha! Vor lauter Freude begann mein Hundeschwanz zu wedeln. Ich hatte ihre Fährte aufgenommen.

»Warte mal. Was hast du gerade gesagt? Eleanor hat ein Asthmaspray geklaut?«, fragte Tante Helly entgeistert und hastete mit großen Sprüngen neben mir her.

Anstelle einer Antwort hielt ich meine Hundenase konzentriert auf den Waldboden gerichtet, aus Angst, Eleanors Spur zu verlieren. Ein Hund zu sein fühlte sich gut an. Und erst diese wunderbaren Punkte überall auf meinem Fell. Der Dalmatiner hatte Potenzial zu meiner neuen Lieblingstierverwandlung.

Doch ein paar Wegkreuzungen später sah es mit meinem Spürsinn nicht mehr ganz so rosig aus. Eleanors Geruch vermischte sich mit einer neuen, männlichen Duftnote. Unsicher rannte ich erst nach rechts, dann nach links, und ich fürchtete schon, sie verloren zu haben, bis Eleanor schließlich zwei Weggabelungen weiter höchstpersönlich vor mir auftauchte. Sie saß auf einer sonnigen Lichtung und rauchte eine Zigarette.

»Pah. Bei einem Waldbrand wissen wir wenigstens, wer dahintersteckt«, empörte sich Tante Helly.

Ich duckte mich unter einem großen Farngewächs und versuchte, jegliches Hecheln zu unterdrücken. Die Sache war klar: Hannah brauchte ihr Medikament, und das würde ich ihr zurückholen. Und zwar noch ehe Eleanor mit dieser widerlichen Zigarette fertig war.

»Also, hier ist der Plan, Tante Helly. Ich stürme auf Eleanor zu, knurre so Furcht einflößend, wie ich kann, beschnuppere dabei ihre Taschen und suche das Spray. Und du gibst mir Deckung und beißt zu, wenn nötig«, wisperte ich und ärgerte mich im selben Moment, dass ich mir ausgerechnet den Dalmatiner und keine eindrucksvollere Hunderasse ausgesucht hatte. Einen Pitbull mit Stachelhalsband. Oder, noch besser, einen tollwütigen Wolfshund. Aber dafür war es jetzt zu spät.

»Na fein. Auf drei?«, schlug Tante Helly vor.

»Eins, zwei ...«

Kurz bevor wir losstürmen konnten, löste sich ein Junge aus dem Schatten des Waldes. Er hatte eine Glatze, trug schmuddelige Klamotten und war eindeutig der Verursacher der neuen, bierschwangeren Geruchsnote, die sich vorhin zu Eleanors gemischt hatte. Erschrocken ging ich wieder in Deckung.

»Hey, du bist zurück!«, sagte der Junge und kam auf Eleanor zu. »Erneut alleine im Wald unterwegs?«

»Lass mich in Ruhe«, erwiderte Eleanor unfreundlich. »Ich sagte doch schon, ich rede nicht mit Wilderern.«

»Ich bin kein Wilderer.«

»Doch, bist du, Carl.«

Der Junge, der offenbar Carl hieß, machte keine Anstalten, zu verschwinden, und trank aus einer Bierdose. »Ich mag dich. Du bist cool. Nicht so wie diese spießigen Privatschulkids, die da drüben campen.«

»Ich fühle mich geschmeichelt«, brummte Eleanor sarkastisch. Dabei zog sie eine verknitterte Karte aus ihrer Hosentasche. Es war eine dieser kostenlosen Faltkarten, die in Mr Clarkes Hütte herumlagen. »Und jetzt verzieh dich!« Dann schien ihr ein

Gedanke zu kommen. »Entweder das, oder du verrätst mir, wo der keltische Friedhof liegt, wo sich angeblich das Grab des Mädchens aus dem Moor befindet.«

Bei Eleanors Worten vergaß ich meinen Auftrag und das Spray für einen Moment. Der Friedhof. Niemand war sich sicher, ob der sagenumwobene keltische Friedhof tatsächlich existierte. Genauso wie die Geschichte um das Mädchen aus dem Moor war er nichts weiter als eine Legende. Dachte ich zumindest.

Tante Helly neben mir stellte ihre Ohren auf. »Das wird ja immer schlimmer. Jetzt klaut sie nicht nur Asthmasprays, sondern ist auch noch eine Hexe auf der Suche nach Friedhöfen. Denkst du, sie veranstaltet dort seltsame satanistische Rituale? Malt Pentagramme auf Gräber? Trinkt aus Tierhörnern?« Sie sog erschrocken Luft ein. »Wobei, Sekunde mal. Wenn du mit deiner Theorie mit dem Geier und Eleanor recht hast, dann ... dann ist es ja nicht Eleanor, sondern MacBiggs, der das alles tut. Das macht es ja noch schlimmer!«

Genau das war es, was mich nicht nur zutiefst verwirrte, sondern mir außerdem gehörig Angst einjagte. Die Sache war wie verhext: Je mehr ich nachbohrte, desto mehr neue Fragen tauchten auf. Ob Tante Mildred von alldem wusste?

»Okay, ich gehe ja schon«, murmelte Carl draußen auf der Lichtung und kickte seine Bierdose in den Wald. »Allerdings könnte ich dir verraten, wo sich dieser Friedhof befindet. Warte, ich zeichne es dir auf der Karte ein.« Er schnappte sich das Stück Papier und schien mit einem Stift etwas darauf zu markieren. »Aber jetzt musst du mir verraten, was du dort machen möchtest.«

Eleanor betrachtete Carls Markierungen. »Mit Toten reden.«

Sie stand auf und drückte ihre Zigarette auf einem Stein aus. »Die Lebenden sind mir zu anstrengend.«

Zu anstrengend? Sie war es doch, die Hannah das Spray geklaut hatte. Friedhöfe, Legenden und Großonkel hin oder her, ich musste endlich das tun, was ich mir vorgenommen hatte, bevor Eleanor erneut verschwand. Und zwar das Spray zurückholen. Ich zögerte keine weitere Sekunde, sprang knurrend aus der Deckung und warf mich gegen Eleanors Brust.

»Was zur ... ah! Mach, dass dieser wild gewordene Hund verschwindet«, rief Eleanor und schlug um sich.

Doch ich ließ mich nicht abschütteln. Konzentriert schnupperte ich an ihren Klamotten auf der Suche nach dem Spray. Ich prüfte ihre Hosentaschen und ihre Jackentaschen. Nichts.

Gerade als ich innehielt, um zu überlegen, wo sie das Ding sonst noch versteckt haben könnte, spürte ich einen festen Tritt gegen meinen Hundekörper. Er riss mich von den Pfoten und katapultierte mich mit voller Wucht gegen einen Baum. Das Jaulen, das aus meinem Maul kam, klang erbärmlich.

Allerdings hatte nicht Eleanor mich getreten, sondern Carl. Wütend rappelte ich mich auf und hob die Lefzen.

»Zu blöd, dass ich mein Jagdgewehr nicht mithabe, um dich räudigen Köter abzuknallen«, knurrte der Kerl mir entgegen.

Huch! Jagdgewehr? Da war ich aber erleichtert, dass er das nicht dabeihatte. Zu meinem Entsetzen sah ich jedoch, dass er sich stattdessen eine andere Waffe besorgt hatte: eine rostige Eisenstange, die er unheilvoll durch die Luft wirbeln ließ.

»Nicht, Carl.« Eleanor packte seinen Arm. »Das ist ein Dalmatiner und kein räudiger Köter. Bestimmt gehört er jemandem. Siehst du, er trägt sogar ein Halsband!«

Doch Carl hatte nicht vor, mich einfach so davonkommen zu lassen. Er schüttelte Eleanor ab und steuerte mit der Eisenstange in der Hand auf mich zu.

Verdammt! Starr vor lauter Angst überlegte ich, was zur Hölle ich nun tun konnte. Ich musste mich in ein anderes Tier verwandeln. Ein mächtigeres Tier. Vielleicht ... in eine Giftschlange. Was Carl davon halten würde, wenn der Hund vor seinen Augen plötzlich zur Schlange mutierte, kümmerte mich dabei nicht die Bohne. Eine spontane Verwandlung war meine einzige Rettung.

Also los. Während mein Herz so hart gegen meine Rippen schlug, dass es fast schon wehtat, dachte ich an eine Giftschlange. Ich dachte an ihre spitzen Fangzähne und ihre schuppige Haut, ich dachte sogar an Kaa, die böse Schlange aus dem *Dschungelbuch*, doch nichts geschah.

Shit.

Das Letzte, was ich sah, war Carl, der kraftvoll zum Schlag ausholte, als mit einem Fauchen, das mehr nach wild gewordener Katze als nach Eichhörnchen klang, Tante Helly in seinem Gesicht landete. Seine Eisenstange knallte laut zu Boden.

Vor Erleichterung wedelte ich unwillkürlich mit dem Schwanz. Dieser Angriff saß! Ohne zu zögern, hastete ich an Carl vorbei und flüchtete jaulend in die gegenüberliegende Richtung. Wenig später war auch Tante Helly an meiner Seite, die neben mir rekordverdächtige Eichhörnchensprünge hinlegte und nicht vorhatte, anzuhalten, bis wir eine gute halbe Meile Distanz zwischen uns und Carl gebracht hatten. Unter einem moosbewachsenen Felsvorsprung hielten wir schließlich an und verschnauften. Neben uns gluckerte ein Bächlein und ich watete erleichtert durchs kalte Wasser. Mann, war das angenehm. Jetzt wusste ich plötzlich, warum Hunde das dauernd taten.

»Danke, Tante Helly«, keuchte ich atemlos.

»Keine Ursache.« Tante Helly begann, sich unter dem Felsvorsprung das Fell zu putzen. »Was war eigentlich mit dem Spray? Eleanor hatte es nicht bei sich, oder doch?«

Ich schüttelte den Kopf. Mit Eleanor und dem Spray hatte ich mich getäuscht, auch wenn das nicht zwangsläufig bedeutete, dass sie mit dem Verschwinden des Inhalators nichts zu tun gehabt hatte.

Tante Helly ließ den Kopf hängen. »Tut mir leid, dass ich mich nicht in einen Grizzlybären oder einen anderen imposanten Waldbewohner verwandeln konnte, um dich vor diesem Wilderer zu retten. Aber das Killer-Eichhörnchen war auch nicht schlecht, oder? Das hat Wilderer-Carl nämlich nicht kommen sehen.«

»Es war genau richtig so. Wenn Eleanor der Geier ist, wovon ich übrigens mehr und mehr überzeugt bin, hätte sie deine Verwandlung mitbekommen.« Ich watete aus dem Wasser und breitete mich neben Tante Helly auf den Kieselsteinen aus.

Nach heute wusste ich schon mal drei Dinge: Erstens, Eleanor war verrückt. Zweitens, wenn Eleanor mein Großonkel war, dann lag ihm doch etwas am Leben anderer. Sonst hätte er nicht versucht, mich vor Carl zu retten. Und drittens: Es gab tatsächlich einen keltischen Friedhof im Wald.

Keine meiner drei Erkenntnisse beantwortete allerdings, warum mein Großonkel so großes Interesse an unseren Junior Highland Games zeigte. Loras Theorie, dass ihm mit seinen durchgeknallten Assistenten Olaf und Patricia stinklangweilig geworden war und er ein wenig an die frische Luft wollte, fand ich nämlich alles anderes als plausibel.

Ganz egal, was das hier bedeutete, eins war klar: Früher oder später kam ich schon noch dahinter, was hier vor sich ging. Und wenn das geschah, konnte sich der Vogel besser mal warm anziehen.

# Acht

Als ich ins Camp zurückkam, in Menschengestalt natürlich (die Rückverwandlung war im Schutz des Höhlenvorsprungs und ohne Todesängste dann doch überraschend einfach gewesen), herrschte große Erleichterung. Nicht nur, weil Mae das Mathe-Baumstammwerfen gewonnen hatte, sondern auch, weil es Hannah wieder besser ging. Ihr verschollenes Spray war zwar nicht wiederaufgetaucht, dafür war ein Rettungswagen eingetroffen und hatte sie mit einem anderen Spray notversorgt. Kurz danach war Hannah wieder auf den Beinen gewesen und hatte darauf bestanden, Maes Sieg anzufechten, was vielleicht sogar funktioniert hätte, wären nicht zwischenzeitlich Hannahs Eltern verständigt worden. Die wollten nicht lockerlassen, bis Hannah versprochen hatte, auf der Stelle ihren Kram zu packen und noch heute zurück nach Glasgow zu fahren. Nun war sie abgereist und ihr Team auf sieben Spieler zusammengeschrumpft.

Allerdings war das inzwischen längst nicht mehr das Thema des Tages. Heute Nacht sollte Aberdeen in die Moorleichenhütte ziehen, deshalb hatte Lora kurz vor Einbruch der Dunkelheit alle übrigen Spieler zusammengetrommelt, um zu besprechen, was man denn tun könnte, um ihnen Angst einzujagen. Ihrer Einladung waren hauptsächlich Jungs gefolgt, denn Lora hatte seit der Schafscher-Aufgabe ein stattliches Grüppchen an Verehrern.

»Das mit Hannah ist zwar tragisch, aber das heißt noch lange nicht, dass wir heute nur tatenlos in unseren Hütten sitzen, während Aberdeen die volle Punktzahl für die Mutprobe abstaubt, verstanden?«, rief sie gerade, als ich in die Hütte kam. »Hey, Ophelia! Da bist du ja!«

»Deine Schafscher-Schwester hat es total drauf«, sagte ein Junge als Glasgow, grinste und legte den Arm um Lora. »Sie will sich vor der Hütte im Schlamm einbuddeln lassen, damit es so aussieht, als läge ihr abgetrennter Kopf auf dem Boden.«

»Außerdem hat sie aus Miss Coopers Küche Erdbeersoße geklaut, und nun verwandeln wir uns in eine blutgetränkte Zombiearmee«, sagte sein Kumpel. »Wetten, dass sich die Violinistin als Erste in die Hosen macht? Wie alt ist die, zwölf?«

Lora sah mich an. »Was ist, kommst du mit? Unser ganzes Team ist dabei.«

»Ja, mach doch«, rief der Junge. »Grusel-Zwillinge, wie in *The Shining*. Das gibt ihnen den Rest.«

Ich zögerte. Mich mit klebrigem Sirup zu tränken und danach im Schlamm eingraben zu lassen, war nicht gerade meine Vorstellung eines entspannten Abends. Vor allem nicht dann, wenn ich davor beinahe von einem Wilderer mit einer Eisenstange erledigt worden war. Das war für einen Tag wirklich genug an Aufregung. Außerdem gab es jetzt wichtigere Dinge zu klären.

»Hör mal, Lora.« Ich zog sie außer Hörweite ihres Fanclubs. »Ich will endlich wissen, was unser Großonkel hier sucht!«

»Frag ihn doch einfach«, schlug sie vor.

»Was?«

»Er kann doch sprechen, oder? Frag ihn, warum er hier ist, uns beobachtet und nicht in seinem Labor sitzt.«

Lora stellte sich das immer alles so einfach vor. Was sollte ich denn bitte schön zu ihm sagen? »Hallo, verehrter Großonkel, mir ist aufgefallen, dass Sie reges Interesse an diesen Spielen zeigen und sich zudem in einem Umkreis bewegen, der mich in meiner Privatsphäre etwas einschränkt.« Und dann, vielleicht noch mit etwas mehr Wut: »Warum zur Hölle können Sie sich nicht zum Teufel scheren?«

So in etwa?

»Wir reden später weiter!«, wimmelte Lora mich ab. Zum Abschied machte sie den Einhorngruß. »Wir wollen doch gewinnen, oder nicht? Auf geht's, Unicorns!«

»Auf geht's, Unicorns«, echote ich matt. Ich kam gar nicht erst dazu, ihr zu erzählen, was ich heute Nachmittag im Wald erlebt hatte. Stattdessen blieb ich als Einzige im Camp zurück, half Miss Cooper mit den Vorbereitungen für ihre Mascarponetorte, ließ mir von Mr Gibs alles über seine Lieblingsfantasyserie erzählen (der Plot war nur leider so verworren, dass ich irgendwann komplett den Faden verloren und mir nur gemerkt hatte, dass es um viele bärtige Männer ging, die noch viel mehr Schlachten austrugen), und schaute sogar bei unserem grummeligen Campleiter Mr Clarke vorbei.

Als es schließlich Mitternacht wurde und die anderen immer noch nicht zurückgekehrt waren, setzte ich mich auf die Veranda unserer Hütte und hielt nach dem Geier Ausschau.

Als ich da so saß, erinnerte ich mich an Loras Worte. Den Geier einfach fragen. Vielleicht war diese Idee gar nicht so dumm. Ich musste ihn nur dazu bringen, mir auch zu antworten. Was wohl am besten ging, wenn ich ihn genau dort hatte, wo ich ihn haben wollte.

Und dann kam mir eine Idee. Eine Geier-Falle. So etwas zu konstruieren, konnte nicht so schwer sein und brauchte sicher nur ein geringes Maß an Vorbereitung. Zuerst borgte ich mir eine der riesigen roten Transportboxen, in denen die Lebensmittelvorräte geliefert wurden, aus dem Lager, band sie verkehrt herum an ein Stück Seil, schlang das Seil um einen Ast und band das verbleibende Ende fest.

Jetzt musste ich nur noch ein Lockmittel finden. Geier fraßen Aas, das war bekannt, doch weil ich keine Lust hatte, den Wald nach einem Tierkadaver abzusuchen, entschied ich mich für ein Stück Steak aus dem Vorrat. Sicher war mein Großonkel kein Kostverächter.

Als in der Lehrerhütte das Licht ausging, legte ich los. Ich zog die schwere Transportbox mit der Öffnung nach unten unters Blätterdach des Baums, legte das Stück Fleisch darunter, spannte das Seil und wartete. Ob ich einen verwandelten Geier mit dieser vorsintflutlichen Falle tatsächlich einfangen konnte, war nicht sicher, denn rein theoretisch könnte sich mein Großonkel in Windeseile in ein winziges Insekt verwandeln, durch die Öffnungen der Box schlüpfen und meinen Plan damit zerstören. Doch seit meiner Geburtstagsparty vor zwei Monaten wusste ich, dass er spontane Insektenverwandlungen so gar nicht draufhatte. Schon damals hatte ihn Tante Helly in einen Vogelkäfig gesperrt, was ihn tatsächlich in Schach gehalten hatte. Zumindest so lange, bis Patricia und Olaf ihn befreit hatten.

Würde der erste Teil des Plans klappen, folgte Teil zwei. Ich würde den Geier nicht nur befragen, wie Lora vorgeschlagen hatte, oh nein, ich würde ihn in ein knallhartes kriminalistisches Kreuzverhör zwingen bis er sang wie ein Kanarienvogel. Und zwar so lange, bis ich alles erfuhr: warum er uns nun, wo wir unsere Gabe beherrschten, immer noch nicht aus den Augen ließ. Und warum zur Hölle er Tante Mildred und Tante Rose als seine persönlichen Marionetten benutzte. Und was das ganze Rumschleichen und Informationensammeln und die Geheimnistuerei überhaupt sollte!

Lange nach Mitternacht, als das Camp ruhig dalag und vom Geier jede Spur fehlte, war ich es schließlich leid, den blöden Strick zu halten. Ich band ihn um einen Ast, und kurz darauf wurde mein Kopf immer schwerer und sank gegen den Baumstamm. Das Nächste, was ich mitbekam, war, wie mir jemand sanft über meinen Handrücken strich.

»Ophelia. Was machst du denn hier draußen?«, fragte Adrian.

Erschrocken hob ich den Kopf und blinzelte gegen das Licht. Der Morgen graute, das Gras war nass vom Tau und die Luft kalt und frisch. Ich musste die ganze Nacht draußen an den Baum gelehnt verbracht haben. Ich hatte noch nicht mal mitbekommen, wie Eleanor zwischenzeitlich zurückgekehrt und in ihr Zelt gekrochen war, denn ihr Rucksack lag jetzt wieder davor. Ob sie den Friedhof gefunden hatte?

»Ich ... ähm ... tja«, stotterte ich hilflos und blickte in die Baumkrone. Die umgedrehte Kiste hing immer noch im Geäst, nur das Steak darunter fehlte. Wahrscheinlich hatte sich der Geier darüber hergemacht, bevor er als Eleanor schlafen gegangen war.

»Wolltest du auf uns warten?«, fragte Adrian leise. Seine Mundwinkel verzogen sich zu einem Lächeln.

»Genau. Dabei bin ich wohl eingeschlafen«, flunkerte ich und versuchte, mich zu strecken. »Mann, tut mein Rücken weh.«

»Besser schlechter Schlaf als gar keiner«, murmelte Adrian, nahm meine Hand und half mir auf. »Die Einzigen, die heute tief und fest geschlafen haben, waren diese Wunderkinder aus Aberdeen. Wir haben echt alles versucht, um sie aus der Reserve zu locken, aber die lagen völlig unbeeindruckt in dieser Moorleichenhütte und haben damit die volle Punktzahl für die Mutprobe geholt. Kommende Nacht sind wir dran.«

Ich sah mich um. Für diese frühe Uhrzeit war auf dem Campgelände eine Menge los. Die Teams kehrten aus dem Wald zurück und wanderten mit langen Gesichtern zurück in ihre Hütten. Auch Cliff, Amalia, Mae und Roger waren darunter. Waren die tatsächlich bis jetzt durch den Wald gegeistert?

»Wie wär's? Hauen wir uns noch ein wenig aufs Ohr und treffen uns am Nachmittag? Wir hätten vor der Nacht im Wald noch ein bisschen Zeit für uns«, schlug Adrian da vor. »Eine Verabredung am See? Ich besorge Miss Coopers Mascarponekuchen und du die Decken. Wie klingt das?«

Ich blickte hinauf zur Kiste im Geäst. Eigentlich hatte ich nicht geplant, meinen etwas tierunfreundlichen Plan zur Befragung des Geiers so schnell sausen zu lassen. Aber da ich nun keine Zeit mehr hatte, einen neuen Plan zu entwerfen, und der Geier als Mädchen verwandelt im Zelt schnarchte, nickte ich.

Wer weiß, vielleicht tat eine Auszeit von all den Verschwörungstheorien auch ganz gut. Ich war ja schon richtig verbissen und hätte vor lauter Geierfallen, Lockmitteln und Kreuzverhörtechniken um ein Haar Adrian vergessen.

Es wurde ein Date, wie es im Buche stand. Wir aßen fünf Stück Mascarponekuchen, zählten die Fische, die unterm Steg vorbeischwammen und lasen mit verteilten Rollen in Adrians Ausgabe von *Der Sturm*, einem Shakespeare-Stück, das ich noch nicht kannte, über das Adrian aber äußerst genau Bescheid wusste. Er hatte es sogar einmal in London im Nachbau des berühmten Globe Theatre gesehen.

Leider stellte sich heraus, dass der Titel des Theaterstücks ein unheilvoller Vorbote auf das war, was uns am Abend im Wald erwartete. Kurz nach Einbruch der Dämmerung fegten derart heftige Windböen übers Camp, dass Mr Clarke die Außenanlagen und unsere Hütten wind- und wetterfest machte. Unsere Nacht in der Moorleichenhütte fand allerdings trotzdem statt.

»Ein Sturm! Das ist ein Geschenk des Himmels«, jubelte Lora und schlang ihren Regenmantel fester um sich, während wir bei orkanartigen Böen die halbe Meile bis zur Moorleichenhütte wanderten.

»Ernsthaft?« Roger schien sich da nicht so sicher. »Ist es nicht schlimm genug, dass wir in der Hütte einer Toten schlafen müssen, während über ein Dutzend Spaßvögel nachts die Zombieapokalypse veranstaltet?«

Armer Roger. Cliff, Amalia, Lora und Mae hatten alles versucht, um ihm seinen irischen Aberglauben abzutrainieren. Sie hatten ihm von Studien erzählt, die bewiesen, wie der Verstand die Wahrnehmung täuschen konnte, und wie vermeintlich übersinnliche Phänomene dazu benutzt wurden, den Tourismus anzukurbeln und Geld zu machen. Nicht unwahrscheinlich, dass sich die Verantwortlichen des Naturschutzgebiets sogar über die Legende des Moorleichenmädchens freuten. Das zog immerhin Verrückte mit Geisterdetektoren und Kraftplatzmessgeräten an.

Lora grinste. »Jetzt denk doch mal nach. Was glaubst du, wie viele der anderen heute Nacht tatsächlich nach draußen gehen? Ich wette, die sitzen später alle in ihren Hütten, trinken heimlich Bier und glauben, dass wir uns bei ein bisschen Blitz und Donner ganz ohne ihre Hilfe in die Hosen machen.«

Kein schlechter Gedanke. Abgesehen davon hatte Lora vorgesorgt. Damit nicht mal ansatzweise so etwas wie Langeweile oder gar Angst aufkam, hatte sie Mr Clarkes Büro nach Gesellschaftsspielen und Vorräten durchsucht. Nun hatten wir nicht nur Karten zum Skat- und Bridgespielen, sondern auch eine uralte Ausgabe von *Mensch ärgere Dich nicht* sowie klebrigen Fudge und ein ganzes Pfund Jelly Beans im Gepäck.

Vor der Hütte erwarteten uns schließlich Mr Clarke und Mr Gibs, Letzterer in einem Sweater mit einem Gespenst und der Aufschrift *I am the fun in funeral* drauf.

»Ihr kennt die Regeln«, rief Mr Clarke in den tosenden Regen hinein. »Es ist nun wirklich die einfachste Aufgabe von allen. Ihr verbringt eine Nacht in meiner alten Jagdhütte, und wenn bis morgen früh keiner die Hütte vorzeitig verlassen …«

»Kommen Sie, Sie müssen das Ganze mit mehr Spannung machen«, wisperte ihm Mr Gibs zu. »Wer soll Ihnen das denn abkaufen?«

»Spannung? Soll ich mir etwa einen dummen Sweater wie den Ihren anziehen?« Mr Clarke drückte Mr Gibs den Schlüssel zur Hütte in die Hand. »Sie haben sich diesen kolossalen Schwachsinn ausgedacht. Ich war von Anfang an dagegen, Jungs und Mädchen zusammen in einer Hütte schlafen zu lassen.«

»Ach, Sie alter Spielverderber. Denken Sie echt, dass romantische Stimmung aufkommt, wenn sich alle gruseln?«, wisperte Mr Gibs.

»Sie müssen es ja wissen.« Mr Clarke brummte. »Und nun übernehmen Sie die Begrüßung, bevor der Sturm zulegt.«

»Liebend gerne.« Mr Gibs machte eine theatralische Pause und hauchte dann mit verstellter Stimme: »Seid gegrüßt, Freunde des Makabren, der Toten und des Übersinnlichen. Vor euren Augen befindet sich die berühmt-berüchtigte Moorleichenhütte. Die ehemalige Behausung einer armen, verfluchten Seele, die vor hundert Jahren qualvoll in den Moorlandschaften ertrunken ist. Und deren Geist diese Welt niemals verlassen hat.«

Alle kicherten, nur Roger wurde blass.

Adrian beugte sich zu mir. »Nicht übel. Mein Dad muss ihn unbedingt fürs Staatstheater engagieren. Oder zumindest als Stimme in der Geisterbahn.«

»Folgt mir nun in ihr Reich.« Mr Gibs winkte uns herein wie die Hexe vorm Knusperhäuschen. Mr Clarkes Jagdhütte war in etwa doppelt so groß wie die Hütten im Camp, nur um einiges schlechter erhalten. Im größten Raum, dem Wohnzimmer, gab es ein zerknautschtes graues Sofa und uralte Schränke, außerdem Flohmarktkleider, Bücher und Broschen, die den Eindruck erwecken sollten, sie seien einst im Besitz des Moorleichenmädchens gewesen. Jede Ecke, jede Nische und jedes Plätzchen war liebevoll gestaltet (wenn man einen makabren Spukort liebevoll nennen konnte) und hätten bestimmt einen guten Schauplatz für einen Gruselfilm abgegeben.

Mae griff nach einem riesigen fleischfarbenen Büstenhalter. »Schick, oder?«

»Genau dein Stil«, feixte Roger.

»Hier ist eine Packung Chips, abgelaufen im Jahre 1999. Sieht so aus, als hatte das Moorleichenmädchen einen guten Geschmack.« Adrian, der die Küchenschränke durchforstete, grinste.

Ich stakste über einen Teppich mit vermeintlichen Blutflecken und hielt vor einem menschlichen Umriss, der mit Kreide auf die Dielenfliesen gezeichnet war, an.

Cliff kam an meine Seite. »Ich dachte, sie wäre im Moor gestorben, Mr Gibs?«

»Es geht um die Stimmung, Cliff«, wisperte Mr Gibs. Dann wandte er sich den anderen zu. »Können wir loslegen? Oder fehlt jemand?«

Ich sah mich um. Mein erster Blick galt Eleanor, die gelangweilt in einer Ecke saß und ihre dreckverkrusteten Stiefel äußerst pietätlos auf dem Tisch des toten Moorleichenmädchens platziert hatte. Ich war so erleichtert, dass sie nicht wieder abgehauen war, dass mir gar nicht auffiel, dass jemand anderes fehlte.

»Amalia ist nicht da«, brachte Cliff schließlich hervor. »Aber keine Panik, sie ist bestimmt sofort hier.«

Er hatte recht. Ich hatte Amalia heute Abend noch nicht gesehen. Dabei war sie doch normalerweise immer an Cliffs Seite und verfolgte ihn wie sein Schatten.

»Und wo ist sie?«, fragte Lora ungeduldig.

»Keine Panik«, sagte Cliff erneut. »Sie wollte mit dem Bus zu diesem Wohltätigkeitsbasar in *Mr Mulligans kleine Gemüse- und Kräuterinsel* in der Stadt, aber sie hat versprochen, nach Sonnenuntergang gleich herzukommen. Gib ihr noch fünf Minuten. Normalerweise ist sie äußerst pünktlich, es kann wirklich nur an diesem Unwetter liegen.«

Mr Clarke brummte unwirsch. Wenn er vorher noch so etwas wie gute Laune gehabt hatte, jetzt war sie garantiert verflogen. »Da bekommt ihr einen freien Nachmittag und schafft es nicht, rechtzeitig zurückzukehren? Ihr wisst, was passiert, wenn ihr unvollständig hier auftaucht. Dann gilt das Spiel als verloren.«

Oje. Mir schwante Übles. Das verfluchte Unwetter ließ uns den einfachsten Wettkampf verlieren, noch bevor er begonnen hatte. Das konnte doch nicht wirklich passieren. Wir würden uns von ganzen zwölf Punkten verabschieden müssen, und ab morgen würde Aberdeen unangefochten an der Spitze liegen. Adios, wohlverdienter Vorsprung.

Auch Mr Gibs hob die Schultern. »Tut mir leid.«

Betreten blickten wir zu Boden. Das hieß, alle außer Lora, die kurz davor war, in die Luft zu gehen. »Wir verlieren diesen Wettkampf? Und das bloß, weil Amalia in diesem Moment hässliche mundgeblasene Briefbeschwerer und Porzellanballerinas von alten Ladys kauft?«

»Komm schon, Lora«, sagte ich und drängte mich zwischen Cliff und meine Schwester. »Draußen schüttet es. Sicher wartet Amalia, bis sich das Wetter bessert.«

Lora schnaubte, dann schnappte sie mich am Arm und zog mich in ein schmuddeliges Nebenzimmer. Es sollte das Schlafzimmer der Moorleiche sein und wie das Wohnzimmer war es kriminalistisch in Szene gesetzt. Im Bett lag ein blutverschmiertes Küchenmesser, das wohl den Eindruck erwecken sollte, dort hätte ein Kampf um Leben und Tod stattgefunden. Mr Gibs schien es mit den Fakten wirklich nicht sehr genau zu nehmen.

»Ich sage dir, was ich jetzt tun werde.« Meine Schwester warf

einen Blick zurück ins Wohnzimmer. »Ich werde mich in diese kleine Mistkröte verwandeln …«

»Nicht.« Ich griff nach ihrem Arm.

»Warum nicht?« Sie funkelte mich an. »Und komm mir jetzt nicht mit Betrug. Das hier ist notwendig!«

Ich war mir nicht sicher, ob ich ihr da zustimmte, aber das war es nicht, weshalb ich sie aufhalten wollte. Die Verwandlung musste zu hundert Prozent sitzen, damit der Betrug nicht aufflog. Und Lora war in Sachen Amalia noch ein absoluter Neuling.

»Ich mache es«, bot ich an.

Lora hob die Augenbrauen. »Du? Warum?«

»Weil ich auch gewinnen will! Und …«, ich sah verlegen zu Boden, »weil ich es schon mal gemacht habe«, gab ich zu.

»Echt jetzt?« Lora verzog angewidert das Gesicht. »Du hast dich in Amalia verwandelt? Warum machst du denn so was? Hattest du mal Lust auf einen Bad Hair Day? Oder warst du auf ihr seltsames Essen in der Cafeteria scharf?« Sie schob mich auf die Tür zu, die vom Schlafzimmer wegführte. »Na, wie auch immer, ich will es gar nicht so genau wissen. Da ist ein Hinterausgang. Verwandel dich in Cliffs kleine Nervensäge, geh einmal um diese Bruchbude rum und komm vorne zum Haupteingang wieder rein, ja?«

Ich gehorchte, rüttelte an der alten Tür, bis sie schließlich aufging und ich hinter die Hütte gelangte. Inzwischen war es finster, der Sturm tobte, und mir regnete es in den Kragen, aber das durfte mich nicht aufhalten. Ich musste Amalia werden. Und zwar schnell.

Also los. Hastig stellte ich mir Amalia vor, während sich die Kraft in mir Stück für Stück aktivierte und alles zu kribbeln begann. Ein schneller Blick in die Fensterscheibe verschaffte mir Gewissheit. Ich hatte es geschafft. Ich war Amalia. Von den blonden Ringellocken über ihre markante Zahnlücke bis hin zu ihren rosa geblümten Gummistiefeln. Perfekt.

Jetzt aber los. Schnell rannte ich zum Vordereingang, stürmte in die Hütte, blickte in die erleichterten Gesichter der anderen und stammelte dabei eine erfundene Entschuldigung, die eine Busverspätung, Mr Mulligans Wohltätigkeitsbasar und eine bedürftige Familie einschloss, der Amalia noch schnell den Inhalt ihrer Handtasche als Spende aufzwingen musste. Lora grinste schief und nickte mir anerkennend zu.

Es konnte losgehen.

# Neun

Keine gute Tat bleibt unbestraft. Anstatt mir auf ewig die Füße zu küssen, weil ich mich zum Wohle der Gruppe in eine perfekte Amalia verwandelt hatte, beschloss meine Schwester, mir zum Dank ordentlich eins reinzuwürgen.

»Ophelia ist auf der Toilette und kann leider nicht mit uns *Mensch ärgere Dich nicht* spielen. Sie hat vor lauter Kohldampf die ganze Packung Chips gegessen, und jetzt ist ihr mordsmäßig übel«, verkündete Lora, als Mr Gibs und Mr Clarke schließlich gegangen waren, und zwar in so schlechter Schauspielmanier, dass mir tatsächlich fast das Kotzen gekommen wäre. Ganz ohne Chips.

Besten Dank auch, Schwesterherz. Niemand in diesem Raum würde mir jemals wieder in die Augen schauen können, ohne dabei daran zu denken, wie ich in der Moorleichenhütte an Verdauungsbeschwerden gelitten hatte.

Doch ich musste mich im Zaum halten, um Amalias Rolle weiterzuspielen. Denn kurz darauf breitete Lora gut gelaunt das Spielbrett von *Mensch ärgere Dich nicht* aus, verteilte die Spielfiguren und ließ einen heimlichen Vorrat an Bier herumgehen. Die nächsten Stunden verbrachten wir vor dem Spielbrett, während sich draußen die Bäume bogen und Blitze über den Himmel zuckten. Außer uns schien niemand auf dem Gelände unterwegs zu sein. Gut möglich, dass Mr Clarke den anderen sogar ausdrücklich verboten hatte, nach draußen zu gehen. Es war viel zu gefährlich.

»Schon Mitternacht und noch niemand ist geflüchtet. Wir haben das Ding quasi in der Tasche«, verkündete Lora zufrieden.

»Vor allem jetzt, wo Glasgow nur noch sieben Spieler hat, weil Hannah weg ist«, mischte sich Eleanor ein. Bis jetzt hatte sie sich ruhig verhalten, halbherzig mitgespielt und ihre Ratte in ihrem Sweater gestreichelt.

Bei Hannahs Namen wanderte ein Schauer über meinen Rücken. Ich musste ständig an das Mädchen denken. Es hätte böse ausgehen können, wäre nicht so schnell ein Rettungsteam im Camp eingetroffen. Das vermisste Spray war immer noch nicht wiederaufgetaucht.

»Warte mal.« Loras Blick schoss zu Eleanor. Ihre Brauen zogen sich zusammen. »Was das betrifft, da habe ich ohnehin noch ein Hühnchen mit dir zu rupfen! Warst du das etwa?«

Eleanor zuckte bloß mit den Achseln.

»Bist du irre?« Lora warf das Spielbrett in die Ecke. Wir alle zuckten zusammen, als die Spielfiguren durch den Raum flogen. So aufbrausend hatte selbst ich Lora selten erlebt. »Du bringst uns alle in Gefahr. Wir könnten nicht nur verlieren, sondern auch richtig Ärger bekommen, wenn die Sache auf unser Team zurückfällt. Ich will, dass du diese Hütte verlässt.« Das Licht eines Blitzes von draußen flutete den Raum, was Loras Ansprache noch mal die Extraportion Dramatik verlieh. »Sofort.«

»Du spinnst doch. Ich setze heute Nacht keinen Fuß nach draußen«, erklärte Eleanor entschieden.

»Doch, wirst du. Ich schlafe nicht in derselben Hütte wie eine Verrückte. Wer weiß, was dir als Nächstes einfällt? Bestimmt hast du eine Machete in deinem Schuh stecken.«

Vermutlich war es nur so dahingesagt, doch im nächsten Moment zog Eleanor tatsächlich ihr Messer aus ihrem Stiefel, ließ es herumwirbeln und grinste. »Nicht ganz. Es ist bloß ein Dolch. Macheten sind doch viel zu lang für einen Schuh.«

Mir zog sich der Magen zusammen. Das war's dann wohl mit der guten Stimmung. Noch schlimmer war allerdings, dass ich nicht den blassesten Schimmer hatte, auf wessen Seite ich mich schlagen sollte. Auf die meiner Schwester? Oder die der irren Eigenbrötlerin mit der Ratte und dem Dolch?

»Jetzt mal langsam. Mr Gibs hat uns die Liste mit den Spielregeln hiergelassen«, sagte Cliff und griff nach einem laminierten Stück Papier. »Hier steht zwei Punkte Abzug für jeden Spieler, der frühzeitig die Hütte verlässt. Außerdem keinen Alkohol trinken, keine Vorräte aus den Schränken essen und keine Techtelmechtel unter den Spielern. Tja, zwei von seinen drei Regeln hätten wir mit dem unerlaubten Bier und den Chips schon mal gebrochen.«

Die Spielregeln vorzulesen, war ein ziemlich cleverer Zug von Cliff. Ein Punkteverlust brachte Lora zum Nachdenken.

»Das ist deine letzte Chance. In Zukunft machst du dich nützlich, verstanden?«, entschied sie. »Und jetzt gehen wir besser alle mal ins Bett. Ophelia schläft schon seit einer Weile oben auf dem Dachboden.«

Oje. Jetzt durfte ich noch nicht mal bei den anderen auf den Campingmatten schlafen, sondern wurde wie eine Leprakranke auf den Dachboden ausquartiert. Andererseits, so vermisste Ophelia wenigstens niemand. Was allerdings bedeutete, dass ich eine ganze Nacht in einem fremden Körper verbringen musste. Das war immer noch ziemliches Neuland für mich. Ich hatte zuvor erst ein einziges Mal im Körper eines anderen Menschen übernachtet, und zwar, als ich mich aus Versehen in Cliffs Schwester Penelope verwandelt hatte und unfreiwillig in seinem Zimmer schlafen musste – was sich letztendlich als viel angenehmer herausgestellt hatte, als es klang. Allerdings war ich am nächsten Morgen als Ophelia erwacht, was um ein Haar zu einer Katastrophe geführt hätte.

Vorsichtshalber breitete ich meine Schlafmatte in einer kleinen, vor Blicken geschützten Nische aus. Dort schlief ich schnell ein, bis mich mitten in der Nacht ein Geräusch aufschrecken ließ.

»Amalia? Bist du wach?«, wisperte eine Stimme.

Ich erstarrte. Das war Cliff. Kurzerhand schnappte ich mir einen alten Flohmarkt-Bilderrahmen und prüfte meine Spiegelung im Glas. Im schwachen Mondlicht blickte ich auf dasselbe blonde, lockige Haar, das ich vor dem Schlafengehen zum Dutt gebunden hatte.

Ich fuhr mir gerade über die Zähne, um zu prüfen, ob auch die Zahnlücke noch vorhanden war, da knallte etwas gegen unsere Hüttenwand. Das Echo des Knalls war laut zu hören. »Huch! Was war denn das?«

»Der Grund, weswegen ich nicht schlafen kann.« Cliff stand plötzlich neben meinem Bett und zog sich einen Sweater über. »Kommst du?«

Mein Herz klopfte. »Wohin?«

»Nachsehen, was die machen.«

Ich zögerte. Ich wollte mich keinesfalls zu lange in Amalias Körper aufhalten. Und schon gar nicht nachts mit Cliff durch die Hütte spazieren. Aber da er nicht lockerließ und ich auch ein wenig neugierig war, was er nun gedachte zu tun, gab ich schließlich nach. Bei Nacht sah Mr Clarkes Hütte ganz anders aus. Staub tanzte umher, das Mondlicht warf merkwürdige Schatten an die Wände, und ich begann mich ein wenig zu gruseln. Alleine wäre ich hier sicher keine ganze Nacht geblieben.

Cliff stand am Fenster und schob die Vorhänge beiseite. »Guck dir das mal an, Amalia.«

Ich stellte mich neben ihn. Der Sturm war vorüber, dafür tanzten menschliche Umrisse vor den Fenstern herum, die kicherten und die Hütte mit etwas bewarfen. Faule Eier? Jeder der dunklen Umrisse trug ein Aberdeen-T-Shirt.

»Lächerlich!«, sagte ich.

»Bei faulen Eiern gruselt sich ja noch nicht mal meine kleine Schwester«, sagte Cliff lachend. Dann zog er den Vorhang zu und knipste das Licht an. »Noch eine Runde *Mensch ärgere Dich nicht?* Oder soll ich dir etwas vorlesen? *Geheimnisse der indischen Wasserschildkröte?* Oder *Katalogisieren, Markieren, Benennen. Zwanzig Strategien, um für immer der Unordnung Lebewohl zu sagen.* Oh, *Stricken für Hunde*! Na, sieh mal einer an, Mr Clarke steckt voller Überraschungen.«

Ich sah auf die Uhr. Es war noch etwas über eine Stunde bis zum Morgengrauen, und an Schlaf war leider nicht mehr zu denken, vor allem nicht jetzt, wo wir unter Beschuss standen. »Ich nehme die Wasserschildkröte«, sagte ich und ließ mich auf ein durchgesessenes Sofa fallen.

»Aber ich muss dich warnen. Es wird so langweilig, dass du

auf der Stelle wieder einschl…« In diesem Moment flackerte die Glühbirne und verabschiedete sich schließlich mit einem lauten Zischen. Wir saßen im Dunkeln.

»Ein Kurzschluss?«, fragte ich.

»Möglich.« Cliff verschwand ums Eck auf der Suche nach dem Sicherungskasten und ließ mich alleine zurück.

Da hörte ich etwas: das Geräusch eines Glockenspiels, gepaart mit einer knarzenden Tür und dem leisen Gelächter eines Mädchens. Sosehr ich auch dagegen ankämpfte, ich bekam eine Gänsehaut.

Wie sicher konnte ich eigentlich sein, dass das Mädchen aus dem Moor nur eine dumme Legende war? Roger befasste sich mit solchen Dingen und war überzeugt, dass Gebäude Energien speicherten und so für unerklärliche Phänomene sorgten. Vermutlich war das nicht weniger unwahrscheinlich als … eine Familie, in der Zwillinge magische Verwandlungsfähigkeiten hatten. Wer bestimmte schon, was möglich und was unmöglich war?

»Sicherung kaputt.« Ich war sehr froh, als Cliff zurückkam. Mit einer angeknipsten Taschenlampe. »Nicht so tragisch, es wird ohnehin in einer Stunde …« Jetzt leuchtete er in mein Gesicht. »Ist alles in Ordnung?«

Ich blinzelte. Mist, war ich so schnell blass geworden? »Ich glaube, es ist bloß dieses merkwürdige alte Haus.«

Cliff lachte. Dass ich mich tatsächlich gruselte, schien er witzig zu finden. Er setzte sich neben mich aufs Sofa, legte die Taschenlampe auf das Beistelltischchen und dann den Arm um meine Schultern. »Na gut, angesichts der fehlenden Unterhaltung aus dem Bücherregal fällt uns bestimmt noch etwas anderes ein, um dich auf andere Gedanken bringen.« Er lächelte verschmitzt.

Ich schluckte. Ich wusste genau, worauf er anspielte. Amalia war immerhin seine Freundin, es war Nacht und die anderen schliefen. Und Cliff konnte ja nicht wissen, dass das Mädchen hier auf dem Sofa nicht wirklich seine Amalia war. Doch ich würde nicht zulassen, dass romantische Stimmung aufkam. Cliff hatte es gefälligst zu unterlassen, seine eigene Freundin hier und jetzt küssen zu wollen, verdammt noch mal!

»Andere Gedanken? Gute Idee! Wir könnten aufräumen«, schlug ich vor und rutschte von ihm ab.

Cliff zog eine Grimasse.

»Das meine ich ernst. Wir könnten Mr Clarkes Vorräte sortieren und alphabetisch beschriften. Und was abgelaufen ist, wegwerfen.« Hilflos deutete ich in die Küche, zu der Chipspackung, die die echte Ophelia beinahe das Leben gekostet hätte. »Ich weiß, das klingt zwar langweilig, aber es lenkt mich vom Gruseln ab, und du wirst sehen, wenn wir erst mal das halbe Alphabet durchhaben, verschafft uns das ein unbeschreibliches Glücksgefü…«

Bevor ich zu Ende sprechen konnte, hatte er mir einen Kuss auf die Lippen gedrückt. Er dauerte gar nicht lange und war auch nicht besonders leidenschaftlich, und doch überrumpelte er mich damit komplett.

»Und, hat's funktioniert? Oder gruselst du dich noch?«, fragte er lächelnd.

Ich seufzte innerlich. Unerwartete Küsse von Cliff, so flüchtig sie auch waren, ließen mich noch ganz andere Dinge vergessen als ein paar Gruseleffekte in einer Waldhütte, die vermutlich von einem versteckten Radio kamen. Dass Cliff nicht wusste, dass ich Ophelia war zum Beispiel. Trotzdem musste ich ihn dazu bringen, damit aufzuhören. Wie würde die echte Amalia die Stimmung zerstören?

»Hast du etwa Mr Clarkes Campregeln vergessen?«, sagte ich möglichst oberlehrerhaft und kam damit der echten Amalia sehr nahe. »Keine romantischen Techtelmechtel zwischen Gruppenmitgliedern!«

Cliff verschränkte die Arme im Nacken und blickte zur Decke. »Pff. Das war doch nur eins von Mr Gibs' Flatterküsschen. Die kriegt auch meine Tante Muriel an Weihnachten von mir.«

Ich grinste in mich hinein. An dieser Stelle hätte ich aufhören sollen. Aber etwas an seiner neckischen Art schien mich herauszufordern, und ich fühlte mich, als spielte ich eine draufgängerische Rolle. Eine Rolle, die nicht das Geringste mit der schüchternen und mit Jungs ziemlich unerfahrenen Ophelia gemeinsam hatte. Ohne großartig nachzudenken, beschloss etwas in mir, ihn ein einziges Mal zu küssen. Bloß, damit er nicht auf Amalia sauer war, redete ich mir ein. Vorsichtig rückte ich näher, hob meinen Kopf und drückte meine Lippen auf seine. Ich spürte, wie mein Herz dabei wie verrückt gegen meinen Brustkorb wummerte. Aberdeen hätte die Fenster einschlagen können, vor lauter Glücksgefühlen hätte ich es nicht mitbekommen. »Küsst du so etwa auch deine Tante Muriel an Weihnachten?«

»Vielleicht.« Cliff schien sich über den Kuss zu freuen. »Kommt aufs Geschenk an.«

Dass er so offensichtlich mit mir flirtete, brachte mich beinahe um den Verstand. Ich brauchte meine ganze Beherrschung, um mich ihm nicht an den Hals zu werfen. »Und was ist mit Mr Clarke?«

Jetzt lachte er. »Also, den küsse ich garantiert niemals so.

Nicht an Weihnachten und auch nicht an anderen Feiertagen, darauf hast du mein Wort.«

Ich verdrehte die Augen. »Das meinte ich nicht. Ich wollte wissen, ob der Kuss vorhin noch innerhalb von Mr Clarkes Campregeln war.«

Cliff schien zu überlegen. »Grenzwertig.«

»Oh«, murmelte ich. Doch dann schlang ich meine Arme um ihn, und wir küssten uns ein drittes Mal, so stürmisch wie auf meiner Party. Prompt jagte ein unaufhaltbares Glückskitzeln durch meinen Körper, dicht gefolgt vom schlechten Gewissen. Ich durfte das hier nicht, ich war nicht ehrlich zu Cliff. Doch dem kribbeligen Bauchgefühl in mir war das egal. Mir war, als könnte ich dieses Spiel noch stundenlang weiterspielen. Es war auch wirklich ein schönes Spiel. Viel besser als *Mensch ärgere Dich nicht*.

»Also, das ...« Ich schüttelte gespielt schockiert den Kopf. »Das war ganz sicher nicht mehr innerhalb der Regeln. Mr Clarke würde uns aus dem Camp jagen.«

Doch Cliff grinste nicht zurück. Nun starrte er mich an, einen seltsamen Ausdruck im Gesicht, und wisperte danach drei kleine Wörter, die allerdings kein Liebesgeständnis an Amalia waren.

»Wer bist du?«

Mit einem *Puff* löste sich alle Romantik in Luft auf. Wie konnte ein so schönes Gefühl so schnell in komplette Panik umschlagen?

»W...was?«, stotterte ich atemlos.

Cliff rückte von mir ab. »Hey, das war ein Kompliment, wenn auch etwas unglücklich formuliert. Ich habe mich bloß gefragt ... was mit der Amalia passiert ist, die noch gestern meinte, zu lange Küsse seien Zeitverschwendung?« Dann fügte er verschmitzt hinzu: »Außerdem dachte ich, du hasst es, wenn ich diese Sache mit deinen Nackenhärchen mache.«

Beinahe wäre ich gleich wieder schwach geworden. Das hasste ich nicht. Ich liiiiebte es. Nur leider konnten wir das nicht wiederholen. Niemals. Und zwar, weil ich mich nun auf der Stelle ohrfeigen musste. Wegen unermesslicher Dummheit.

»Warte. Wo willst du hin?«, rief Cliff.

Weil mir die Tränen in die Augen schossen und ich keine Ahnung hatte, wie ich sie vor Cliff erklären sollte, war ich zur Tür gerannt. Ich konnte ihn nicht angucken. Und was noch schlimmer war, ich konnte mir selbst nicht mehr in die Augen schauen. Ich war nicht länger Ophelia, die Beziehungsretterin, sondern Ophelia, die eiskalte Beziehungskillerin. Prima.

»Weg«, schluchzte ich, schlüpfte in meine Gummistiefel und stürmte nach draußen in die finstere Nacht. Dann lief ich einfach los und ließ mich von der kalten Luft treiben. Dabei half die Vorstellung, mit jedem Schritt mehr Distanz zwischen Cliff und mich zu bringen. Erst als mich ein faules Ei von der Seite traf, merkte ich, dass ich heute Nacht nicht nur einen großen Fehler begangen hatte.

# Zehn

Die echte Amalia kam erst kurz vor dem Frühstück zurück. Sie schlenderte ans Buffet, holte sich veganen Porridge und ging zu den Bänken vor Mr Clarkes Hütte, auf denen wir bei gutem Wetter aßen.

Ich duckte mich und betete, dass sie mich nicht entdeckt hatte. Ausgerechnet jetzt Amalia zu begegnen, war eindeutig miesem Karma geschuldet, das sich nun fies an mir rächte und meinen elenden Zustand nur noch verschlimmerte. Nach der gestrigen Flucht hatte ich weder geschlafen noch gegessen und fühlte mich auch so schon nicht nur unendlich miserabel, sondern auch wie das personifizierte Böse. Der absolute Abschaum. Der Abschaum des Abschaums. Die böseste Beziehungszerstörerin, seit Beziehungen zerstört wurden. Irgendwo in der Hölle war für so jemanden bestimmt noch ein Plätzchen frei.

Ich hatte Cliff geküsst. Und wie ich das hatte. Ich hatte mich mit der Hand durch sein Haar gewühlt. Seinen Duft eingeatmet. Ihm sogar in einem schwachen Moment ins Ohr geflüstert, wie viel er mir bedeutete. So nah war ich einem Jungen noch nie zuvor gekommen, noch nicht mal Adrian, den ich inzwischen eine Handvoll Male geküsst hatte. Und das alles, obwohl ich gestern

Abend noch felsenfest davon überzeugt gewesen war, dass Cliff und ich nur Freunde waren. Dass ich ihm und Amalia das Allerbeste wünschte. Und dass ich keinesfalls für das Scheitern ihrer Beziehung verantwortlich sein wollte.

Doch die ganze Selbsttäuschung half nichts. Nun, da ich Cliff ein weiteres Mal geküsst hatte, konnte ich nicht aufhören, an ihn zu denken. Zuerst war da diese wohlige, angenehme Wärme, die immer dann aufkam, wenn man an etwas Schönes dachte, gefolgt von der bösen Erkenntnis, dass ich Mist gebaut hatte. Ganz großen Mist.

Und als ob sich die Gewissensbisse nicht schlimm genug anfühlten, war nun auch noch Lora sauer auf mich. Nicht nur, weil wir wegen meines nächtlichen Verschwindens aus der Hütte als Amalia (den Grund dafür hatte ich ihr verschwiegen) zwei fette Minuspunkte eingefahren hatten, sondern weil mein überstürztes Abhauen vor Mr Clarke für gehörige Probleme gesorgt hatte. Lora musste bei Sonnenaufgang mithilfe einer flinken Verwandlung in mich beweisen, dass Ophelia nicht auch noch abgehauen war. Hätte Lora sich dabei nicht äußerst geschickt angestellt, hätte unser Campleiter womöglich bemerkt, dass sich die acht Spieler nicht nur auf sieben, sondern sogar auf sechs reduziert hatten. Ich wollte lieber nicht wissen, was dann passiert wäre.

Doch dass die turbulenten Ereignisse von gestern längst noch nicht überstanden waren, bewies mir Amalia, die mich nun auf der Bank entdeckte. Und sich zu mir setzte.

Vor Nervosität begannen meine Handflächen zu schwitzen.

»Oh, guten Morgen«, begrüßte sie mich, noch bevor ich mir eine Ausrede überlegen konnte, warum ich schnell von hier weg musste. »Wie gut, dass ich dich treffe. Ich kann dir gar nicht sagen, wie leid es mir tut.«

Ich hob den Kopf und starrte sie verdutzt an. Leid? Was tat ihr denn leid, wenn ich doch die war, die vor Reue zerfloss? Doch dann fiel es mir wieder ein. Die echte Amalia war gestern Abend nicht vor der Moorleichenhütte aufgekreuzt.

»Weißt du, der Bus ist einfach ausgefallen«, erklärte sie und begann dabei, ihren Porridge zu löffeln. »Und Mr Mulligan von *Mulligans kleine Kräuter- und Gemüseinsel* hat nicht erlaubt, dass ich bei dem miesen Wetter zu Fuß zum Camp zurückgehe. Es wäre wirklich viel zu gefährlich gewesen. Es gibt ja diese Moorfelder, du weißt schon, die, vor denen uns Mr Clarke gewarnt hat, und wenn man so wie ich absolut keinen Orientierungssinn hat, kann das wirklich böse enden.«

Endlich fing mein Gehirn wieder an zu funktionieren und ließ prompt die Alarmglocken schrillen. Alle hier im Camp hatten Amalia gestern in der Hütte gesehen. Keiner wusste, dass sie in Wirklichkeit die ganze Nacht in der Stadt festgesteckt hatte. Mit einem Schlag überkam mich blanke Panik, und zwar davor, dass Roger, Mae oder, noch schlimmer, Cliff gleich um die Ecke biegen und etwas von diesem Gespräch mitbekommen würden. Aber niemand war in der Nähe. Die meisten schliefen noch, weil heute wieder keine Spiele stattfanden. Ich zwang mich zur Ruhe.

»Aber trotz des Wetters hab ich nicht aufgegeben. Ich wusste ja, wie wichtig es ist, dass wir vollständig die Mutprobe durchziehen, nicht wahr? Auf geht's, Unicorns«, sagte Amalia, legte den Finger auf die Stirn und machte den blöden Einhorngruß.

»Auf geht's, Unicorns«, echote ich müde.

»Na, jedenfalls hab ich Mr Mulligan angebettelt, ob er mich fahren kann. Und jetzt rate mal. Die Mulligans haben kein Auto. Sie leben komplett $CO_2$-neutral, etwas, das ich ja normalerweise total gut finde, nur eben dann nicht, wenn man dringend einen Wagen braucht. Findest du nicht auch?«

»Hmmm«, machte ich, um Zeit zu gewinnen. Ich musste mir ganz schnell was überlegen. Einen Plan. Etwas, das Amalia daran hindern würde, die Geschichte über ihre Nacht bei den Mulligans jemandem hier im Camp zu erzählen. Konnte ich der echten Amalia einreden, dass sie alles nur geträumt und stattdessen wild mit Cliff auf Mr Clarkes altem Sofa herumgeknutscht hatte?

»Aber das war noch nicht mal das Schlimmste an der Sache«, quasselte Amalia weiter. »Während Mrs Mulligan mir das Sofa ausgezogen hat, hat mir Mr Mulligan seine vollständige Biersammlung präsentiert. Er ist Ire, musst du wissen.«

Ich tat, als würde ich aufmerksam zuhören, und spann den Gedanken hastig weiter.

»Amalia, es ist besser, du redest nicht mehr über gestern. Mit niemandem«, schlug ich vor und betete, dass sie meinem Rat folgte. »Die Sache mit deinem Verschwinden ist vergeben und vergessen, doch wenn du jemanden darauf ansprichst, könnte es sein, dass ein übler Streit …«

»Seine Biersammlung!«, wiederholte Amalia, als hätte ich nichts gesagt. »Ich hasse Bier. Aber dann sagte Mr Mulligan, Bier sei auf jeden Fall vegan und hätte in keiner Weise was mit Tieren zu tun, mal abgesehen vom üblen Kater tags darauf. An der Stelle hat er laut gelacht, mir ein kleines Gläschen eingegossen, und dann gab's kein Zurück mehr. Ich musste die halbe Nacht an Biergläsern nippen. Es gab Stout, Lager und wie sie alle heißen. Wir haben alles gekostet, was es in Irland so gibt, und das ist wirklich viel!«

Kaum hatte sie zu Ende gesprochen, wurde mein schlimmster Albtraum wahr. Cliff bog um die Ecke. In Gummistiefeln, zerknittertem T-Shirt und mit verstrubbeltem Haar watete er gedankenverloren durch die Pfützen und sah dabei viel besser aus, als Menschen nach nur wenigen Stunden Schaf eigentlich aussehen durften. Als er uns entdeckte, kam er zu uns rüber, setzte sich, gähnte und stellte seinen Kaffee ab.

Oh nein, oh nein. Wenn ich in diesem Moment nicht gerade tausend Tode gestorben wäre, hätte mich sein Anblick bestimmt innerlich aufseufzen lassen. Aber nun, da er neben Amalia saß, die von ihrem gestrigen Abend bei den Mulligans erzählte, verkroch sich die Romantik im hintersten Eck – was blieb, war der blanke Horror. Wenn Amalia jetzt weitersprach, kam alles ans Tageslicht.

Ich war geliefert.

»Oh, hi, Cliff. Ich hab Ophelia eben von gestern Nacht erzählt«, flötete sie vergnügt. Was meine Warnung mit dem Totschweigen des gestrigen Abends betraf – die hatte sie geflissentlich ignoriert.

Plötzlich schien Cliff hellwach. Er sah aufmerksam von Amalia zu mir und wieder zurück und kaute dabei angestrengt an seiner Lippe. »Ach ja?«

»Sagt mal, wisst ihr, was es heute zu Mittag gibt?«, startete ich einen erbärmlichen Versuch, abzulenken. »Haggis! Denkst du, davon gibt's auch eine vegane Variante, Amalia? Tante Helly hat mal Haggis aus Linsen und Bohnen gekocht. War nicht übel, könnte dir schmecken!«

»Was hast du ihr denn erzählt?«, fragte Cliff und bemühte sich, möglichst beiläufig zu klingen. Ich konnte förmlich sehen, wie es in ihm arbeitete.

»Was sollte ich ihr schon erzählen? Die Wahrheit! Und zwar, dass ich einen riesigen Fehler begangen habe.« Amalia seufzte. »Ich fühle mich mies und mein Schädel brummt.«

»Wie bitte?« Cliff stieß beinahe den Kaffee um. »Amalia, sollen wir nicht später darüber reden? Wenn wir alleine sind?«

»Ophelia kann es ruhig hören.« Dabei wandte sie sich mir zu, als wollte sie, dass ich keine ihrer spannenden Ausführungen verpasste. »Sie weiß ohnehin schon so gut wie alles darüber. Ich habe ihr jede Einzelheit von gestern Nacht erzählt.«

Den Blick, den mir Cliff zuwarf, konnte ich nicht ganz deuten. War das Verlegenheit? Ihm war es sicher unangenehm, dass ich hier saß. Und ich hätte ihm liebend gerne den Gefallen getan und wäre diskret aufgestanden. Aber irgendwie war ich an meiner Holzbank festgewachsen.

»Hast du das?« Hilflos sah er zurück zu Amalia. »Und warum hat es dir nicht gefallen?«

»Es hat sich einfach nicht gut angefühlt.« Amalia schnitt eine Grimasse. »Echt nicht. Es war, als würde das Hirn dabei ganz matschig werden.«

»Apropos matschig«, hakte ich ein. »Denkt ihr, wir sollten heute Mittag auf den Kartoffelbrei zum Haggis verzichten? Wenn wir die Beilage streichen, könnten wir dafür zwei Stück von Miss Coopers Apfelkuchen verputzen. Definitiv ungesünder, aber besser, wobei Haggis bestimmt auch nicht sonderlich gesund ist. Seit wann lebst du eigentlich schon komplett ohne Tierprodukte, Amalia?«

Leider schien absolut niemand Interesse an Haggis oder Apfelkuchen zu haben. Cliff war blass geworden und fragte entsetzt: »Aber warum hast du nichts gesagt?«

Amalia winkte ab und seufzte in unsere geschockte Stille hinein. »Wenn es nur nicht so lange gedauert hätte. Wie oft habe ich zwischendurch auf die Uhr geschaut!«

Cliffs Gesicht hatte jetzt die Farbe des weißen Kaffeebechers angenommen. Und was mich betraf – ich hatte irgendwann die Phase der Panik hinter mir gelassen und empfand nichts anderes als vollkommene Fassungslosigkeit. Weil ich nicht glauben konnte, dass dieses Gespräch tatsächlich stattfand.

»Du hast auf deine Uhr geschaut?«, hauchte Cliff entsetzt.

»Heimlich natürlich.« Amalia zwinkerte ihm zu. »Dabei hab ich daran gedacht, was ich Besseres mit der Zeit hätte anstellen können. Schlafen, zum Beispiel. Oder Hausaufgaben machen und Bewerbungen für Universitäten schreiben. Wenigstens weiß ich jetzt, was Kerle in stürmischen Nächten am liebsten tun.« Sie lachte vergnügt. »Aber jetzt muss ich los. Tschüssi allerseits. Wir sehen uns beim Mittagessen.«

Cliff ließ den Kopf hängen, und als er wieder aufsah, entdeckte ich in seinem Gesicht plötzlich doch Anzeichen einer fast schlaflosen Nacht. Dachte er tatsächlich, Amalia sprach schon die ganze Zeit über ihren Kuss? Dachte er jetzt, das Ganze sei eine Katastrophe gewesen? Gerne hätte ich ihm gesagt, dass es absolut wunderbar gewesen war, aber wie hätte ich das anstellen sollen?

Cliff blieb noch eine Weile sitzen, starrte auf sein Handy (das wie alle anderen Handys hier absolut unbrauchbar war, weil es keinen Empfang hatte), und ich hasste mich plötzlich noch mehr.

Momente wie diese waren wohl die gerechte Strafe, wenn man in einem fremden Körper dumme Dinge anstellte.

✵

»Sieh es mit Humor, Liebes«, flötete das Tante-Helly-Eichhörnchen am nächsten Tag, nachdem ich ihr alles erzählt hatte. »Amalia hat zumindest nichts von einem ekligen, pelzigen Gefühl im Mund erzählt, so wie ich es nach Bier immer von mir kenne. Oder von einer tauben Zungenspitze.«

Ich kicherte. Jetzt, wo ein Tag vergangen war und wir alleine und unbeobachtet in unserer dunklen Hütte saßen, konnte ich der Sache endlich etwas Lustiges abgewinnen.

»Oder dem dringenden Bedürfnis, gleich zweimal Zähneputzen gehen zu wollen«, fügte ich hinzu.

Tante Helly lachte. »Oder stell dir nur mal vor, sie hätte dich aufgefordert, es selbst mal zu versuchen. Das wäre wirklich schlimm gewesen.«

Wir kicherten noch etwas vor uns hin, als sich plötzlich von draußen Schritte näherten. Es war Lora. Bevor sie das Licht anmachen konnte, war Tante Helly auch schon hinter mein Bett geschlüpft.

»Hey, Lora«, begrüßte ich sie und beschloss, mir Mühe zu geben, die Wogen zu glätten. Auch wenn ich ihr nicht von dem Abend mit Cliff erzählen konnte (es selbst Tante Helly zu erzählen, hatte mich viel Überwindung gekostet), so musste ich mich doch bemühen, dass sie nicht länger sauer war, weil wir meinetwegen zwei Punkte verloren hatten. Vielleicht konnte ich behaupten, mich hätte es so sehr gegruselt, dass ich zurück in mein eigenes Bett wollte? Ich war immer schon deutlich ängstlicher als Lora gewesen. Zwar nicht auf Roger-Level, aber ängstlich genug, dass sie mir diese Geschichte abkaufen würde.

»Hey«, begrüßte mich Lora. »Was tust du denn alleine hier drinnen? Alle sitzen ums Lagerfeuer. Es gibt Würstchen und Mr Gibs spielt gerade die Titelmelodie seiner Lieblingsserie auf Bierflaschenhälsen. Willst du nicht mitkommen?«

Dass heute Abend die Halbzeit-Party anlässlich der ersten vergangenen Woche gefeiert wurde, hatte ich beinahe vergessen. Das war wohl auch der Grund, weswegen Lora so schick aussah. Sie hatte ihre kurzen Haare zu Locken gedreht und roten Lippenstift aufgetragen.

»Bist du denn gar nicht mehr böse auf mich? Weil ich als Amalia vorzeitig aus der Moorleichenhütte abgehauen bin?«

Lora setzte sich und legte den Arm um mich. »Vergeben und vergessen. Wir liegen immer noch vorne, was sind schon zwei Punkte? Und selbst wenn wir einen kompletten Wettkampf verlieren, nichts kann heute meine Laune erschüttern. Rate mal, wer sich angekündigt hat!«

Eine Sache, die Loras Laune immer hob, kam mir direkt in den Sinn. Eine Sache mit genau vier Buchstaben. Und damit meinte ich nicht unseren Sieg.

»Paul?«, riet ich.

»Richtig!« Lora präsentierte sich von allen Seiten. »Sag schon, wie sehe ich aus? Wirken die Locken zu gemacht? Ich will nicht, dass er denkt, ich hätte wegen seines Besuchs einen unglaublichen Aufwand betrieben.«

»Du siehst großartig aus«, versicherte ich ihr und versuchte dabei, das mulmige Gefühl in meinem Magen zu ignorieren. Paul kam also heute noch hier vorbei. Seit er mich im Labor meines Großonkels wegen meiner damals noch spärlichen Verwandlungskünste ausgelacht und Lora danach Geheimnisse über mich entlockt hatte, traute ich ihm nicht über den Weg. Er sah nicht nur aus wie ein bleichgesichtiges Laborkaninchen, er war auch eins. Na ja, streng genommen war er natürlich kein Kaninchen und würde auch niemals eins werden, weil er sich nicht verwandeln konnte. Er war Archivpraktikant. Trotzdem bestand kein Zweifel daran, dass Big Mac ihm Befehle erteilte und ihn womöglich überwachte. Ich hoffte inständig, dass er tatsächlich herkam, um Lora zu besuchen – und nicht aus anderen, großonkeligen Gründen.

Es half nichts. Selbst wenn ich nicht die geringste Lust auf diese Lagerfeuerparty und außerdem keine Ahnung hatte, wie ich Adrian oder Cliff dort begegnen sollte – ich musste hin. Und sei es nur, um Paul zu beobachten.

Der sich Stunden später, als es Mitternacht wurde, immer noch nicht hatte blicken lassen. Während sich Loras Laune dem Tiefpunkt näherte, hatten mir die letzten Stunden wider Erwarten ziemlich Spaß gemacht. Die Party am Lagerfeuer war gut verlaufen: Cliff und Amalia hatten sich wieder angenähert, sprachen nicht mehr über vorgestern Nacht (ich saß in ihrer Nähe, um notfalls Getränke über ihre Jeans verschütten zu können), während Adrian mit Roger über irische Theaterstücke diskutierte und Mae sich, weit entfernt von Roger, mit Miss Cooper über Kuchenrezepte unterhielt. Zudem hatte es leckeres Barbecue gegeben und als Nachtisch Cranachan, ein schottisches Dessert mit Schlagsahne, Haferflocken und Honig.

Während wir aßen, erzählten wir uns Geschichten, machten Selfies und lernten uns gegenseitig besser kennen, das heißt alle bis auf das Aberdeen-Team, denn Lora hatte es uns strengstens verboten, uns mit dem Erzfeind anzufreunden. Nicht dass wir das unbedingt hätten tun wollen, denn sie benahmen sich zugegebenermaßen ziemlich schräg. Violinistin Jenny dauerbeschallte uns schon den ganzen Abend ohne Unterbrechung mit selbst komponierten Stücken auf ihrer Geige, während Mike Feuerholz mit der Hand zerteilte und der australische Abenteurer Pat nicht näher definierbare Insekten über dem Feuer grillte.

»Lora, sei doch nicht sauer wegen diesem Gruselwettbewerb im Wald.« Marsha lachte und rückte näher an meine Schwester. Sie dachte wohl, Loras schlechte Laune war den verlorenen Punkten geschuldet. »Ihr könnt doch trotzdem noch gewinnen.«

»Ach, halt die Klappe, Marsha«, knurrte Lora. »Irgendwann kommt der Tag, an dem du aufhörst, so freundlich zu sein, und zugibst, dass du uns den Sieg noch weniger gönnst als Don den Schulabschluss. Jeder weiß doch, dass du die Klügste und Begabteste hier sein willst. Vermutlich bist du nur mit ihm zusammen, weil er gut aussieht.«

Ich an Marshas Stelle hätte mich wohl schnaubend umgedreht und Lora links liegen gelassen, aber Marsha seufzte nur und grinste hintergründig. »Ach, ich wünschte, ihr würdet einmal den Pokal holen. Dann wärst du vielleicht nicht immer nur schlecht gelaunt.«

»Das werden wir.« Lora brummte. »Wart's ab.«

Ich beobachtete meine Schwester von der Seite. Nun, da es nach Mitternacht war und Mr Gibs, Mr Clarke und Miss Cooper schlafen gegangen waren, hatte Lora die Hoffnung auf Paul wohl komplett aufgegeben. Wahrscheinlich war sie deshalb noch gemeiner zu Marsha als sonst.

Als schließlich nur noch unsere Gruppe am Feuer saß (abgesehen von Eleanor, sie hatte uns tatsächlich ein Weilchen Gesellschaft geleistet, dabei allerdings verkündet, wie froh sie war, dass die Hälfte des Wettbewerbs rum sei), raschelte es plötzlich im Gebüsch.

»Paul!«, rief Lora glücklich, als sich ein Schatten aus der Dunkelheit löste und ins Licht des Lagerfeuers trat. Paul trug Jeans, einen grauen Wollpullover und einen Rucksack auf den Schultern und sah damit gar nicht so blass und karnickelig aus wie sonst. Vielleicht kam ihm aber auch das schmeichelhafte Lagerfeuerlicht entgegen.

»Tut mir leid, dass es so spät ist. Aber ich konnte nicht auftauchen, solange eure Lehrer noch hier saßen. Ich gehöre ja nicht dazu.« Er präsentierte uns eine Tüte. »Dafür habe ich an der Tankstelle noch Marshmallows besorgt.«

Das löste Begeisterung innerhalb der Gruppe aus. Cliff, Mae, Roger und Adrian griffen sich die Marshmallows, während Roger, nun, da Jenny und ihre Horrorgeige weg waren, normale Musik auflegte. Amalia verwickelte Cliff in ein Gespräch über die Ausrottung der Orang-Utans auf Borneo, was mir die Gelegenheit gab, meinen Lauschposten aufzugeben und in Pauls und Loras Richtung zu rutschen.

»Hör zu. Ich habe nicht viel Zeit«, verkündete Paul im Flüsterton und betrachtete Lora. »Ich bin nicht hier, um mit dir Marshmallows zu grillen. Ich will dir helfen, diese Spiele zu gewinnen.«

Mit einem Schlag versteinerte Loras Miene. Sie hatte wohl gehofft, Paul wäre hier, um sich zu entschuldigen, weil er sich wochenlang nicht bei ihr gemeldet hatte. Aber offenbar ging es um etwas ganz anderes.

»Du brauchst mir nicht zu helfen, Paul«, zischte Lora gereizt. »Wir gewinnen die Spiele auch so. Wir liegen vorne.«

»Fragt sich nur, wie lange noch«, erwiderte er bedeutungsschwer.

Lora betrachtete ihn. Er wusste etwas, was wir nicht wussten, das war klar. »Was willst du damit sagen?«

Paul drehte sich um und deutete langsam in die Richtung, in der Eleanors Zelt lag. »Sie macht Probleme, oder?«

Lora seufzte. »Sie ist frech, unverschämt und verschwindet ständig. Aber wir haben sie im Griff.«

»Wenn du uns wirklich helfen willst, dann verrat uns lieber, was hier los ist«, begann ich unvermittelt und rutschte das letzte Stück zu ihnen hinüber. Ich musste ihn einfach geradeheraus fragen, was er wusste. Lora würde es jedenfalls nicht tun. Bis auf die häufigen Geierbesuche war ihr ja noch nicht mal in den Sinn gekommen, dass hier etwas nicht stimmte. »Sag mir, warum unser Großonkel uns nicht aus den Augen lässt. Und zwar jetzt sofort.«

Paul schürzte die Lippen und zögerte. Offenbar gefiel es ihm nicht, dass ich zuhörte. Wollte er Lora entscheidende Tipps geben, die ich nicht hören durfte?

»Was ist?« Lora dachte offenbar das Gleiche wie ich. »Ophelia ist meine Schwester. Ich hätte ihr sowieso alles über dieses Gespräch erzählt, okay?«

Paul seufzte und rutschte auf mich zu. »Sag mal, stimmt es, dass du dich neuerdings auch in Tiere verwandeln kannst, Ophelia?«

Ich holte tief Luft. Wenn Paul das wusste, wusste auch mein Großonkel davon. Vielleicht hätte ich meine tierischen Verwandlungen doch etwas versteckter durchführen sollen. So wie Tante Helly, die unglaublich gut darin war, sich heimlich zu verwandeln.

Und wenn schon, ging es mir dann durch den Kopf. Ich hatte meine Verwandlungsfreigabe bekommen. Damit durfte ich tun und lassen, was ich wollte. Selbst wenn mir danach war, mich mitten in Schottland in eine afrikanische Giraffe zu verwandeln – solange ich nicht dafür sorgte, dass das Familiengeheimnis aufflog, war das vollkommen in Ordnung.

»Du kannst dich in Tiere verwandeln?«, fragte mich Lora überrascht. »Warum hast du nichts gesagt?«

Dass ich ganz vergessen hatte, ihr davon zu erzählen, fiel mir jetzt erst auf. »Es war so viel los, und wir hatten kaum Zeit alleine«, redete ich mich heraus. »Außerdem ist es ja kein großes Ding. Tante Rose verwandelt sich ständig in Tiere.«

»Aber du konntest als Tier sprechen, nicht wahr? Das ist gut«, wandte Paul ein. Bildete ich es mir ein oder betrachtete er mich plötzlich mit einer gehörigen Portion Respekt? Nach all den abfälligen Blicken im Labor könnte ich mich daran gewöhnen. »Du bist talentiert, Ophelia. Es ist tatsächlich so, wie Patricia und Olaf es auf deiner Geburtstagsparty gesagt haben. Ein zuerst unbestimmter Verwandlungsgrad wie deiner kann entweder von einem hoffnungslosen Fall zeugen, wie bei deiner Großtante Bertha, oder von großem Talent.« Dann meinte er an Lora gewandt: »Du musst achtgeben, dass sie dich nicht irgendwann überholt, Lora.«

»Mir ist es egal, wer besser ist, Paul«, zischte Lora bestimmt.

»Sollte es aber nicht«, knurrte Paul leise. Seine Augen funkelten wütend in der Dunkelheit, was ihn für einen Moment viel bedrohlicher aussehen ließ als für Laborkaninchen üblich.

Peinlich berührt wegen der Diskussion, die wegen mir entstanden war, tat ich, als hätte ich nichts gehört, und ließ meinen Blick übers rauchende Lagerfeuer schweifen. Durch die Funken, die in den Nachthimmel stiegen, entdeckte ich Adrian, der enttäuscht zu uns hinüber guckte. Unmittelbar überkam mich das schlechte Gewissen, weil ich mich schon seit Tagen nicht um ihn gekümmert hatte.

Paul erkannte, wohin mein Blick ging. »Ist das dein Freund da drüben?«

Langsam machte Paul mich wütend. Warum fragte er das?

»Wir sind nicht zusammen«, erwiderte ich kühl. »Du sagtest, du hättest nicht viel Zeit und wolltest uns helfen?«

Paul lehnte sich zurück und streckte die Beine aus. Wie mir schien, genoss er es, uns seine Informationen Stück für Stück zu offenbaren. Er gefiel sich in der mächtigen Rolle. »Zuerst mal: Du hast richtig geraten, Ophelia. Hier ist einiges im Gange. Einiges, das euer Großonkel eingefädelt hat, um zu testen, ob ihr es draufhabt, diese Spiele zu gewinnen. Euch die genauen Details zu erklären, würden zu lange dauern, allerdings ...«

»Um uns zu testen?« Es war Lora, die Paul nun unterbrochen hatte. Sie schien noch wütender zu sein als ich. »Ich glaube, ich höre nicht richtig. Die Highland Games sind Ophelias und mein Ding. Unsere Spiele. Die schönsten zwei Wochen im Jahr. Wir wollen dabei nichts mit unserem Großonkel oder dem gesamten Verwandlungsschnickschnack zu tun haben, verstanden?«

Dieser Ausbruch überraschte mich. Lora schien sonst kein

Problem damit zu haben, dass unser Familiengeheimnis allgegenwärtig war. Doch offenbar ging es ihr bei den Highland Games genau wie mir.

Paul legte seine Hand auf ihr Knie. »Komm schon, Lora. Du willst diese Spiele doch nicht absichtlich verlieren, bloß um deinen Großonkel zu verärgern? Ihr seid auf einem guten Weg. Ich fand es ziemlich ...«, er biss sich auf die Unterlippe, »... großartig, wie du die Schafe geschoren hast.«

Ich krümmte mich innerlich vor Ekel. Baggerte Paul da gerade vor meinen Augen ungeniert meine Schwester an? Ich tat, als hätte ich nichts gehört und starrte unbeteiligt ins Gebüsch.

»Du warst dabei?«, fragte Lora erstaunt.

»Hab's erzählt bekommen.« Er schwieg einen Moment, als schwelgte er in einer schönen Erinnerung, dann seufzte er. »Was ich euch heute sagen wollte, war, dass ihr alles daran setzen solltet, diese Spiele zu gewinnen. Aber ihr könnt natürlich machen, was ihr wollt. Nur werft mir nicht vor, wenn euch nach den Spielen üble Konsequenzen erwarten.«

»Was für Konsequenzen? Stecken uns Patricia und Olaf in Wassertanks?«, fragte ich, was eigentlich schnippisch und ein wenig sarkastisch hätte klingen sollen, in Wirklichkeit aber leider ziemlich ängstlich rüberkam.

»Schlimmer«, murmelte Paul und ließ seine Worte eine Weile wirken. Ich bekam prompt eine Gänsehaut. Dann setzte er hinzu: »Euer Großonkel weiß nicht, dass ich hier bin und euch verraten habe, dass die Spiele dieses Jahr ein wenig ... na ja, anders sind als die Jahre davor. Es wäre gut, wenn ihr ihm nichts verratet. Ich war nie hier, okay?«

»Ich habe nicht vor, mit dem Geier zu sprechen«, knurrte ich und sah mich um. Tatsächlich war im fahlen Mondlicht nirgendwo ein Geier auszumachen, auch wenn sich das Tier natürlich irgendwo versteckt haben konnte. Wahrscheinlicher war allerdings, dass unser Großonkel in diesem Augenblick als Eleanor in ihrem Zelt schlief.

»Also will er bloß, dass wir gewinnen?«, fragte Lora unsicher.

»MacBiggs will nicht nur prüfen, ob ihr euch spitzenmäßig verwandeln könnt, sondern auch, ob ihr mutig, schlau und geschickt seid. Und bereit zu kämpfen«, sagte Paul. Dann verdrehte er die Augen. »Ich weiß, wie das jetzt klingt. Mutig, schlau und geschickt, als ginge es um ein Pfadfinderabzeichen aus Entenhausen.« Er lachte kurz auf. »Wenn ihr mich fragt, hätte er sich auch einfach eure Noten ansehen können, aber er war davon überzeugt, er brauche unbedingt einen richtigen Wettkampf, eine Art Arena, in der er die Vorgaben machen kann. Ich glaube, er steht auf Dramatik.« Er deutete auf Eleanors Zelt. »Und darauf, euch ein paar Steine in den Weg zu legen. Im Herzen ist er wohl ein kleiner Fiesling.«

Ein Schauer fuhr mir durch den Körper. Das war es! Pauls Fingerzeig auf Eleanors Zelt war der unumstößliche Beweis, dass mit Eleanor etwas nicht stimmte. Dass mein Großonkel selbst Eleanor war.

»Ich wusste es!«, brach es aus mir heraus. »Eleanor ist Teil des Plans. Ist das der Grund, warum sie ständig verschwindet? Und Asthmasprays klaut?«

Anstatt mir eine Antwort zu geben, seufzte Paul bloß, lächelte und setzte dabei ein selbstgefälliges Pokerface auf. Daraus konnte man wirklich keinerlei Informationen ablesen. Außer, dass er ein Vollidiot war.

Dann stand er auf und küsste Lora auf die Lippen. Er knutschte vor unserer aller Augen mit ihr herum, und ich ärgerte mich, dass Mr Clarke nicht da war, um ihn aus dem Camp zu jagen.

»Du knackst das Rätsel. Du bist der mächtigere Zwilling. Das weiß ich«, flüsterte er zum Abschied in Loras Ohr. Ich konnte alles verstehen, doch das schien ihn nicht weiter zu kümmern. Danach verschwand er wie das Phantom der Nacht im Gebüsch.

Und anstatt ihn zu fragen, von welchem Rätsel er sprach und ob er angesichts seines doch eher mangelhaften Aussehens an heilloser Selbstüberschätzung litt, nickte Lora nur und sah ihm treudoof hinterher.

Oh Mann. Was half mir eine Löwin als Schwester, wenn sie sich vor einem blöden Laborkaninchen in ein Kätzchen verwandelte? Wenigstens wusste ich jetzt, dass nicht nur ich, sondern auch weitaus härtere Menschen gegen die eigenen Gefühle machtlos waren. Doofer Paul. Na ja, wenigstens hatte er seine Marshmallows hiergelassen.

# Elf

Alles, was ich an diesem Abend noch tun wollte, war, mich ins Bett zu werfen. Es war bereits halb zwei und ich hundemüde, nicht zuletzt, weil ich zwei Nächte zuvor auch nur wenige Stunden geschlafen hatte, noch dazu in Amalias Körper. Ob das überhaupt zählte? Oder war das, als hätte Ophelia die ganze Nacht durchgemacht?

Doch obwohl ich hundemüde war, wusste ich, dass mir Pauls Worte nicht aus dem Kopf gehen würden. Warum mussten wir die Spiele seiner Meinung nach so dringend gewinnen? Was erwartete uns, wenn wir verloren? Und nicht zuletzt, warum war Paul so ein arroganter Mistkerl?

Doch als ich vom Lagerfeuer aufstehen wollte, stand plötzlich Mae neben mir.

»Hast du mal eine Minute?«, begann sie.

»Ja klar«, antwortete ich. Alleine schon, weil sie so traurig aussah, wäre ich jetzt auf keinen Fall ins Bett gegangen. Vielleicht tat ein längst überfälliges Gespräch mit meiner besten Freundin auch ganz gut. Maes tiefe, sanfte Stimme hatte außerdem etwas an sich, das mich immer beruhigte. »Was gibt's?«

»Roger«, murmelte sie traurig. Roger saß ein Stückchen entfernt, aß aus der Marshmallowtüte und witzelte mit Adrian. »Aber nicht hier. Können wir ein Stück gehen?«

Ich nickte, verabschiedete mich von Lora und ließ mich von Mae in Richtung Seeufer führen. Der Himmel war klar und wolkenlos, der Mond beinahe voll, und ich konnte sogar die Hügel der Highlands in der Ferne ausmachen. Vermutlich hätte man gar keine Taschenlampe gebraucht, doch Mae hatte trotzdem eine mitgenommen und knipste sie an.

»Was ist mit Roger?«, fragte ich, als wir schließlich in dem Waldstück angekommen waren, das das Seeufer vom Camp trennte. »Er quatscht die ganze Zeit nur mit Cliff oder Adrian, nicht wahr? So ein Schwachkopf.«

Mae ließ die Schultern hängen. »Du sagst es. Er ignoriert mich seit Tagen. Unterhält sich lieber zwanzig Minuten lang mit Adrian über ein Furunkel am Fuß, das im Fußballschuh drückt, als mit mir.« Sie seufzte tief. »Dabei will ich das gar nicht.«

»Dass er von seinem Furunkel erzählt? Das will bestimmt keiner. Armer Adrian.«

»Nicht das. Ich meine, dass er mich ignoriert. Ophelia, wir sind hier mitten in der rauesten, unberührtesten schottischen Natur. Und eigentlich könnte es total romantisch sein. So wie in diesem Liebesschmöker, den ich gerade lese, in der diese Frau in der Zeit reist und sich in diesen heißen Clantypen aus dem achtzehnten Jahrhundert verliebt.«

»Ich glaube, den liest Tante Rose auch gerade«, murmelte ich. Klang zumindest verdächtig nach ihr.

»Na ja, auf die blutigen Schlachten kann ich gerne verzichten«, quasselte Mae weiter. »Aber zumindest ein bisschen Romantik wäre schön. Wie bei Cliff und Amalia. Die haben nämlich ges-

tern in der Moorleichenhütte rumgeknutscht, hast du das mitbekommen?«

Sie wusste davon? Mit einem Mal stieg mir Hitze ins Gesicht. Ein Glück, dass es dunkel war.

»Ach, du kannst es gar nicht gesehen haben, du warst ja oben auf dem Dachboden«, korrigierte sie sich. »Geht's deinem Magen inzwischen wieder besser?«

»Äh, ja, mir geht's viel besser.« Ich zögerte. »Woher weißt du das?«

Mae rollte mit den Augen. »Sie haben es nicht besonders verheimlicht.« Sie zuckte mit den Schultern. »Ich habe eine Taschenlampe brennen sehen, und ich dachte erst, Aberdeen hätte unsere Hütte gestürmt. Stattdessen waren es nur Cliff und Amalia knutschend auf dem alten Sofa.«

Ich rieb mir die Stirn. Mist, verdammter! Wenn Mae alles gesehen hatte, wusste dann auch Lora davon? Warum hatte Lora mich noch nicht darauf angesprochen? Was musste sie jetzt von mir denken? Ich musste dringend mit ihr reden.

Mae schüttelte den Kopf. »Egal, ich bin vom Thema abgekommen. Weißt du, ich will damit nicht sagen, dass ich hemmungslos mit Roger auf einem Sperrmüllsofa knutschen will. Es gibt romantischere Plätzchen.«

Äh ja. Ich kratzte mich verlegen im Nacken. Vermutlich gab es die. Wenn man die Auswahl hatte.

»Alles, was ich erwarte, ist, dass er sich ein wenig um mich kümmert«, sprach Mae weiter und lief voran. Durchs nächtliche Dickicht glitzerte der Loch Katrine im Mondlicht. »Und deshalb hab ich das mit Laszlo erfunden.«

»Laszlo?«, fragte ich überrascht. Cliff, Amalia und Maes Spekulationen waren für einen Moment vergessen. Laszlo, oder Tischmanieren-Laszlo, wie Lora ihn nannte, war doch der Junge aus dem Aberdeen-Team, der Sandwiches mit einem Happs in seinen Mund gestopft und vorgestern Spaghetti einfach ganz ohne Besteck gegessen hatte. Und den ich außerdem noch nie hatte sprechen hören.

»Ja, Laszlo. Ich habe mir eine kleine ... Geschichte mit ihm angedichtet«, gab sie etwas verschämt zu.

»Du hast was?« Ich rieb mir den Kopf. Heute überschlugen sich die Ereignisse, ich kam kaum noch mit dem Denken hinterher. »Eine ... romantische Geschichte? Mit Laszlo? Warum?«

Mae hob die Schultern. »Na, um Roger eifersüchtig zu machen. Außerdem ist Laszlo nicht gerade sehr gesprächig. Ich dachte, das erhöht die Chancen, dass ich nicht auffliege.«

Klug mitgedacht, das musste man ihr lassen. »Und? Hast du Roger schon davon erzählt?«

»Hab ich. Ich habe den Namen hier und da fallen lassen und ein paar Dinge erfunden. Zum Beispiel, dass Laszlo mir Rosen schenkt und romantische Gedichte schreibt. Ich habe sogar extra eins gedichtet. Es hat ein bisschen was von Shakespeare. Adrian hat mir dabei geholfen.«

»Adrian weiß Bescheid?«, staunte ich. Anscheinend bekam ich wegen meiner Gefühlsachterbahn kaum noch etwas mit.

Mae nickte. »Oh ja. Ich glaube, alle wollen, dass Roger sich endlich ein Herz fasst.«

Ich nahm Mae an der Hand. Meine beste Freundin hatte so schlimmen Liebeskummer, dass sie sogar schon eine heimliche Liebelei mit Tischmanieren-Laszlo erfand. Das war wirklich schlimm. Ich nahm mir vor, mehr auf sie zu achten.

»Und, hat's funktioniert?«, fragte ich gespannt. »Hat Roger schon angebissen?«

»Noch nicht. Er hört zwar jedes Mal aufmerksam zu, wenn von Laszlo die Rede ist, aber bis jetzt hat sich noch nichts zwischen uns geändert. Und das, obwohl er mich vor der Abreise einfach geküsst hat.«

Ich schnappte erstaunt nach Luft. Was? Wie konnte das möglich sein?

»Der echte Roger?«, stieß ich hervor, bevor ich es verhindern konnte.

Mae sah mich irritiert an. »Welcher denn sonst?«

Meine Gedanken überschlugen sich. Lora hatte gesagt, sie hatte Mae bloß eine Nachricht als Roger auf die Türmatte gelegt. Von einem Besuch und sogar einem Kuss war nie die Rede gewesen. War tatsächlich der echte Roger bei Mae gewesen, um sie zu überreden?

»Ich dachte …«, verlegen zwirbelte ich mein Haar, »dass Roger dich vielleicht mit einem Brief überredet hat?«

»Einem Brief? Ich habe schon seit Wochen keine Post bekommen. Rocky zerkaut jedes Stück Papier auf der Türmatte. Sogar meine Urkunden von den Boxwettkämpfen sind vollgesabbert und mit Bissspuren versehen.« Mae machte einen kleinen Hüpfer und wirkte plötzlich so unschuldig, als wäre sie glatt drei Jahre jünger. »Na, jedenfalls hat Roger mich geküsst. Vor unserer Haustür, einfach so. Sogar Mrs Bunbury, unsere alte Nachbarin, hat uns gesehen, während sie ihre Buchsbäumchen geschnitten hat. Na ja, zugegeben, der Kuss war natürlich nicht so schön wie auf deiner Party, sondern eher ein bisschen unbeholfen, aber es war genau das, was es gebraucht hatte, um mich zu überreden.«

Ich seufzte. Ich musste Lora unbedingt sagen, dass ihr vermeintlich genialer Plan mit dem Brief auf der Türmatte doch nicht so genial gewesen war und Roger es selbst geschafft hatte, Mae zu überreden.

»Damals an der Tür war er so nett. Und jetzt benimmt er sich wieder …« Sie brach ab und spähte durchs Dickicht zum Loch Katrine. Wir standen immer noch unter den Bäumen, nur wenige Meter von der Stelle entfernt, wo der Erdboden in Schotter überging und Wasser ans Ufer schwappte. »Warte mal. Ist das da Mr Gibs am Seeufer?«

»Du hast recht«, murmelte ich leise. Vor uns am Seeufer stand tatsächlich niemand Geringerer als Mr Gibs. Neben ihm stand ein weiterer Mann, der Mr Gibs nicht unähnlich sah. Er hatte die gleichen Hamsterbacken wie er, nur dass er um einige Jahrzehnte jünger schien.

»Ich dachte, Mr Gibs sei längst im Bett. Und was hat er eigentlich für Klamotten an? Was ist mit den lustigen Pullovern passiert?«, fragte Mae.

Ich schwieg, während sich meine Gedanken überschlugen. Mr Gibs sah in diesen Klamotten, schwarze Hose, schwarzer Pulli, geradezu normal aus. Und wer war der zweite Kerl da neben ihm?

»Soll ich die Taschenlampe ausmachen?«, wisperte Mae.

»Unbedingt. Komm hierher«, sagte ich eilig, zog sie hinter einen Baumstamm und gab mir Mühe, nicht auf einen Ast zu treten, der verräterisch hätte knacken können. Nun konnten wir sogar hören, worüber sich die beiden unterhielten.

»Und? Denkst du, wir können heute wieder einen Blick auf die beiden Mädchen werfen? Um zu sehen, wie gut sie sind?«, wollte der zweite Mann von Mr Gibs wissen.

»Auf die beiden Mädchen?«, flüsterte Mae und drehte sich zu mir. »Über wen reden die? Und wer ist der zweite Typ? Den habe ich noch nie im Leben gesehen. Du etwa?«

Wahrheitsgemäß schüttelte ich den Kopf. Wir waren da gerade auf etwas Großes gestoßen, das war mir klar. Plötzlich war ich mir gar nicht mehr so sicher, ob es gut war, wenn Mae mithörte.

»Möglich«, erklärte Mr Gibs zufrieden. »Ich glaube, Lora und Ophelia sind wirklich so gut, wie alle sagen. Obwohl ich denke, dass Ophelia inzwischen die Talentiertere ist.«

»Sie unterhalten sich über dich und Lora?«, fragte Mae verdutzt. »Ich verstehe kein Wort. Und warum hält Mr Gibs dich für talentiert? Du warst doch noch bei keinem Spiel dran.«

Mein Herz schlug schneller und schneller, während mein Kopf versuchte, mögliche Erklärungen für dieses Gespräch zu finden. Natürlich sprachen Mr Gibs und sein Begleiter entgegen Maes Annahme nicht über meine Talente bei diesen Spielen, sondern über meine Gabe. Doch was noch viel verwunderlicher war: Mr Gibs wusste, dass ich mich verwandeln konnte! Was hatte das zu bedeuten?

Wer war er?

»Ich schleiche mich noch etwas weiter zu ihrer kleinen Grillparty und sehe zu, ob ich noch etwas herausfinden kann. Berichte den anderen, dass ich weiter an den beiden dran bin«, befahl Mr Gibs jetzt seinem Begleiter.

Dieser legte die Stirn in Falten. »Und wie? Etwa so?«

»Natürlich nicht. So, dass mich niemand erkennt.« Er grinste. »Wusstest du, dass Hirsche ausgezeichnete Nachtsicht haben?«

»Ein Hirsch also.« Mr Gibs' Begleiter schien beeindruckt. »Hast du das schon mal gemacht?«

»Ständig. Ich brauche maximal zwanzig Sekunden.«

Der Mann grinste schief. »Zeig's mir. So lange kann ich schon noch …«

Oh nein. Nein, nein und nochmals nein. Keine Ahnung, was mich gerade mehr schockierte: dass Mr Gibs sich verwandeln konnte oder dass er vorhatte, es hier und jetzt zu tun?

Ich musste etwas tun. Ich musste Mae ablenken. Nicht nur würde gleich unser Familiengeheimnis auffliegen, das Problem war auch Maes Reaktion auf das, was gleich kommen würde. Wenn Mae sah, wie sich Gibs in einen Hirsch verwandelte, würde sie … ich weiß nicht … laut kreischen? Durchdrehen? Wir würden in jedem Falle auffliegen.

»Mae, ich finde, wir sollten umkehren«, schlug ich vor.

Doch Mae dachte nicht daran, zu verschwinden. »Hirsche? Ophelia, was geht da ab? Was will er seinem Freund zeigen?«

Hastig fasste ich einen Plan. Ich zog sie zu mir, sodass ihr gar nichts anderes übrig blieb, als mich anzusehen. »Ich muss dir etwas sagen.«

Mae verzog das Gesicht. »Geht das nicht später?«

»Es muss jetzt sein«, wisperte ich. »Ich kann es nicht länger geheim halten. Ich muss dir etwas gestehen. Etwas, das ich dir eigentlich niemals sagen wollte. Und etwas, was erklärt, warum ich mich seit Wochen so komisch benehme.«

Endlich hatte ich Maes volle Aufmerksamkeit. »Was ist denn los, Ophelia?«

»Ich bin hoffnungslos in Cliff verliebt«, gestand ich und spähte unauffällig über Maes Schulter. Am Ufer bekam Mr Gibs gerade wuchtige, behaarte Hirschbeine und sah aus wie ein Mensch gewordener Teufel. Von dort schien das braune Fell regelrecht über seinen Körper in Richtung seines Kopfes zu wachsen.

»Warte mal. In Cliff? Unseren Cliff?«, wisperte Mae und starrte mich an.

Ich nickte stumm. Okay, zugegeben, ich hatte nicht vorgehabt, ihr das zu beichten. Meine Gefühle für Cliff würden zu viele Fragen aufwerfen, die ich nicht beantworten konnte, ohne meine Verwandlungsgabe zu enthüllen. Und doch erfüllte das Geständnis seinen Zweck. Mae hatte Mr Gibs komplett vergessen.

»Aber Ophelia. Das kannst du doch nicht ernst meinen. Er ist doch Mister Ich-hab-die-falschen-Klamotten-eingepackt-weil-ich-lieber-auf-meiner-verfluchten-karibischen-Insel-wäre-als-hier. Der passt doch gar nicht zu dir.«

»Griechischen Insel.«

»Wie bitte?«

»Ach, nichts. Weißt du, würdest du Cliff besser kennen, würdest du es anders sehen«, wisperte ich und spürte, wie mir unaufhaltsam die Tränen in die Augen stiegen. Jetzt wünschte ich, ich hätte nichts gesagt. Dann hätte Mae zwar aus nächster Nähe mitbekommen, wie aus Mr Gibs' Kopf jetzt ein mächtiges Hirschgeweih wuchs, sich sein Schädel ins Längliche verformte und er Nüstern und ein Maul bekam, aber ich müsste mich zumindest nicht vor meiner besten Freundin für meine Gefühle schämen.

Doch es war logisch, dass Mae so über Cliff dachte. Sie wusste nur die Hälfte. Dabei gab es so viel, was ich ihr hätte erzählen wollen. Angefangen bei meinem offensichtlichen *Verwandten* Mr Gibs am See über meinen Eleanor-Geier-Großonkel, meinen überraschenden Recherchen über Cliffs wahres Wesen bis hin zu der nahezu perfekten Verwandlung in ihn. Und dann waren da noch die beiden Küsse. Beim Gedanken, dass die sich niemals wiederholen durften, löste sich eine verräterische Träne aus meinen Augen.

»Hey, hey!« Mae nahm mich in den Arm. Dass hinter ihrem Rücken aus Mr Gibs ein stattlicher Rothirsch geworden war, dessen Fell im Mondlicht glänzte, bekam sie angesichts meines spontanen Gefühlsausbruchs nicht mit. »So schlimm?«

»Schlimmer als schlimm«, gab ich zu.

»Hast du's ihm denn gesagt?«

Vor Schreck riss ich die Augen auf. »Gott, nein. Amalia würde mich auf ewig hassen.«

»Ach ja, Amalia.« Mae lachte, als käme ihr Cliffs Freundin erst jetzt in den Sinn. »Nun, dann lass uns mal in Ruhe überlegen. Wie werden wir die denn los?«

Maes gute Laune steckte an. Natürlich plante sie nicht wirklich einen fiesen Anschlag auf Amalia, um mir den Weg zu Cliff freizuräumen, zumindest hoffte ich das, doch alleine die Tatsache, dass sie mein Dilemma mit Humor nahm und mich nicht für komplett verrückt hielt, half.

»Ich hab's! Wir könnten ihr einen saftigen Hirschbraten vorsetzen und behaupten, es wär so ein spezieller Pseudofleischersatz. Dann muss sie sich bestimmt übergeben und wäre erst mal außer Gefecht gesetzt ... apropos Hirsch!« Plötzlich schien Mae etwas einzufallen und sie wandte sich um. »Wo sind die beiden denn hin?«

Ich folgte ihrem Blick und atmete erleichtert auf. Mr Gibs und sein Begleiter waren verschwunden. Zurück blieb eine Last weniger auf meinen Schultern, weil ich Mae endlich von Cliff erzählt hatte – und außerdem mehr Fragen in meinem Kopf, als ich jemals Antworten erhalten würde.

# Zwölf

Am nächsten Morgen hatte ich in Gedanken bereits eine Liste erstellt, die mir dabei helfen sollte, hinter Mr Gibs' Geheimnis zu kommen. Ich hatte, kriminalistisch äußerst durchdacht, jede Einzelheit in Fakten und Vermutungen unterteilt. Dafür waren wertvolle Stunden Schlaf draufgegangen. Doch nun hatte ich den absoluten Überblick:

Zu den gesicherten Fakten gehörte, dass Mr Gibs sich verwandeln konnte. Deshalb musste er unweigerlich mit mir verwandt sein, denn, das sagte zumindest Tante Mildred, nur Mitglieder unserer Familie besaßen diese Fähigkeit. So weit die Faktenlage.

An dieser Stelle fingen leider auch schon die Vermutungen an. Eine davon war, dass Mr Gibs womöglich ein Helfer meines Großonkels war. Lora und ich wussten, dass unser Familienstammbaum verzweigt war, somit war es denkbar, dass mein Großonkel einen unbekannten Verwandten zur Hilfe geholt hatte. Dieser konnte als Lehrer dafür Sorge tragen, dass mein Großonkel alias Eleanor durch ihre Provokationen nicht aus dem Camp flog.

Das war allerdings nicht die einzige Vermutung. Es bestand außerdem noch die Möglichkeit, dass sich gestern jemand am Loch Katrine an eine Doppelverwandlung gewagt hatte. Dies war eine ausgefeilte Verwandlungsart, bei der man sich zuerst in die eine Person und von dort aus in eine andere verwandelte. Was bedeuten würde, dass ein x-beliebiger Verwandler einfach Mr Gibs' Gestalt angenommen und diesen fremden Mann getroffen hatte, um ein konspiratives Treffen mit ihm abzuhalten und sich danach in einen Hirsch weiterzuverwandeln.

Mist. Irgendetwas stimmte hier nicht. Doch ich hatte zu wenige Informationen, um das Rätsel zu knacken. Fest stand bloß, dass ich mir meinen nächsten Schritt gut überlegen musste. Was, wenn ich Gibs darauf ansprach und der von nichts wusste? Würde er mich für irre halten und disqualifizieren? Nur damit ich daheim von meinem Großonkel des Hochverrats bezichtigt wurde, weil ich das Familiengeheimnis offenbart hatte? Das war zu riskant!

Brandgefährlich war außerdem, dass ich vor lauter Aufregung vergessen hatte, meinen Wecker zu stellen und beinahe das nächste Spiel verschlafen hätte. Ich stieß erst zur Gruppe, als Mr Gibs schon dabei war, den Wettkampf zu erklären, für den die Lehrer offensichtlich sechs merkwürdige Gegenstände angeschleppt und mit weißen Bettlaken abgedeckt hatten.

Ich hatte gehofft, Lora davor alleine zu erwischen. Ich wollte herausfinden, ob sie von Cliffs und Amalias Kuss in der Moorleichenhütte wusste, und ihr außerdem jede Einzelheit der Geschehnisse von gestern Abend am See erzählen. Lora behielt immer einen kühlen Kopf, sie würde wissen, ob wir Mr Gibs ansprechen, unseren Tanten auf den Zahn fühlen oder nichts davon tun sollten.

»Na endlich!« Lora war es, die mich an ihre Seite zog, als ich mich in der Menschentraube umsah, die sich vor der langen weißen Hütte gebildet hatte. Heute war es wieder nass und windig, und ich vermutete, dass die letzten paar Sonnentage wohl schon das absolute Highlight dieses schottischen Sommers gewesen waren.

»Sorry, dass ich spät dran bin«, verkündete ich und gab mir Mühe, meine störrischen Haare zu bändigen. Wenn es so feucht war wie heute, ging das deutlich schwerer. »Ich wollte eigentlich genug Zeit haben, um dir was zu erzählen. Es ist echt wichtig.«

»Nicht jetzt, Ophelia.« Sie sah mich nicht an, sondern richtete den Blick nach vorne. »Mr Gibs erklärt gerade …« Sie seufzte und ließ den Kopf hängen. »Moment. Hat er gesagt, dass sich unter diesen Tüchern ausgestopfte Vögel befinden? Ist das sein Ernst?«

»Wie, was?«, sagte ich verwirrt und stellte mich auf die Zehenspitzen. Weil ich hinter viel größeren Jungs stand, konnte ich nur erkennen, dass vor Mr Clarkes Hütte sechs Stationen aufgebaut waren. Genauer gesagt waren es sechs Baumstümpfe, die wohl als Podest für sechs ausgestopfte Vögel dienten, die zu diesem Zeitpunkt immer noch von Leinentüchern verdeckt waren. Darunter waren weiße, umgeklappte Karteikärtchen mit einem Nagel ans Holz geschlagen worden.

»Tote Vögel?«, empörte sich auch Amalia. Lora war nicht die Einzige, die diesem Spiel nichts abgewinnen konnte. »Haben Sie für diese Aufgabe tatsächlich Vögel präpariert, Mr Clarke? Aus ethischen Gründen verweigere ich diesen Wettbewerb, nur damit das klar ist.«

»Amalia. Nicht doch! Du wirst sonst noch disqualifiziert und nach Hause geschickt!«, rief Mae gespielt schockiert. Dann drehte sie sich zu mir um und zwinkerte mir verschwörerisch zu.

Ich vergrub mein Gesicht in den Händen. Wie peinlich. Manchmal war meine beste Freundin echt zu bemüht, meinem Liebesleben auf die Sprünge zu helfen.

Mr Clarke räusperte sich. »Keine Sorge. Die Tiere sind eines natürlichen Todes gestorben und außerdem eine Leihgabe von Duchray Castle.«

»Und die Exponate werden nach diesem Wettkampf zum Studium der Vogelkunde wieder an ihren rechtmäßigen Platz gelangen«, machte Mr Gibs weiter, der heute einen gestrickten Pullover mit Adlermotiv drauf trug. »Und zwar sobald ihr erraten habt, um welche Vogelgattung es sich bei den sechs Exemplaren handelt. Internetrecherche ist natürlich verboten, nur damit das klar ist.«

Die Teilnehmer stöhnten, als Mr Gibs schließlich die Tücher abnahm und uns einen Blick auf die ausgestopften Vögel gewährte. Kein Wunder, Vogelkunde war nun wirklich nicht gerade das, was man sich als Aufgabe wünschte. Andererseits waren die Schafscher-Aufgabe sowie das Baumstamm-Mathe sportliche Übungen gewesen, sodass nun etwas Intellektuelles an der Tagesordnung stand.

»Also, ich kann euch sagen, wie die heißen.« Roger neben uns grinste. »Kleiner Vogel, großer Vogel, hässlicher Vogel, fetter Vogel, Vogel mit krummem Schnabel und … ich glaube, das letzte Exemplar ist eine Amsel. So ein Vieh hab ich neulich mit dem Rad erwischt. Darf ich mich aufstellen lassen?«

»Halt die Klappe, Roger. Du würdest einen Vogel doch nicht mal erkennen, wenn er dir aufs Hirn kackt«, feixte Mae.

*»Halt die Klappe, Roger«*, imitierte Roger Mae und zog dabei eine Grimasse. »Das sagst du ständig. Wenn du nicht aufpasst,

besorg ich dir ein T-Shirt mit deinem Lieblingsspruch drauf, das spart dir dann die Mühe.« Er stupste sie an. »Siehst du, so etwas Originelles muss sich dein polnischer Kavalier erst einfallen lassen.«

»Er ist Russe«, grummelte Mae.

»Und ich bin stinksauer«, ging Lora dazwischen. »Könnt ihr eure persönlichen Querelen einmal außen vor lassen und mir sagen, wen wir bitte schön in diesen bescheuerten Wettkampf schicken können, hä? Hat irgendjemand Ahnung von Vögeln? Und Roger, ein unanständiger Witz, und du bist der siebte Flattermann, der präpariert auf einem Baumstamm landet.«

Roger grinste. »Ich hab nichts gesagt.«

Lora rieb sich die Stirn. Ich konnte mir gut vorstellen, was in ihr vorging. Die Aufgabe war schwierig, das war klar. Hier ging es eindeutig um ausgefallenere Exemplare als Amsel, Drossel, Fink und Star.

»Amalia, du? Du wolltest doch für diesen *Zirkus der Tiere* sammeln, nicht wahr?«, schlug Lora vor und sah aus, als greife sie nach dem letzten Strohhalm. »Da waren nicht zufällig auch Vögel darunter?«

Amalia schüttelte den Kopf. »Das waren ja gar keine Tiere, sondern verkleidete Menschen. Und nein, Biologie war noch nie meine Stärke. Cliff ist nun leider auch kein Vogelkundler.«

Moment. War er doch! Cliff besaß unzählige Bücher über Naturwissenschaften. Und sogar ein Mikroskop. Und er hatte Angus MacAlbatroz erfunden, den Jungen, der sich in einen Seevogel verwandeln konnte und um den es in Adrians und meinem Theaterstück ging. Wenn er tatsächlich in vielen, nun ja, nicht ganz publikumswirksamen Spezialgebieten Wissen angesammelt hatte und ein heimlicher Supernerd war, würde er die Aufgabe nicht nur hinbekommen, sondern auch noch darin brillieren.

Das heißt, wenn er sich denn melden würde.

»Ich könnte es versuchen«, schlug Adrian vor. »Einen oder zwei könnte ich sicher benennen. Und die anderen raten. Besser als nichts, oder?«

»Zwei?« Lora hob die Schultern. »Nun, das *ist* besser als gar nichts. Hat jemand Einwände?«

Eilig sah ich hinüber zu Cliff, der angespannt dastand, Hände in den Hosentaschen, und wahrscheinlich innere Kämpfe mit sich austrug. Als ich schon dachte, Adrians Teilnahme sei beschlossene Sache, räusperte sich Cliff. »Na ja, ich …«

Lora betrachtete ihn ungeduldig. »Ja?«

*Tu es! Tu es!*, ermutigte ich ihn in Gedanken. Wenn wir die nächsten Punkte in der Tasche hatten, waren wir trotz des kleinen Verlusts im Wald kaum noch zu stoppen. Ganz egal, ob und warum auch unserem Großonkel etwas an dem Sieg lag – ich wollte gewinnen!

Cliff kratzte sich im Nacken. »Ich könnte ja mal …«

»Ich mach es«, sagte da jemand hinter meinem Rücken.

Eleanor. Sie schob sich in unsere Mitte und stemmte die Arme in die Hüften, die Ratte auf ihrer Schulter. »Ich hab den letzten Sommer in einem Vogelobservatorium auf der Fair Isle verbracht. Da gab's zwar nur Papageientaucher, aber ich würde sagen, ich hab mir dort ein doch recht stattliches ornithologisches Grundwissen aneignen können.«

Alleine das Wort *ornithologisch* reichte, damit Loras Gesichtszüge sich hoffnungsfroh aufhellten. Ich jedoch war mir nicht so sicher, was Eleanors plötzliche Bereitschaft, uns zu helfen, zu bedeuten hatte. Was ging hier vor sich?

»Ihr seid die Letzten, meine Lieben.« Ehe ich mir ein Urteil bilden konnte, stand Mr Gibs vor uns und wedelte mit einem Klemmbrett herum. »Wenn ihr euch nicht entscheidet, dann wird dieser miesepetrige Mr Clarke wen bestimmen.«

Ich zog Lora zur Seite. Ich traute Eleanor nicht über den Weg. »Lass uns versuchen, Cliff zu überreden. Er braucht nur einen Stups in die richtige ...«

»Eleanor macht's«, schnitt mir Lora das Wort ab. »Irgendwann muss sie sowieso ran. Jeder Spieler muss zumindest ein Mal antreten. Besser jetzt als im Finale.«

Ich seufzte. Das entsprach tatsächlich den Regeln der Highland Games, und so gab ich mich geschlagen und sah mit mulmigem Gefühl zu, wie Eleanor ihren Namen auf die Liste schrieb. Sie bekam von Mr Gibs ein paar Kopfhörer ausgehändigt, damit niemand vorsagen konnte.

Dann ging es auch schon los. Eleanor blieben zehn Minuten, um die Lösungen zu finden; nicht viel Zeit, zumindest, wenn man so wie ich gerade mal Singvögel von Seevögeln unterscheiden konnte. Alles, was wir tun konnten, war, auf das Beste zu hoffen und dabei zuzusehen, wie Eleanor gemeinsam mit Mike, dem Kämpfer aus Aberdeen, und zwei Mitstreitern aus Dundee und Glasgow die präparierten Vögel von allen Seiten betrachtete und ihre Antworten auf eine verdeckte Karte schrieb. Überraschenderweise war Eleanor die Erste, die fertig war.

»Das ist ein gutes Zeichen, oder?«, wisperte Lora uns zu.

»Ich gebe meine Mathearbeiten auch immer als Erster ab. Und bei mir ist das nie ein gutes Zeichen«, sagte Roger trocken.

Ich sah rüber zu Cliff, der sich einen Platz in der ersten Reihe gesichert hatte, während Mr Gibs zur Auswertung schritt. Fünf Richtige für Aberdeen, vier korrekte Antworten für Dundee und zwei für Glasgow. Als Letztes waren wir dran. Die Spannung stieg ins Unermessliche, und ich fragte mich, ob jemals jemand irgendwo auf der Welt dermaßen gebannt auf ausgestopfte Vögel gestarrt hatte.

»Der erste Vogel war ein sogenannter Unglückshäher, das hatte bis jetzt nur Aberdeen richtig ...« Mr Clarke verzog das Gesicht. »Tölpel ist leider nicht korrekt, Eleanor.«

Jubel bei Aberdeen, schlechte Stimmung bei uns. Lora raufte sich die Haare. »Sie hat doch gesagt, sie hat einen Sommer in einem gottverdammten Vogelreservat verbracht!«

Ich ärgerte mich genauso. Vor allem deshalb, weil ich mich nicht vehementer gegen Eleanors Teilnahme gewehrt hatte.

»Wir können immer noch fünf Punkte holen«, versuchte ich meine Schwester aufzumuntern. Doch daran glaubte ich leider selbst nicht. Mir war klar, dass der Unglückshäher stellvertretend dafür stand, was uns heute erwartete: bodenloses Pech.

Und ich behielt recht. Auch Antwort zwei, drei, vier und fünf waren falsch, und während Eleanor aussah, als könne ihr die Niederlage nicht weniger egal sein, war Cliff bei jeder falschen Antwort weiter in sich zusammengesunken. Vor der Auflösung der letzten Frage knabberte er sogar an seinen Fingernägeln, und ich überlegte, mich kurzerhand erneut in Amalia zu verwandeln, um ihn aufzumuntern. Doch das verwarf ich schnell wieder. Wenn man den gleichen Fehler nicht zwei Mal, sondern drei Mal machte ... dann war man kein Unglückshäher, sondern ein Tölpel.

»Herrje! Der *Corvus corax tingitanus* steht doch auf sechs!«, rief Cliff, als auch die letzte Antwort falsch war.

Stille. Wir hatten keine einzige Antwort richtig, holten keinen einzigen Punkt für die Gesamtwertung und fühlten uns wie absolute Versager. Es war grauenhaft.

»Cliff! Sag mir nicht, dass ... Corvus Tingeltangel der lateinische Ausdruck für diesen Vogel da ist«, wisperte Lora entsetzt und deutete auf die Nummer sechs. »Woher wusstest du das?«

Ertappt ließ Cliff seine Hand sinken. Ich fragte mich, ob er nun wieder mit der Ausrede daherkommen würde, die Informationen aus dem Vogelquartett seiner Schwester oder der Illustrierten seines Zahnarztes aufgeschnappt zu haben, da stand plötzlich Mr Clarke vor uns.

»Kolkrabe hätte auch gereicht«, sagte der Campleiter trocken.

»Also mir hätte schon Rabe gereicht«, fügte Mr Gibs heiter hinzu. »Heutzutage muss man froh sein, wenn Teenager einen Vogel nicht mit einem Schmetterling ver...«

»Du blöde, hinterlistige Hexe!«, schrie Lora in diesem Moment in Eleanors Richtung. »Du hast uns reingelegt.«

Eleanor schien das kaltzulassen. Sie hob die Schultern und streichelte die Ratte in der Tasche ihrer schmuddeligen Armyjacke. Keine Spur von Reue.

Das machte Lora nur noch wütender. Inzwischen hatte sich eine Menschentraube um meine Schwester und Eleanor gebildet. Keiner wollte verpassen, wie die Situation eskalierte und Lora durchdrehte. Marsha und Don jedenfalls standen schon in der ersten Reihe.

Lora enttäuschte sie nicht.

»Ihr könnt mich doch alle mal!«, rief sie. Wuttränen glitzerten in ihren Augen. »Diese Spiele sind die schlimmsten aller Zeiten. Mit Eleanor habe ich nicht die geringste Chance, da hätte ich stattdessen gleich mit einem Hornochsen antreten können.«

Wie versteinert starrte ich meine Schwester an und konnte kaum fassen, was gerade geschah. Ein Wutausbruch mit Tränen war bei Lora in etwa so selten wie Badewetter in Schottland. Das letzte Mal hatte ich sie heulen sehen, als ihr ein Junge im Kindergarten erzählt hatte, wir wären keine Zwillinge, sondern Klone.

»Lora, hör auf, deine Teamkollegin zu beschimpfen«, versuchte Mr Gibs zu schlichten. »Du hast nur eine Schlacht verloren und nicht den Krieg.«

Loras zorniger Blick verriet, was sie von Mr Gibs' Aussage hielt.

»Außerdem habe ich einen wunderbaren, euch alle versöhnenden Blaubeerkuchen gebacken«, versuchte es Miss Cooper. »Der muntert dich ganz bestimmt wieder auf und tröstet über die Punkte hinweg.«

»Ich will keinen verdammten Blaubeerkuchen! Ich will, dass dieses manipulative Biest von hier verschwindet«, brüllte Lora voller Zorn und drängte sich durch die Menschenmassen in Richtung unserer Schlafhütten. Als sie bei Cliff ankam, hielt sie an.

»Und du bist schuld. Warum zur Hölle hast du dich nicht gemeldet, wenn du in Wirklichkeit so ein Riesenfreak bist, der alles weiß?« Sie stieß anklagend einen Finger in sein Hemd. Doch zu meinem Entsetzen war es nicht Loras Nagel, der Cliffs Brust berührte.

Es war eine Kralle. Eine graue, handgroße Vogelkralle, die plötzlich aus Loras linkem Sweatshirtärmel gewachsen war. Die Haut war runzelig und die Nägel bogen sich wie die einer Hexe aus einem Märchenbuch.

Mir blieb vor Schreck fast das Herz stehen. War das etwa eine Verwandlung? Eine unvollständige tierische Verwandlung? Lora verwandelte sich doch nie unvollständig und schon gar nicht in Tiere. Was war hier los?

Lora selbst schien erst jetzt zu merken, dass etwas nicht stimmte. Sie schnappte nach Luft und stülpte den Ärmel über die Kralle, doch da war es zu spät. Wildes Gemurmel war unter den Teilnehmern zu hören.

Hektisch versuchte ich, zu entscheiden, was Tante Mildred in so einer Situation tun würde. Sie würde Lora von hier wegbringen und sich eine Erklärung einfallen lassen. Und zwar schnellstens!

»Diese Kralle da ist bloß ein alter Glücksbringer«, brachte ich hervor. Ich konnte so tun, als wäre das Ding nicht an ihr festgewachsen, sondern ein Artefakt, das Lora sich unters Sweatshirt geschoben hatte. »Eine Voodoo-Kralle von einem seltenen Riesenvogel aus Borneo.«

»Eine Voodoo-Kralle, hm?«, kam mir ausgerechnet Roger zu Hilfe. Er legte seinen Arm um den immer noch zerknirscht aussehenden Cliff. »Nimm Beschwerden im Brustraum in nächster Zeit lieber nicht auf die leichte Schulter, mein Freund.«

Blind vor Panik packte ich Lora am Arm und zog sie fort von der Menge. Das Letzte, was ich sah, war Cliff, der mein panisches Lächeln über die Köpfe der anderen hinweg zaghaft erwiderte, bevor ich mit Lora auf der Toilette verschwand – dem einzigen Raum auf diesem Gelände, den man absperren konnte.

# Dreizehn

»Hör auf, mich zu stressen, Ophelia«, rief Lora, nachdem wir uns bereits zehn Minuten lang in der Klokabine eingesperrt hatten und die Kralle keine Anstalten machte, zu verschwinden. »An Mum zu denken, funktioniert bei mir nicht. Jeder Mensch löst Rückverwandlungen nun mal anders aus. Ich dachte, das hättest du in der Zwischenzeit kapiert.«

Frustriert ließ ich den Kopf hängen. Während die anderen draußen Miss Coopers wunderbar versöhnenden Blaubeerkuchen aßen und es Marsha und Don vermutlich »absolut und komplett gleichgültig war«, dass sie nach unserem Vogeldebakel in der Gesamtwertung vorne lagen, hatten Lora und ich alles versucht, um herauszufinden, warum ihr a) plötzlich eine Vogelkralle gewachsen war und wie wir sie b) schnellstens wieder loswurden.

»Und wenn du versuchst, dich komplett in einen Vogel zu verwandeln?«, schlug ich vor. »Ich könnte dich decken und du fliegst zum Campingplatz zu Tante Rose und Tante Mildred. Ich bin sicher, sie können dir erklären, was passiert ist.«

»Ich brauche keine Erklärung.« Lora lehnte sich gegen die kalte Fliesenwand, spreizte ihre Krallenhand und ballte sie danach zur Faust. Es sah aus, als stammten die Krallen von einem

Riesenvogel, mit der Ausnahme, dass es fünf waren, was bei echten Vögeln vermutlich gar nicht vorkam. »Das ist nichts als ein blöder, ungewollter Zwischenfall. Vielleicht bekomm ich die Grippe. Tante Mildred hat gesagt, das Risiko, dass Verwandlungen unkontrolliert auftreten, wird höher, wenn man sich nicht wohlfühlt. Kein Wunder bei diesem Sauwetter.«

Ich lehnte mich an die gegenüberliegende Klokabinenwand. Wenn jemand wusste, wie nervig unkontrollierte Verwandlungen sein konnten, dann ja wohl ich. »Eine unkontrollierte spontane Verwandlung ist doch nicht schlimm. Ich hatte die ständig. Immer, wenn mir etwas peinlich war. Total furchtbar.«

»Ich bin aber nicht wie du, okay?« Lora rümpfte die Nase. »Meine Verwandlungen waren nie unkontrolliert. Noch nicht mal ganz zu Beginn.«

»Hm«, machte ich. Ich wusste nur sehr wenig über Loras erste Zeit der Verwandlungen. Bei ihr war die Fähigkeit schon viel früher aufgetreten als bei mir, und ich konnte mich gut erinnern, wie Tante Mildred und Tante Rose vor Stolz fast explodiert waren, als Lora sich in eine Kopie unserer Küchenhilfe Blanka verwandelt hatte. Davor hatte Lora Blanka für ein Weilchen studiert, sich ihre Eigenarten gemerkt, und *schwups*, war die Komplettverwandlung auch schon gelungen.

Ob dazwischen so etwas wie unkontrollierte Verwandlungen aufgetreten waren, hatte Lora mir nie verraten. Was daran lag, dass mich alle zu diesem Zeitpunkt für die jüngere Version von Tante Helly hielten: die Untalentierte, die die magische Gabe ausgelassen hatte. An manchen Tagen wünschte ich immer noch, es wäre so.

»Aber jetzt vergiss doch mal die Kralle. Ich bin sicher, in ein paar Minuten ist sie von alleine verschwunden.« Lora machte eine wegwerfende Handbewegung mit ihrer Vogelhand. »Wir haben viel dringlichere Probleme.«

»Ach ja?«, fragte ich. Was war denn wichtiger, als zu verhindern, dass das Familiengeheimnis aufflog?

»Na, Eleanor!« Lora ballte ihre linke, menschliche Hand zur Faust. »Wir müssen dafür sorgen, dass sie so ein Fiasko wie vorhin nicht noch mal anrichten kann. Wenn wir die beiden nächsten Spiele gewinnen, haben wir noch eine Chance auf den Sieg. Aber das zu schaffen ist unmöglich mit diesem …«, sie starrte auf die versperrte Tür, die von der Toilette in den Waschraum führte, »… diesem Monster.«

Ich seufzte. Jetzt war wohl die Zeit gekommen, um ihr von gestern Abend zu erzählen. »Weißt du noch, dass ich dir vor dem Spiel etwas sagen wollte?«

Lora hob den Kopf und nickte.

»Gestern Nacht habe ich Mr Gibs gesehen«, begann ich leise. »Gemeinsam mit einem Fremden. Sie schienen etwas zu besprechen, und es ging um uns. Aber das war noch nicht das Merkwürdigste. Mr Gibs hat sich im Anschluss daran vor meinen Augen in einen Hirsch verwandelt.«

»Was?«, rief Lora.

»Schscht.« Ich legte die Hand vor ihren Mund. »Lora, ich sagte doch schon, irgendetwas stimmt bei den Spielen dieses Jahr nicht. Etwas ist hier faul. Und dass Mr Gibs mit uns verwandt ist, ist Beweis genug.«

»Ach, verwandt oder nicht, dieser schrullige Mr Gibs macht mir keine Angst«, erklärte Lora. »Eleanor ist das Problem. Wir müssen uns einen Plan überlegen.«

»Eleanor?«, staunte ich. Dass Lora Mr Gibs, sein verschwörerisches Treffen mit dem Fremden und seine nächtliche Verwandlung in einen Hirsch für nicht sonderlich besorgniserregend hielt, überraschte mich. Unseren Ärger stattdessen auf Eleanor zu richten, schien mir falsch. Wer auch immer Eleanor wirklich war, ein aufmüpfiges Mädchen oder unser Großonkel, das war es doch, was sie erreichen wollte. Uns provozieren. »Vielleicht sollten wir noch abwarten.«

»Abwarten?« Lora schnaubte. »Und zusehen, wie wir verlieren?«

»Nur noch ein Spiel«, schlug ich vor.

Lora kaute an ihrer Lippe. Dann schien sie sich einen Ruck zu geben und sie kam an meine Seite der Wand. »Es klingt vielleicht kindisch, aber ich will das hier gewinnen«, sagte sie so sanft, dass ich schon dachte, sie würde erneut in Tränen ausbrechen. »Mein Leben ist eine einzige Katastrophe, ich will nicht auch noch bei den Junior Highland Games als Verliererin dastehen, verstehst du?«

Erschrocken starrte ich sie an. Ihr Leben war eine Katastrophe? Warum sagte sie denn so was? Sie war Lora, die Coolste der ganzen Stufe, und selbst hier rissen sich die Jungs aus den anderen Teams darum, beim Essen neben ihr zu sitzen oder abends mit ihr rumzuhängen.

»Ist es wegen Paul?«, riet ich. »Er ist zwar ein Idiot, aber er mag dich, da bin ich mir sicher.«

Lora seufzte. »Ich wünschte, ich wäre du. Egal, ob du Adrian auf der Bühne oder als Amalia Cliff küsst, du wirkst so, als hättest du alles um dich vollkommen im Griff. Du bist nie … wütend oder aufbrausend. Du weißt immer, was zu tun ist.«

Ich konnte kaum glauben, was ich da hörte. »Du hast es also mitbekommen? Dass ich Cliff als Amalia geküsst habe?«, erkundigte ich mich vorsichtig und betrachtete sie. Allein bei dem Gedanken an den Abend in der Hütte spürte ich, wie mir am ganzen Körper erneut ganz warm wurde. Diesmal würde ich diese Blitzverliebtheit nicht so leicht loswerden, das war mir längst klar.

»Ich hab schon geahnt, dass du ihn magst, als du so bereitwillig angeboten hast, dich in diese Trulla Amalia zu verwandeln, wo du doch sonst Verwandlungen meidest wie der Teufel das Weihwasser«, gab Lora zu. »Obwohl, eigentlich war schon auf unserer Geburtstagsparty total klar, dass du dich wohl einen Moment zu lang mit Cliff beschäftigt hast.«

Dass Lora über meine Gefühle Bescheid gewusst hatte, bevor ich mir selbst darüber im Klaren gewesen war, erstaunte mich. »Ich wünschte, ich wäre einfach nur verknallt in Adrian, wie früher«, antwortete ich. Meine Stimme war ganz dünn, weil ich einen Kloß im Hals hatte. »Dann wäre alles leichter.«

»Gefühle kann man eben nicht steuern«, murmelte Lora. »Tut mir leid, wenn ich und meine Voodoo-Kralle vorhin gemein zu Cliff waren.«

Ich hob die Schultern. »Du solltest dich bei ihm entschuldigen.«

»Mach ich.« Sie zögerte, doch dann wanderte ein Lächeln über ihre Lippen. »Weißt du noch, wie es war, als wir klein waren? Kyle Andersen wollte in der dritten Klasse mit dir gehen und hat versucht, dich in der Cafeteria zu küssen. Ich hab ihm eine Ohrfeige verpasst und wurde für zwei Wochen von der Schule suspendiert.«

Ich musste kichern. Kyle Andersens Avancen in der Dritten

hatte ich fast vergessen. Er war schon damals ein ziemlicher Idiot gewesen. Doch da war nicht nur die Sache mit Kyle: Durch Loras und meine Streitigkeiten in den letzten Jahren hatte ich viele, viele Momente verdrängt, in denen Lora für mich da gewesen war. Lora war nun mal die Ältere von uns beiden und hätte nie zugelassen, dass mir jemand das Herz brach. Kein Wunder, dass sie wusste, wie verrückt ich nach Cliff war.

Während ich darüber nachdachte, fiel mir auf, dass Loras Krallenhand verschwunden war. Ihre Finger waren nun wieder durch und durch menschlich. Erstaunlich!

Lora bemerkte, dass ich auf ihre Hand starrte. »Das ist übrigens das, was mich zurückverwandelt, Ophelia. Beinahe vergessene Erinnerungen an dich und mich. An uns.«

Vor lauter Verblüffung blieb mir der Mund offen stehen. War das wahr? Lora brauchte Erinnerungen an unsere gemeinsame Kindheit, um sich zurückzuverwandeln? Warum hatte sie davon noch nie erzählt?

»Ich hatte ja keine Ahnung.« Mir traten Tränen in die Augen.

»Jetzt guck doch nicht so. Was dachtest du, woran ich denke, wenn ich mich zurückverwandle? Etwa an Ziggy Stardust, das Schuleinhorn?« Sie legte ihren Kopf auf meine Schulter. »Ach, Ophelia, es tut mir leid, dass ich manchmal so ein Ekelpaket bin. Ich bin froh, dass du trotzdem mit mir in die Highlands gefahren bist.«

Ich drückte ihre Hand. »Immer.«

Jetzt war es auch um Lora geschehen. »Dann lass uns diese verfluchten Spiele gewinnen«, schniefte sie. »Nicht für Paul, nicht für unseren Großonkel, sondern für uns. Lass uns denen zeigen, dass nichts und niemand es mit uns aufnehmen kann, okay?«

In dem Moment war ich mir sicher, dass dies das Schönste war, was Lora jemals zu mir gesagt hatte. Ich wollte diese Worte fest in meinem Kopf speichern, um sie abrufen zu können, wenn sie mir mal wieder den letzten Joghurt aus dem Kühlschrank klaute.

Entschlossen wischte ich mir die Tränen aus dem Gesicht. »Also los. Zwei Wettkämpfe noch. Die müssen wir gewinnen. Ich war noch nicht dran, vielleicht habe ich Glück, und es ist etwas dabei, was mir liegt.«

»Dauerheulen?« Lora kicherte.

Ich lachte. »Ich bin auch ungeschlagen im Vielfuttern. Zumindest bei Miss Coopers versöhnlichem Kuchen.«

Sie griff nach meinen unfrisierten Haaren. »Wie wäre: Wer am längsten nicht geduscht hat, gewinnt?«

Mein Lächeln erstarrte. Ich hatte die heutige Morgendusche tatsächlich ausfallen lassen und müffelte vermutlich so stark, dass ich mir vornahm, sie sofort nachzuholen. Doch wenn Lora fiese Witze über mich machte, war sie wenigstens wieder ganz die Alte.

✵

»Bevor du fragst, Schätzchen, ich habe die letzten Tage natürlich nicht damit verbracht, jeden Haselnussstrauch zwischen hier und den Äußeren Hebriden abzugrasen. Ich habe mich nützlich gemacht«, keckerte das Tante-Helly-Eichhörnchen am nächsten Morgen und kletterte auf einen der Bäume, die in dem kleinen Wäldchen zwischen dem Camp und Loch Katrine wuchsen. »Sehr nützlich sogar.«

»Ich hab gar nichts gesagt«, murmelte ich, setzte mich ins Gras und sah zu, wie die Sonne über den See stieg. Nach der Niederlage gestern hatte ich mich wahnsinnig auf mein Wiedersehen mit Tante Helly gefreut. Der nächste Wettbewerb war erst für morgen anberaumt, und so hatte ich Zeit, mich mit ihr zu treffen. Allerdings musste ich es heimlich vor dem Frühstück tun. »Und jetzt sag schon, was hast du denn die letzten Tage angestellt?«

»Ich konnte nicht vergessen, wie talentiert du dich bei deinen tierischen Verwandlungen angestellt hast«, sagte Tante Helly. »Deshalb habe ich zu Hause Tante Mildreds Passwort geknackt und dir einiges von ihrem Computer mitgebracht. Guck mal in den hohlen Baumstamm unter mir.«

Ohne die geringste Ahnung, was sie damit meinen könnte, griff ich in die morsche Baumstammhöhle. Dort lagen drei Blätter Papier. Es waren Bilder von Tieren aus Tante Roses Tierladen, allesamt mit Herkunft, Name der Spezies, Name des Tiers, Größe, Gewicht, Lieblingsfutter und besonderen Merkmalen.

»Das ist die Inventarliste von Tante Roses Tierhandlung«, erklärte Tante Helly. »Tante Mildred hat sie neulich erstellt, weil sie meinte, Tante Roses Buchführung sei in etwa so sauber wie die der Mafia.«

Na, sieh mal einer an. Eine Auflistung aller Tiere aus Tante Roses Laden, inklusive ihrer Eigenschaften! Die letzten tierischen Verwandlungen hatten richtig Spaß gemacht, wenn man von dem kleinen Zwischenfall mit Carl und der Eisenstange absah, und ich hatte große Lust, noch mehr zu probieren. Mit den Informationen auf der Liste würde das auch gar nicht schwierig sein. Außerdem kannte ich viele Tiere ohnehin, da ich oft bei

Tante Rose im Laden jobbte. Da war zum Beispiel Kate Middleton, die gertenschlanke Perserkatze, die ausschließlich Sardinen zu sich nahm, oder Murphy, ein Meerschweinchen, das sogar Streusand fraß. Mein Lieblingstier war allerdings Kapitän Blaubart, ein Amazonenpapagei, der als schwer vermittelbar galt, weil ihm sein Vorbesitzer nur Schimpfwörter beigebracht hatte. Tante Rose hasste ihn.

»Ich starte mit dem Papagei«, beschloss ich.

Tante Helly schmunzelte. »Wenn du es in unter zehn Sekunden schaffst, dich in diesen fluchenden Vogel zu verwandeln, bin ich echt beeindruckt.«

Ich schaffte es in fünf. Und nicht nur das. Ich hatte wieder keine Höhenangst mehr und bekam es sogar mühelos hin, einen ersten Flug durchzuführen. Dazu flatterte ich mit den Papageienflügeln, stieß mich vom Gras ab und landete schließlich auf dem Ast, auf dem Tante Helly saß. Das war gar nicht so schwer gewesen.

»Kapitän Blaubart hätten wir schon mal«, sagte ich zufrieden und merkte, dass meine Stimme krächzend klang. Je nach Tiergattung schien sie sich immer ein wenig zu verändern. »Was meinst du, probieren wir alle Tiere durch? Ich hätte *verdammt noch mal* Lust darauf.«

Tante Helly starrte mich irritiert an. »Was verwendest du denn für Wörter, Ophelia?«

*»Verfluchter Kackmist!«* Ich hob meinen Flügel vor den Schnabel. »Entschuldige. Das muss wohl Kapitän Blaubarts Einfluss sein. Seine Wortwahl ist echt …«

»Schscht.« Tante Helly hielt mir den Schnabel zu. Allerdings nicht, um einen weiteren Wortschwall an Unanständigkeiten zu unterdrücken. Sondern weil Cliff nicht allzu weit entfernt von unserem Baum aufgetaucht war.

Ihn zu sehen, ließ ein sorgenvolles Gefühl in mir aufsteigen. »Ob Cliff immer noch *verdammt* traurig ist wegen gestern? Tante Helly, ich hab nach dem *bescheuerten* Spiel versucht, ihn zu finden und aufzumuntern, doch er hat sich in seiner *stinkenden* Hütte verkrochen und den ganzen Tag gelesen. Er hat sogar das Abendessen ausfallen lassen, was ziemlich ungewöhnlich ist, weil es doch Burger mit Pommes gab. Und keinen *beknackten* halb garen *Ekelfraß*, bei dem man am liebsten *kotzen* …«

»Ophelia?«

Cliffs Stimme unterbrach meine neuerlichen Papageien-Schimpftiraden mitten im Satz. Er bewegte sich immer weiter durch den Wald in unsere Richtung. Moment mal. Er war also nicht nur zufällig hier unterwegs, er suchte nach mir? Gott sei Dank hatte er mich nicht gehört. Tante Helly wippte frech mit den Augenbrauen. »Da hast du deine Chance, ihn aufzumuntern.«

»Als fluchender *Idiotenpapagei?*«, wisperte ich, aber da war Tante Helly schon geflüchtet und ließ mich alleine zurück.

Mist. Vor Aufregung kratzte ich mich mit dem Schnabel im Gefieder. Wie es aussah, war Cliff tatsächlich auf der Suche nach mir. Nach der menschlichen Ophelia und nicht nach einem sprechenden Papagei. Warum auch immer er mich sehen wollte, ich musste mich zurückverwandeln, und zwar schnell.

Also los. Ich wusste, wie es ging, ich hatte es bei der Rückverwandlung von Maes Dalmatiner hinbekommen, und ich würde es auch jetzt schaffen. Also gab ich mir Mühe, ein Bild meiner Mum zu erzeugen, und in Windeseile hatte ich ein passendes parat.

Prompt spürte ich, wie sich die Rückverwandlung in Gang setzte. Zum Glück war der Ast, auf dem ich saß, dick genug, um auch mein menschliches Gewicht zu tragen, und doch gab er ein gefährliches Ächzen von sich, nun, wo sich die Last auf einen Schlag vervielfacht hatte.

Sogleich hob Cliff den Kopf und lachte amüsiert. »Ophelia! Was machst du denn da oben auf dem Baum?«

»Ich …«, stotterte ich und betastete mein Gesicht. Menschliche Nase, menschlicher Kopf, keine Spur von Gefieder. Zum Glück. Ich war ich. Doch nun, in meinem menschlichen Körper, meldete sich prompt meine Höhenangst zurück. Panisch klammerte ich mich an den Stamm.

»Oh, warte mal, ich weiß es. Du hast es auch entdeckt.« Cliff deutete auf etwas, das sich über meinem Kopf befand. »Und ich dachte schon, nur mir wär es aufgefallen.«

Was zur … oje! Einen Moment fürchtete ich, er spräche von dem Tante-Helly-Eichhörnchen, das irgendetwas total menschliches, uneichhörnchenmäßiges tat, wie Lippenstift aufzutragen oder eine übergroße Sonnenbrille aufzusetzen. Doch als ich seinem Blick folgte, entdeckte ich dort, wo sich der dickste Ast vom Stamm teilte, einen hölzernen Verschlag. War das ein Baumhaus?

»Ich bin letzte Woche schon ein paarmal daran vorbeigelaufen«, erklärte er. »Stört es dich, wenn ich hochkomme?«

Vor Schreck klammerte ich mich noch fester an den Ast. Er wollte was? Hier hochkommen? Auf den Baum?

»Nö. Schon okay«, sagte ich, weil man auf diese Frage unmöglich mit einem *»Nein, weil deine Gegenwart mich ganz nervös macht und die Höhenangst ihr Übriges tut«* antworten konnte. Wie er es anstellen wollte, hierhin zu klettern, wollte ich ohnehin erst mal sehen. Es war ganz schön hoch, noch dazu war alles feucht und glitschig vom Regen. Selbst das Tante-Helly-Eichhörnchen war ein paarmal abgerutscht.

Doch da hatte ich Cliff unterschätzt. Er klammerte sich an den untersten Ast und blieb dort ein Weilchen hängen, als würde es ihn keinerlei Mühe kosten und er sich erst eine geeignete Strategie überlegen, um die stärkeren Äste zu erreichen. Dann stützte er sich mit den Beinen an der knorrigen Borke ab, schwang sich hoch und hangelte sich von dort weiter in Richtung der Baumkrone bis zum hölzernen Verschlag. So beeindruckend flüssig hatte ich es noch nicht mal als Papagei auf diesen Baum geschafft.

»Kommst du?«, fragte er und prüfte das Baumhaus aus der Nähe. »Das Holz ist in keinem schlechten Zustand und es ist wirklich nur ein ganz kleines bisschen halsbrecherisch.«

Ich zögerte. Bevor ich mich dem Zustand des Baumhauses stellen konnte, musste ich erst mal die Lebensgefahr der Kletterpartie aushalten. Ein Blick in die Tiefe, und ich hätte beinahe wieder lauthals geflucht, ganz ohne Kapitän Blaubarts Hilfe. Doch dann nahm ich allen Mut zusammen und rutschte weiter in Richtung Stamm, setzte mich auf den nächsten Ast und bewegte mich langsam auf das Baumhaus zu. Schmerzhaft wurde mir dabei bewusst, dass ich bestimmt noch tiefere Abgründe bezwungen hätte, nur um in Cliffs Nähe zu sein.

»Hey«, sagte er, als ich endlich neben ihm saß.

Die Art, wie er mich anlächelte, rechtfertigte jede gefährliche Kletterpartie. Er sah heute anders aus. Keine blütenweißen Klamotten, keine schicken Schuhe, keine Sonnenbrille, stattdessen sah er nun wieder aus wie der Cliff, den ich in Penelopes Zimmer kennengelernt hatte. Der mit den ungekämmten Haaren und den beliebig zusammengewürfelten Klamotten. Heute waren es ein gestreiftes Shirt, eine blaue Trainingshose und Turnschuhe mit Dreckkruste. Ich vermisste nur die Brille mit dem dicken Rahmen, von der ich wusste, dass er sie besaß und nie trug.

»Ich finde Baumhäuser großartig.« Wenn er sich immer noch mies wegen gestern fühlte, ließ er sich zumindest nichts anmerken. Dabei betrachtete er das Baumhaus mit den eingelassenen Fenstern und dem schief gezimmerten Dach, bevor er hineinschlüpfte. »Meine Schwester will unbedingt, dass ich ihr eins baue. Mit Dachluke, fließendem Wasser, Stromanschluss und Balkon. Ich fürchte allerdings, dass ich nicht mal eine Konstruktion in diesem Ausmaß hinbekomme.«

Vorsichtig folgte ich ihm. Ich musste an die ausgefeilte Bettenburg denken, die Cliff für seine Schwester konstruiert hatte und in der ich mit ihm einen Film geguckt hatte. Immer wieder erstaunlich, wie rührend er sich um seine gemeingefährliche Schwester kümmerte.

»Ich vermisse sie sogar ein bisschen«, gab er zu. Unsere Körper berührten sich, was leider keiner plötzlichen Romantik, sondern eher der Enge des Baumhauses geschuldet war. »Sie schickt mir oft Fotos von den Klamotten, dem Spielzeug und dem ganzen anderen Kram, den sie von meinen Eltern bekommen hat. Drüben am See gibt's eine Stelle, da hat man sogar Empfang und kann Nachrichten senden, allerdings dauert es Minuten, bis sie verschickt werden, und …« Er rieb sich den Kopf. »Was rede ich da? Ich muss dich höllisch langweilen.«

Erstaunt sah ich auf. Nichts, was Cliff je gesagt hatte, war langweilig gewesen. Er war der absolut unlangweiligste Mensch, der mir je begegnet war. Stattdessen steckte er voller Rätsel, und ich hatte es genossen, eins nach dem anderen ans Tageslicht zu befördern. Auch wenn ich natürlich offiziell keins davon wissen durfte. Cliff hätte mich unverwandelt niemals eingeweiht.

»Tust du nicht«, sagte ich also wahrheitsgemäß.

Plötzlich fing es wie aus Kübeln an zu regnen. Sekunden später war alles um uns patschnass, nur wir blieben trocken. »Um ehrlich zu sein, habe ich dich nicht gesucht, um mit dir über Penny zu reden«, begann er. »Oder den bescheidenen Handyempfang unten am See. Sondern über gestern.«

Mein Herz klopfte mir bis zum Hals angesichts der plötzlichen Wendung dieser netten Plauderei. Wusste er, dass ich mir gewünscht hatte, er wäre angetreten? Abgesehen davon fiel mir beim besten Willen kein Grund für ihn ein, mit mir zu sprechen. Wollte er über Eleanor herziehen? Oder wollte er einfach nur aufgemuntert werden?

»Wir können trotzdem noch gewinnen«, murmelte ich nicht besonders überzeugend und ärgerte mich im nächsten Moment darüber. In letzter Zeit sagte ich das ziemlich oft. »Wir müssen bloß die letzten Spiele komplett und mit voller Punktzahl ...«

»Ich hätte diesen Vogelwettbewerb gewinnen können, Ophelia«, unterbrach er mich und sah mich eindringlich an. »Deine Schwester hat recht. Es war meine Schuld.«

Ich spürte, wie sich mein Körper vor Aufregung anspannte. Weihte er mich gerade in seine Geheimnisse ein? Mich? Ophelia? Hatte er mich etwa dafür im Wald gesucht?

»Ich bin eigentlich ganz anders, als alle denken. Ich bin nicht dieser tolle Junge, den alle gut finden. Nicht im Geringsten«, brach es aus ihm heraus. »Ich hasse Fußball, kann Partys nicht ausstehen und kann keine Referate halten, und damit meine ich nicht ein paar unzusammenhängende Sätze, ein wenig Stottern und rote Flecken am Hals, sondern kompletter, peinlicher Stimmverlust. Außerdem hasse ich die Urlaube auf Skiathos, nur noch übertroffen vom Surfunterricht.«

»Oh«, stieß ich hervor. Also doch. Es passierte gerade wirklich. Hier und jetzt. In diesem Baumhaus. Gespannt hielt ich die Luft an. Ich spürte, dass das noch nicht alles war.

»Dafür allerdings mag ich die Highlands. Und natürlich Theater«, machte er prompt weiter. »Und Superhelden, weshalb ich auch dieses Stück geschrieben habe, das Adrian und du gerade probt, tja, und im Zuge der Recherchen habe ich einiges über Albatrosse gelesen und auch über andere Vögel, deshalb hätte ich dieses Spiel gestern auch ohne Probleme hinbekommen. Wenn ich mich denn gemeldet hätte.«

Vor lauter Überraschung schnappte ich nach Luft und musste es nicht mal spielen. Das waren jetzt nicht nur ein paar Geheimnisse, die er mir gebeichtet hatte, sondern alle. Wahrscheinlich wuchs ich gerade ein paar Inches vor Stolz, die Auserwählte für dieses Geständnis zu sein.

»Oje. Dein Blick spricht Bände«, sagte Cliff da, der meine Überraschung komplett fehldeutete. »Ich hatte gehofft, das mit dem Theaterstück irgendwie drunterschieben zu können, damit du es nicht so wirklich merkst. Aber du bist halt schlau. Tut mir leid, dass ich es dir nicht vorher verraten habe.«

Jetzt wollte ich nichts lieber, als ihn in den Arm zu nehmen und ihm zu sagen, wie toll ich sein Stück fand. Und alles andere an ihm, was er Tag für Tag verheimlichte. Doch alles, was ich mich traute zu tun, war, noch ein Stückchen näher an ihn heranzurutschen.

Ich merkte, wie sich Cliffs Körper angesichts meiner Berührung etwas anspannte. »Niemand weiß es. Aber ich wollte schon so lange mit dir drüber reden. Und dir sagen, wie toll es ist, dass du darin mitspielst. Ich war froh, als Señora Garcia endlich einverstanden war, dich für Mary Sue Wilson zu besetzen …«

»Warte mal.« So unerwartet dieses Gespräch war, was Cliff jetzt rausgerutscht war, schlug es um Längen. Ich rückte von ihm ab, gerade so weit, dass ich ihm in die Augen sehen konnte. »Du bist dafür verantwortlich, dass ich die Rolle bekommen habe?«

Cliff sah mich an, als wäre seine Entscheidung das Normalste der Welt. »Du bist eine tolle Schauspielerin. Wenn du auf der Bühne stehst, hast du etwas an dir, das es unmöglich macht, den Blick von dir abzuwenden.«

Was ich nun auch nicht mehr konnte. So wie er da saß, mir Komplimente machte und Regen auf das Dach prasselte, stand die Zeit still, und ich merkte erst gar nicht, dass es schon wieder da war: das Bedürfnis, ihn zu küssen. Mit einem Schlag wurde mir klar, dass Cliff und ich, die echte Ophelia, noch nie einen solch romantischen Moment geteilt hatten.

Da fiel mir etwas ein. Etwas, das ich schon sehr lange wissen wollte. »Warum erzählst du es eigentlich niemandem? Dass du das Stück geschrieben hast?«

Cliff wirkte, als hätte er auf diese Frage gewartet. »Manchmal ist es leichter, eine Rolle zu spielen. Viele Dinge gehen einem leichter von der Hand, wenn man sich in jemand anderen verwandeln kann.«

Ich seufzte innerlich. Wie ihn hier und jetzt zu küssen zum Beispiel. Ging mir als Amalia absolut leicht von der Hand. Als Ophelia hatte ich damit so meine Probleme. Denn wenn Cliff den

Kuss nicht erwiderte, war es nicht Amalia, die eine Abfuhr kassierte, sondern ich. Konnte ich damit klarkommen?

»Ich weiß, was alle von mir erwarten«, machte Cliff weiter. »Meine Eltern, meine Freundin, meine Lehrer. Den gut gelaunten, geselligen Kerl, der gerne ausgeht, aber auch nicht zu oft, der sich für Whisky interessiert, aber nicht zu viel davon trinkt, Fußball mag, aber kein Fußballer wird, und anständige Klamotten trägt, aber nicht oberflächlich erscheint. Wie soll man das jemals schaffen? Ich fürchte, ich bin häufiger jemand anders als ich selbst.«

»Wem sagst du das?«, seufzte ich gedankenverloren.

»Kennst du das?«, fragte er überrascht.

Mir war gerade nicht nach Lügen zumute, also entschied ich mich für die Wahrheit. »Nur zu gut. Vielleicht ist es auch total normal, verschiedene Rollen zu spielen. Wir sind doch alle nicht immer gleich. Wir setzen tagtäglich ganz schön viele Masken auf.« Oh Gott. Ich musste mich anhören wie ein sprechender Spruchkalender, doch Cliff nickte, also machte ich weiter. »Wir sind mal Schwester, mal Tochter, mal Nichte, mal Schülerin und mal Theaterstar.« Oder mal Eichhörnchen oder Dalmatiner. Aber das sagte ich ihm natürlich nicht.

»Dann ist es gar nicht so schlimm, mal wer anders zu sein?«, wollte er wissen.

»Eigentlich nicht«, sagte ich ehrlich. »Du musst nur den Mut haben, dich danach wieder in dich selbst zu verwandeln.«

In diesem Moment schob sich die Regenwolke zur Seite und wie so oft in Schottland besserte sich das Wetter binnen Sekunden. Und für einen kurzen Moment schien es, als fasse Cliff einen Entschluss.

# Vierzehn

»Dieser Wettbewerb ist wie für euch gemacht«, wisperte Lora am Morgen des nächsten Spiels. »Und selbst wenn Eleanor mir erzählt, dass sie eine Zeitreisende aus dem Mittelalter ist, ich werde nicht zulassen, dass sie uns die letzte Chance auf den Sieg ruiniert. Du und Adrian, ihr werdet antreten.«

Ich rieb mir dabei die Stirn. Auch wenn Lora viel an den Highland Games lag, nicht zuletzt, weil sie Paul beeindrucken wollte, ich war nicht sicher, ob ich für das Spiel heute die Richtige war. Ich konnte mich nur schwer konzentrieren, weil ich seit Tagen an den Nachmittag mit Cliff im Baumhaus denken musste. Wie es gewesen war, im Regen neben ihm zu sitzen. Ihm zuzuhören. Und sein wahres Ich kennen zu dürfen.

Heute hatten wir ein paarmal über den Frühstückstisch hinweg Blicke getauscht, doch nun war Amalia wieder an seiner Seite. Jetzt wanderten die beiden einträchtig durchs hohe Gras und ließen sich von Mr Gibs, der ganz in seinem Element war, den nächsten Wettbewerb erklären. Kein Wunder, immerhin fand das fünfte Spiel in einer alten Burg statt, zu der wir gerade unterwegs waren. Duchray Castle lag kaum zwei Meilen entfernt und war eine gut erhaltene schottische Festung aus dem Spätmittelalter.

»Wir haben letztes Jahr Shakespeare gespielt, Ophelia. Wir können das«, sagte Adrian, der sich zu uns gesellte und neben Mae auf der schmalen, unbefestigten Straße herlief. »Aber wenn du nicht mit mir antreten möchtest, ist es auch okay.«

Tatsächlich hatte ich mir einen Moment lang gewünscht, bei diesem Spiel gemeinsam mit Cliff anzutreten. Er und ich, alleine in einer uralten Burg, in der schon Generationen gelebt, Kämpfe ausgefochten und sich dramatische Liebesgeschichten zugetragen hatten. Einer Burg mit haufenweise Ecken, Erkern und Nischen, perfekt geeignet, um lange Blicke zu tauschen, sich Geheimnisse zu erzählen oder ... Gerade, als ich mir ausmalte, wie wir uns als Lady Guinevere und Lanzelot in der versteckten Kemenate eines Turms leidenschaftlich küssten, räusperte sich Lora. Ich wurde rot.

»Nein, nein, Adrian«, beeilte ich mich zu sagen. Ganz egal, für wen mein Herz schlug, Adrian war der Richtige für diesen Wettkampf. »Ich weiß nur nicht, ob ich das kann. Ein mittelalterliches Menü zubereiten, meine ich. Das hat nicht gerade viel mit Schauspielern zu tun.«

Das hatte es in der Tat nicht. Es ging eher darum, eine, wie Mr Gibs es formuliert hatte, Zeitreise zu unternehmen und auf Duchray Castle in Teams von je zwei Personen mittelalterliche Aufgaben zu erfüllen. Leider wurden die per Los zugeteilt, und so musste Aberdeen einen mittelalterlichen Hoftanz lernen, Dundee einen Teppich weben und Glasgow Bogenschießen. Unsere Gruppe hatte das Zubereiten eines mittelalterlichen Gerichts in einer originalgetreuen Küche aus dem fünfzehnten Jahrhundert gezogen. Die absolute Niete, wie ich fand.

»Aber es geht genauso viel darum, eine Rolle zu spielen. Und das kannst du«, ermutigte mich Lora. »Komm schon, Schwesterherz. Wir müssen heute alle zwölf Punkte holen, um noch eine Chance auf den Sieg zu haben.«

Ich seufzte. Ehe wir die Steinmauern, die Giebel und die spitzen, schmalen Türmchen von Duchray Castle erreicht hatten, die im Sonnenlicht beinahe wie Elfenbein glänzten, hatte Lora meinen und Adrians Namen schon auf die Anmeldeliste gesetzt.

»Ihr habt zwei Stunden bis Sonnenuntergang Zeit, um eure Aufgabe zu erfüllen«, begann Mr Gibs, heute stilecht im Kettenhemd. »Mr Clarke, Miss Cooper und ich werden euch Anweisungen geben und euch in die verschiedenen Bereiche des Schlosses zu den Arbeitsstationen führen. Die anderen dürfen gerne herumlaufen, zusehen und lernen. Solange ihr nicht mithelft oder, noch schlimmer, sabotiert, verstanden?«

Niedergeschlagen senkte ich den Kopf. Dieser Wettkampf dauerte volle zwei Stunden? Eigentlich hatte ich mir vorgenommen, nicht länger von Cliff zu träumen und stattdessen Hinweise zu sammeln, um zu erfahren, was hier bei den Spielen vor sich ging. Ich wollte nach dem Geier Ausschau halten, Mr Gibs beobachten, ein Auge auf Eleanor werfen und gleichzeitig jeden Spieler unter die Lupe nehmen und sein Verhalten prüfen. Wenn mein Großonkel tatsächlich die Spiele manipuliert hatte, war es sogar möglich, dass einer der Spieler nicht der war, für den er sich ausgab. Stattdessen würde ich nun mittelalterlichen Eintopf kochen müssen.

Mr Gibs positionierte sich unter dem hochgezogenen Eisengitter im Torbogen und breitete dort theatralisch die Hände aus. »Und nun bleibt mir nichts anderes mehr zu sagen als … verabschiedet euch von euren Handys, von Leitungswasser, spülenden

Toiletten und den Kunstfasern in euren Klamotten. Willkommen im Mittelalter!«

»Was?«, krächzte Alison aus Dundee. »Wir dürfen keine Handys mitnehmen?«

»Dann musst du eben eine Telefonzelle benutzen, wie unsere Vorfahren«, mischte sich Don ein.

»Halt die Klappe, Don«, sagte Marsha barsch und trug die Namen von Jenny, der Violinistin, und Pat, dem Abenteurer aus Australien, auf die Liste. Dann, an Alison gewandt, fügte sie hinzu: »Welchen Teil von Zeitreise hast du denn nicht verstanden? Außerdem funktionieren die Dinger in dieser Einöde doch eh kaum.«

Irrte ich mich, oder war Marsha heute viel verbissener, nun, da ihr Sieg nicht weit entfernt war? Es musste sie ärgern, nicht selbst spielen zu können, sondern nur zuzusehen, wie Jenny, Pat und letztendlich auch Adrian und ich zum Start in die Burg geführt und dort in merkwürdig riechende Kostüme gesteckt wurden. Ich hatte es mit einem beigefarbenen Leinenkleid noch gut getroffen, während Adrian ein rosa Wams, hellblaue Pluderhosen, lila Strümpfe und Schnabelschuhe in die Hand gedrückt bekam. Als er umgezogen war, sah er mürrisch an sich herab.

»Es ist gar nicht so die Art der Klamotten, die mich stört, sondern eher die historische Ungenauigkeit. Pluderhosen wurden nicht vor der Renaissance getragen und Pastellfarben waren frühestens im Rokoko angesagt«, stellte er fest. »Vielleicht haben wir Glück und auch die Küchenausstattung ist ihrer Zeit mehrere Jahrhunderte voraus.«

War sie leider nicht. Die mittelalterliche Küche, die uns erwartete, bestand aus einer einfachen gemauerten Feuerstelle mit Abzug, über der eiserne Ketten und Kochtöpfe unterschiedlichster Formen und Größen hingen. Daneben befanden sich Bratspieße und Roste und etwas abseits große Tische, auf denen man die Speisen vorbereiten konnte.

»Ihr werdet einen Brennnesseleintopf zubereiten, ein Gericht des einfachen Volkes im Mittelalter«, erklärte Mr Gibs gut gelaunt, nachdem sich alle Nichtspieler lange genug über unsere Klamotten amüsiert und genügend Fotos (die anderen hatten natürlich weiterhin ihre Handys!) geschossen hatten. »Eintöpfe und Breie waren im Mittelalter der letzte Schrei. Alles triefte vor Schweineschmalz und schlechte Manieren gehörten zur Tagesordnung.«

Jemand in der Menge rülpste und einige kicherten.

Als Mr Gibs, Mr Clarke und Miss Cooper schließlich zum Bogenschießstand weiterzogen und uns mit dem Rezept zurückließen, sah ich mich um.

»Und wie machen wir Feuer?«, fragte ich. Mir schwante Übles. Wenn ich Steine aneinanderreiben musste, hatten wir verloren, bevor wir begonnen hatten.

»Da.« Adrian deutete auf die Fackelhalter an der Wand, in denen einfache Holzfackeln steckten. »Feuerholz habe ich draußen entdeckt. Man muss es bloß zerkleinern.«

»Und Wasser?«

»Hier im Krug. Aber das wird nicht reichen. Wir brauchen mehr, und zwar vom Brunnen draußen im Hof.«

Ich war plötzlich erleichtert, einen Profi wie Adrian an meiner Seite zu haben. Wir mussten gewinnen, das stand fest. Mit Adrian hatten wir zumindest den Hauch einer Chance.

»Zum Glück haben die Lehrer alle Zutaten organisiert«, stellte ich fest. »Hier sind Mehl, Brennnesseln, Bohnen, Pastinaken, Kräuter und Gewürze. Womit fangen wir an?«

»Mit dem Herd.« Adrian nahm eine Fackel, beugte sich über die Feuerstelle und entfachte das Feuer. Langsam griffen kleine Flammen über und begannen zu knistern.

»Soll ich noch mehr Holzscheite reinwerfen?«, bot ich an.

»Noch nicht. Sonst steigen die Flammen zu hoch und der Eintopf verbrennt.« Er deutete auf die Pergamentrolle zu meiner Rechten. »Lies mir lieber mal das Rezept vor.«

Ich nickte. Doch als ich nach dem zerknitterten Papierzettel griff, hielt ich inne. Jemand hatte das Rezept mit beinahe unleserlicher Tinte geschrieben. Und dann war da noch die gewöhnungsbedürftige Sprache.

»›*Buoch von guoter Spise, 1350*‹«, las ich vor. Ich senkte das Papier. »Ach du liebe Güte, ist das aus dem weltallerersten Kochbuch? Und wir müssen daraus kochen? Ich bekomm ja noch nicht mal Backmischungen aus dem Supermarkt hin.«

»Wir schaffen das.« Adrian lächelte. »Lies weiter.«

»›*Man sol nehmen Peterlin krut vnd Salbei vnd Brunnenwasser und legez in einen Kezzel*‹«, machte ich weiter und sah hilflos zu ihm auf. »Was ist ›Peterlin krut‹?«

»Petersilie.« Adrian nahm den Zettel entgegen. »Das ist nicht so kompliziert, wie es klingt. Du zerkleinerst alles mit dem Mörser und ich kümmere mich um den Rest. Keine Bange. Wir können gewinnen. Aber wir müssen schnell sein.«

Ich erwiderte sein Lächeln. Seine Zuversicht machte mir Mut. Wir würden das hier schaffen. Wenn wir alles perfekt umsetzten, würden wir die vollen zwölf Punkte abstauben, ganz egal, wie gut die anderen waren. Bei diesem Spiel konnte es mehrere Sieger

geben, wobei ich natürlich hoffte, dass Aberdeen nicht auch die volle Punktzahl holte.

»Ich gehe nach draußen und hole Feuerholz und Brunnenwasser«, verkündete Adrian währenddessen. »Sobald das Wasser im Kessel heißer wird, wirfst du die Kräuter, die Brennnesseln und die Bohnen hinein. Mach den Topf nicht randvoll, er soll nicht überkochen. So weit alles klar?«

Ich nickte.

»Und lass dich von niemandem ablenken«, rief er noch.

Ablenken? Das war gar nicht möglich. Wir hatten bis jetzt noch keine Zuschauer gehabt, denn die anderen waren draußen in der Sonne und sahen den zwei Mädchen aus Dundee zu, die mit Pfeil und Bogen hantierten. Nur ab und zu kam jemand hier vorbei, bog dann aber gleich wieder zum Rittersaal ab, wo Jenny und Pat ihren Hoftanz einstudierten.

Also tat ich, was Adrian mir aufgetragen hatte. Ich zerkleinerte Rosmarin und Petersilie im Mörser, schnitt die Brennnesseln, wusch die Bohnen und warf alles in den Kessel. Nun würde es dauern, bis alles gar ...

»Ernsthaft! Das ist nicht gerade der beste Zeitpunkt, um heimlich rumzuknutschen, Cliff«, unterbrach eine Stimme meine Gedanken. »Ich wollte mir den Mittelaltertanz ansehen. Du weißt doch, meine Eltern veranstalten jedes Jahr in ihrem Schloss eine Art Silvesterbankett, und ich dachte mir, wenn wir nächstes Jahr Mittelalter als Motto wählen, könnten wir uns verkleiden und eine Mitternachtseinlage aufführen. Meine Eltern wären so stolz.«

Ich erstarrte, den hölzernen Löffel im Kessel. Cliff und Amalia schlenderten durch den Gang, der an der Küche vorbeiführte. Hoffentlich knutschten sie nicht gleich wirklich hinter der nächsten Ecke miteinander rum. Wunschfantasien wie diese brachte bestimmt nicht nur mein Gehirn hervor.

»Das ist es nicht«, tönte nun Cliffs Stimme. Er klang angespannt. »Es gibt da etwas, das ich dir sagen will. Etwas Wichtiges.«

Die Schritte verstummten. Amalia war stehen geblieben. »Um was geht's?«

»Es geht um uns. Um etwas, das ich dir schon längst hätte sagen sollen. Du weißt, wie schwer es für mich ist, über meine Gefühle zu sprechen. Ich bin echt mies darin.«

Eine böse Ahnung kroch in mir hoch. Mein Herz begann zu pochen, mein Magen zog sich zusammen, und ich musste unwillkürlich an den Moment vor dem Mathe-Baumstammwerfen denken, den ich belauscht hatte. Amalia hatte sich ein Liebesgeständnis von Cliff gewünscht.

Das Liebesgeständnis!

Amalia schien es im selben Moment zu begreifen. »Ach so.« Jetzt klang sie regelrecht euphorisch. »Nun, vielleicht ist mir der Mittelaltertanz dann doch nicht so wichtig. Allerdings brauchen wir noch einen geeigneten Ort. Wie wäre es mit dem Burgfräuleinzimmer, ganz oben? Da gibt es einen romantischen Balkon.«

Cliff sprach nicht sofort. »Da drüben ist ein Jagdzimmer.«

»Ein Jagdzimmer? Das ist total unromantisch.«

»Komm schon, Amalia. Ich muss es endlich loswerden, bevor ich mich wieder nicht traue. Okay?«

Ich hörte, wie sich die Schritte in Richtung des Jagdzimmers entfernten, und mein Herz sank mir in die Kniekehlen. Eine verrückte kleine Stimme in meinem Kopf hatte angenommen, dass Cliff sich die Sache mit Amalia nun, nachdem wir den Tag im

Baumhaus verbracht hatten, vielleicht doch noch mal überlegen würde. Dass er erkennen würde, dass er so verrückt nach mir war wie ich nach ihm. Doch nun war er kurz davor, ihr zu sagen, dass er sie liebte. Ob er es wirklich durchziehen würde, wollte ich lieber nie erfahren.

Oder doch? Konnte ich lauschen? Natürlich tat man das nicht, das war klar, aber wenn er ihr tatsächlich seine Liebe gestand, dann konnte ich vielleicht endlich mit ihm abschließen.

Und so warf ich sicherheitshalber noch einen kurzen Blick in den Kessel, prüfte die kleine Flamme unter dem Topf und schlich den beiden bis zum Jagdzimmer hinterher. Die Tür stand einen Spalt offen, und ich erkannte Cliff und Amalia, die, den Rücken zu mir gewandt, am Fenster standen.

Mist. Ich war zu weit weg. Von hier aus konnte ich kein Wort verstehen. Noch dazu war die Lautenmusik von Team Aberdeen so durchdringend auf dem Gang zu hören, dass sie alles übertönte. Wenn ich doch nur näher rankommen und Mäuschen spielen könnte.

Moment. Ich konnte Mäuschen spielen. Na ja, vielleicht nicht gerade Mäuschen, immerhin gab es keine Mäuse in Tante Roses Tierhandlung, und ich hatte keine Lust auf Experimente, aber was sprach denn dagegen, Papagei zu spielen?

Es dauerte gar nicht lange, und ich hatte erneut Kapitän Blaubarts Gestalt angenommen. Ich stupste mit meinem Schnabel die Tür des Jagdzimmers auf. Nun, da ich auf der Schwelle stand, entdeckte ich nicht nur Dutzende Geweihe an den Wänden, sondern auch eine Kommode mit einer Reihe ausgestopfter Wildvögel darauf.

Ha! Auf der Kommode konnte ich nicht nur gut zuhören, sondern die beiden sogar sehen. Das hieß, wenn ich so tat, als wäre ich ebenfalls ausgestopft. Das Versteck war perfekt. So leise wie möglich flatterte ich zu den ausgestopften Vögeln und drehte mich den beiden zu.

»Also los.« Amalia straffte die Schultern. »Was wolltest du mir sagen?«

»Ich war nicht gerade ehrlich zu dir«, gab Cliff in diesem Moment zu. »Dazu habe ich die letzten Jahre ein ziemliches Theater veranstaltet, um ... ich weiß auch nicht. Um die anderen zu beeindrucken. Um dich zu beeindrucken.«

Amalia machte einen Schritt zurück und betrachtete ihn. »Du hast mich angelogen? Das ist es, was du mir sagen wolltest?«

»Weißt du, ich bin ganz anders als der Junge, den du glaubst zu kennen.« Er seufzte. »Und leider weiß ich gar nicht, wo ich anfangen soll. Zum Beispiel hasse ich dieses arrogante Getue unserer Familien ...«

Während Cliff auspackte, wollte irgendetwas in mir plötzlich wie ein Rohrspatz fluchen, und diesmal waren es nicht Kapitän Blaubarts unanständige Angewohnheiten. Er sagte ihr nicht, dass er sie liebte, zumindest noch nicht, er bewies es ihr, indem er aufrichtig war. Das war noch viel schlimmer. Und das alles nur, weil ich ihm dazu geraten hatte. Schmerzlich erinnerte ich mich an meine eigenen Worte. *Wahre Liebe kennt keine Geheimnisse.*

Mit einem Schlag wurde mir schwer ums Herz, und ich wünschte mir, das Treffen im Baumhaus hätte niemals stattgefunden. Und noch viel mehr wünschte ich, ich hätte Cliff niemals als Amalia geküsst. Außerdem schmerzte mein Kopf vor lauter Fragen, und ich wünschte mir, ich könnte mich nicht verwandeln, sondern die Zeit zurückdrehen.

Inzwischen war Cliff damit fertig, sich seine Geheimnisse von der Seele zu reden, und Amalia drauf und dran, etwas zu erwidern. Doch bevor sie das tun konnte, kitzelte mich plötzlich etwas in meinem Schnabel.

»Ha … hatschi«, entfuhr es mir.

Prompt drehte sich Amalia zu mir um.

Oh Mist! Ich spannte meinen Papageienkörper an und blickte stur geradeaus. Vielleicht konnte ich so tun, als wär's der hässliche Adler da neben mir gewesen?

»Hat der Papagei gerade geniest?«, fragte Amalia ungläubig.

Cliff knetete seine Hände. Zum Glück würdigte er die Kommode kaum eines Blickes. »Können wir das kurz zu Ende besprechen, Amalia? Ich möchte wirklich wissen, was du jetzt von mir …«

»Ist der Vogel etwa echt?« Amalia kam auf mich zu, während mir bewusst wurde, dass es gar kein Staub war, der mich im Schnabel gekitzelt hatte. Etwas roch verbrannt. Der Geruch musste aus der Küche kommen.

Oh nein. Die Küche!

Mir blieb nur eine Wahl. Ich musste meine Tarnung über Bord werfen. Ganz egal, was Amalia über den lebendig gewordenen Papagei dachte, ganz egal, was sie gleich zu Cliff sagen würde, ich breitete voller Panik die Flügel aus, segelte von der Kommode in den Flur, stürzte von dort in die nächste Nische mit einer Ritterrüstung darin, versteckte mich dahinter und leitete in Windeseile eine Rückverwandlung ein. Sie ging sogar so schnell, dass die Ritterrüstung mit einem lauten Scheppern zu Boden krachte. Von dort aus lief ich in die Küche, wo bereits dicke, dunkle Rauchwolken aus dem Kessel stiegen. Das lodernde Feuer war viel höher als zuvor.

»Was zur …? Ich hab Metall scheppern gehört.« Einen Augenblick später stürzte Adrian in die Küche, Holzscheite und einen Eimer Wasser in den Händen. Er knallte beides auf den Tisch, rannte zum Kessel und hob ihn aus der Halterung. »Ach du Schande. Was ist passiert?«

»Ich weiß es nicht.« Es stank so widerlich, dass ich mir den Ärmel vor die Nase halten musste. Cliff, Amalia und ihr Gespräch waren vergessen, und ich ärgerte mich, dass ich so dumm gewesen war, meinen Posten aufzugeben und ihnen hinterherzuschnüffeln, bloß um etwas herauszufinden, das mir das Herz brach. Und doch konnte ich mir keinen Reim darauf machen, was in der Zwischenzeit hier passiert war. Ich war doch nur fünf Minuten weg gewesen. Und ich hatte das Feuer davor überprüft.

»Der verdammte Eintopf ist ruiniert«, rief Adrian verärgert. So außer sich hatte ich ihn noch nie erlebt. Abgesehen von den Tagen, an denen er beim Spielen auf der Bühne große Emotionen zeigen musste, war er ruhig und selbstbeherrscht. »Was hast du mit dem Feuer gemacht?«

»Ich hab gar nichts gemacht«, brachte ich hervor und spürte, wie mir Tränen der Verzweiflung in die Augen schossen. Alles um mich drehte sich, und das lag nicht nur an dem belauschten Gespräch zwischen Cliff und Amalia. Das hier war der Sargnagel für unseren Sieg bei diesen Spielen. Bei meinem Glück war der ruinierte Kessel noch nicht mal ein Replikat.

»Aber du musst etwas gemacht haben. Jemand hat das Feuer geschürt und ordentlich nachgelegt. Es ist viel zu heiß.«

Entsetzt starrte ich in die hohen Flammen. »Es war meine Schuld. Ich hab nicht aufgepasst. Aber du musst mir glauben, ich habe nichts mit dem Feuer gemacht.«

Adrian schüttete etwas Wasser in die Flammen. Ein Zischen ertönte und das Feuer beruhigte sich.

»Marsha«, sagte er nun deutlich ruhiger. »Ich habe gesehen, wie sie in deine Richtung ging. Sie war den ganzen Tag total auf Krawall gebürstet, bestimmt hat sie dafür gesorgt, dass uns der verdammte Eintopf nicht gelingt.«

Ich starrte in den Kessel und fühlte, wie mich die Verzweiflung übermannte. Die Brennnesseln, die Bohnen und die Kräuter waren verbrannt und das Wasser verdampft. Jetzt konnte ich die Tränen nicht mehr wegblinzeln. Vor Wochen hätte ich mir bestimmt noch lieber einen Zeh amputieren lassen, als vor Adrian einen Heulkrampf zu bekommen, aber das war jetzt egal.

Seufzend kam Adrian auf mich zu. »Es tut mir leid. Ich hätte dir nicht die Schuld geben sollen.«

»Doch, es ist meine Schuld. Ich hätte nicht weggehen sollen«, schniefte ich.

Zum Glück fragte Adrian nicht, wohin ich gegangen war. Stattdessen sah er sich um. »Okay, kein Grund zu verzweifeln. Wir haben noch genug Bohnen und Petersilie, um von vorne zu beginnen. Uns fehlen allerdings die Brennnesseln. Meinst du, das fällt Gibs auf?«

»Brennnesseleintopf ohne Brennnesseln?« Jetzt musste ich ein wenig grinsen. »Lass es uns probieren. Vielleicht haben wir Glück und niemand merkt …«

»Hallo, Adrian, hi, Ophelia«, unterbrach uns eine Stimme. »Ich wollte mal sehen, wie es euch geht. Uff, hier riecht es ja streng. Seid ihr sicher, dass ihr alles im Griff habt?«

Ich wischte mir eilig die Tränen von den Wangen. Vor uns stand Jenny, die Violinistin aus Aberdeen. Sie trug ein fliederfarbenes, deutlich eleganteres Kleid als ich, dazu einen gleichfarbigen Hut mit Schleier. Bloß die silberne Zahnspange war so gar nicht mittelalterlich.

»Wenn du dich lustig machen willst, dann geh besser, Jenny«, grummelte Adrian missmutig.

Doch Jenny ging nicht. Stattdessen machte sie ein paar Schritte über den Steinboden in Richtung der Feuerstelle. »Ich will mich nicht lustig machen, echt nicht. Es hat komisch gerochen, und ich dachte, ich sehe mal nach. Soll ich Mr Gibs holen?«

»Nein«, sagten Adrian und ich wie aus einem Munde. Dann hob Adrian die Augenbrauen und betrachtete sie. »Solltest du nicht oben den Hoftanz üben?«

»Den kann ich schon.« Sie klang, als würde sie sich ein kleines bisschen schämen, so gut zu sein. Es war absolut verständlich. Sie war immerhin eines von Aberdeens Superbrains, die lernten Hoftänze bestimmt schon im Kindergarten.

Adrian neben mir sah verblüfft aus. »Du kannst alles? Hat Mr Gibs nicht vorhin erklärt, es wäre eine schwierige Kombination von Schritten, für die man ein hohes Maß an Konzentration benötigt?«

»Das stimmt auch. Pat hat ziemliche Probleme damit.« Sie deutete nach oben zum Festsaal. Das Lautenstück lief bestimmt schon zum zwanzigsten Mal in Dauerschleife. »Er hat mich weggeschickt, damit er besser lernen kann. Australien und Mittelalter, tja, das passt nicht zusammen. Aber er schafft es.«

Das waren ja keine guten Nachrichten. Zumindest nicht für uns. Jenny beherrschte die Aufgabe problemlos, und wenn Pat sich die Schrittfolge auch noch einprägte, dann hatten sie diesen Sieg in der Tasche. Ein blöder Brennnesseleintopf ohne Brennnesseln würde nicht annähernd die gleiche Punktzahl holen können. Und damit zog Aberdeen uneinholbar an uns vorbei.

»Tja, nun, wo du sozusagen schon fertig bist, Jenny, könntest du uns einen Gefallen tun«, begann da Adrian. Er lehnte sich an die Wand neben ihr und bedachte sie mit einem langen Blick. »Du musst uns einen Bund Brennnesseln pflücken, während Ophelia und ich einen neuen Eintopf zubereiten. Uns ist alles verbrannt.«

Warte mal. Hatte ich mich verhört? Bat Adrian gerade das gegnerische Team um Hilfe? Jenny wäre der dümmste Mensch der Welt, wenn sie sich darauf einließe. Das würde sie doch nicht tun. Oder doch?

Zu meinem Erstaunen fragte Jenny nicht, ob Adrian irgendwo gegengelaufen war oder zu heiß gebadet hatte. Stattdessen sah sie unschlüssig zu ihm hoch. »Aber ihr seid der Gegner.«

Wie durch Zufall ließ Adrian ein paar Haarsträhnen in sein Gesicht fallen. »Na und? Ihr aus Aberdeen habt die Highland Games ohnehin schon gewonnen. Hilf uns, zumindest Zweiter zu werden, okay?« Er legte seine Hand auf ihre Schulter. »So wie jedes Jahr. Sonst wird es für unsere Schule furchtbar peinlich. Nicht wahr, Ophelia?«

Ich nickte stumm und staunte, wie Adrian sie mit seinem Charme um den Finger wickelte. Nie im Leben hätte ich gedacht, dass er sich seines guten Aussehens so bewusst war. Oder spielte er das alles bloß, um mir zu helfen? Ich war es immerhin, die den Eintopf alleine zurückgelassen hatte.

Jennys Entschlossenheit begann zu bröckeln. »Nun, ich weiß nicht …«

Adrian lehnte sich noch näher. »Du hast doch nichts zu tun,

oder? Du kannst den Hoftanz. Und es sind noch dreißig Minuten bis Sonnenuntergang.«

Ich konnte kaum glauben, was ich da hörte. Adrian hatte sie beinahe so weit. Wenn er und ich uns die restlichen Aufgaben teilen würden und Jenny uns die Brennnesseln lieferte ... dann hatten wir eine Chance zu gewinnen. Mit der vollen Punktzahl für Aberdeen und für uns war noch nichts entschieden. Das hatte Adrian natürlich dezent verschwiegen.

»Okay, ich mach's!«, bot Jenny an und sah ihn mit großen Augen an. Ich kannte diesen Blick – weil ich ihn erfunden hatte. Jenny war Adrian verfallen, und ich wusste nicht, ob ich das gut oder schlecht finden sollte. »Und wo wachsen die Brennnesseln?«

Adrian kratzte sich am Kopf. »Tja, das weiß ich selbst nicht genau. Aber ich weiß, wer es wissen könnte.« Er nahm sie an der Hand. »Also bist du dabei?«

»Okay, ich bin dabei«, stimmte Jenny schließlich zu.

Kurzerhand schloss Adrian Jenny in die Arme. Dann nahm er sie an der Hand. »Und jetzt schnell, Jenny. Komm mit mir mit, ich kenne jemanden, der dir den Weg erklärt. Und mach einen großen Bogen um die Lehrer, allen voran diesen alten Spielverderber Mr Clarke, ja?«

Jenny nickte und verschwand mit Adrian nach draußen, während ich den verkrusteten Kessel mit dem Wasser aus dem Krug reinigte und darüber nachdachte, was gerade vorgefallen war.

Wenige Minuten später kam Adrian zurück und rieb sich zufrieden die Hände.

»Das war ja nicht gerade sehr nett. Ihr falsche Hoffnungen zu machen, nur damit sie uns hilft«, murmelte ich, ehe ich es mir verkneifen konnte. Im nächsten Moment hoffte ich, er hätte mich vielleicht nicht gehört.

Doch Adrian hatte mich sehr wohl gehört. Mit schiefem Lächeln sah er mich an. »Vielleicht finde ich Jenny ja auch ganz nett.«

Ich sah auf. War das wahr? Hatte ihm Jennys ohrenbetäubendes Gefiedel am Lagerfeuer sogar gefallen und ich hatte es gar nicht gemerkt?

Für einen Moment ließ Adrian die Kräuter außer Acht. Mein schockiertes Gesicht schien ihn zu amüsieren. »Jetzt guck doch nicht so, Ophelia.« Schon arbeitete er wieder konzentriert weiter. »Die gleichen Spielchen, die du spielst, habe ich auch drauf. Einmal tust du interessiert, dann lässt du mich wieder links liegen. Was denkst du, wie es mir damit geht?«

Mein Bauch zog sich schmerzhaft zusammen. Er hatte recht. Natürlich hatte er recht. Zu Beginn dieser Reise hatten wir ein Date am See mit dem Shakespeare-Stück und Kuchen verbracht, doch seit ich Cliff geküsst hatte, hatten wir uns kaum noch gesehen. Wir hatten neulich, bei der Party am Lagerfeuer, noch nicht mal ein einziges Wort miteinander gesprochen. Dass er diesen Umstand allerdings so unverblümt ansprach ... darauf war ich nicht vorbereitet gewesen.

»Ich glaube nämlich nicht, dass du besonders schüchtern bist«, machte er weiter und bohrte den Mörserstab in die Tonschüssel. »Vielleicht warst du das mal. Aber jetzt weißt du wahrscheinlich nicht, was du willst. Ist dir aufgefallen, dass wir uns noch gar geküsst haben, seit wir hier sind? Kein einziges Mal?«

Ich rubbelte den Kessel trocken. Das war mir sehr wohl aufgefallen. Ich hatte mich nur auf Cliff konzentriert und jetzt bekam ich die Rechnung dafür. Adrian schickte mich in die Wüste. Und ich konnte es ihm nicht mal verübeln. Adieu, Liebesleben. Es war vorbei, bevor es auch nur annähernd begonnen hatte.

»Es tut mir leid. Da war eine Sache, die mich abgelenkt hat«, antwortete ich wahrheitsgemäß. Er hatte es nicht verdient, angelogen zu werden, selbst wenn er sich dann nicht mehr für mich interessierte.

»Und jetzt?« Er sah auf.

Ich holte tief Luft. Der Gedanke an Cliff und Amalia im Jagdzimmer, seine Offenheit ihr gegenüber und das Liebesgeständnis, das bestimmt darauf gefolgt war, ließen mich meine allerletzte Hoffnung auf ein Happy End begraben. Aber vielleicht war es genau das, was ich brauchte, um mit ihm abzuschließen. »Jetzt ist sie vorbei.«

»Okay. Dann ...« Er ließ den Stößel fallen und steuerte auf mich zu. »Dann muss ich dich was fragen. Willst du mit mir zusammen sein? Als meine Freundin? Ab jetzt? Ohne Ablenkungen. Ohne Spielchen. Du und ich?«

Meine Knie verwandelten sich unter seinem Blick in Butter, und ich fühlte mich wieder wie das dreizehnjährige Mädchen, das frisch an die Schule gekommen war und sich Hals über Kopf in Adrian Huxley, den geheimnisvollen Jungen aus dem Theaterclub, verknallt hatte.

Blieb die Frage: Wollte ich Adrians Freundin sein? Ich war mir sicher, dass ich ihn nicht belogen hatte. Die Sache mit Cliff war ab heute zu Ende.

»Ja. Das will ich«, sagte ich kurz entschlossen.

Adrian lächelte. Dann ging er weiter zum Kessel, warf unsere vorbereiteten Zutaten hinein, goss Wasser darauf und würzte alles wie im Rezept beschrieben. Anschließend legte er eins seiner frisch gehackten Holzscheite ins Feuer, stocherte in der Glut herum und regulierte die Höhe des Topfes, bis alles genau richtig war.

Als ich schon dachte, wir würden wieder ganz normal zur Tagesordnung übergehen, nahm er meine Hand und zog mich zu sich heran. Er sah mir in die Augen und ein kleines Lächeln umspielte seine Lippen. Dann küsste er mich.

Bei der Kulisse kam ich mir vor wie in einem Film und spürte, wie sich das Gefühl, das ich einst für ihn empfunden hatte, leise zurückmeldete. Sachte. Aber stark genug, um mich wissen zu lassen, dass es noch da war, irgendwo, unter den Scherben, die Cliff hinterlassen hatte.

»Wurde aber auch Zeit«, flüsterte Adrian in mein Ohr.

Als die Zeit um war, standen wir vor einem riesigen Problem. Nicht nur von unseren Brennnesseln fehlte immer noch jede Spur, sondern auch von Jenny. Mit jeder Minute, in der es draußen dunkler wurde, machte ich mir jedoch weniger Sorgen um den Eintopf, sondern mehr um Jenny. Immerhin hatten wir sie weggeschickt. Was, wenn ihr etwas zugestoßen war?

Als Aberdeen schließlich den Hoftanz im Rittersaal aufführen musste, fiel ihr Verschwinden auch den Lehrern auf. Jenny war inzwischen über eine Stunde weg.

»Mir doch egal, wo Jenny ist«, verkündete Pat gleichgültig. Er sah in seinen goldenen Klamotten noch lächerlicher aus als jeder andere von uns. »Ich kann jedenfalls den beknackten Tanz. Darf ich ihn jetzt vorführen oder nicht?«

»Die sind echt unmöglich. Unser Team hält wenigstens zusammen«, murmelte Adrian.

Ich spürte ein unheilvolles Ziehen in meiner Magengrube, das nicht verschwinden wollte. »Denkst du, es geht Jenny gut? Wir hätten sie nicht um Hilfe bitten sollen!«

»Vielleicht hätten wir das wirklich nicht. Aber wir konnten ja nicht ahnen, dass sie sich verläuft. Sie findet schon zurück«, erwiderte Adrian und nahm tröstend meine Hand. An einem anderen Tag hätte ich mich bestimmt über die Geste gefreut und gehofft, dass wir das jetzt öfter taten, nun, da er offiziell mein Freund war, aber die Sorge um Jenny ließ gerade keinen anderen Gedanken zu.

»Wenn deine Partnerin nicht da ist, wirst du gar nichts aufführen, Pat«, antwortete Mr Clarke streng. »Die Disziplin gilt als unerfüllt.«

»Was?« Marsha tobte. »Ist das Ihr Ernst?«

Ich gab mir einen Ruck. Ich musste zugeben, dass wir Jenny fortgeschickt hatten. Auch wenn das bedeutete, dass wir den ersten verbrannten Eintopf eingestehen mussten. »Es ist unsere Schuld, Mr Clarke. Adrian und ich haben Jenny überredet, frische Brennnesseln für uns zu pflücken. Vor einer Stunde haben wir sie zum letzten Mal gesehen.«

Don kam mit großen Schritten auf uns zu, unverhohlene Abneigung lag in seinem Gesicht. »Ihr elenden Betrüger! Was habt ihr mit Jenny …«

Mr Clarke packte Don an der Schulter, bevor er Adrian erreichen und ihm eine verpassen konnte. Doch Adrian wirkte gefasst.

In seinen pastellfarbenen Pumphosen lehnte er an der Holzvertäfelung des Saals, und ich musste plötzlich daran denken, wie es sich angefühlt hatte, ihn heute zu küssen. Im Vergleich zu den Küssen bei den Proben und danach war es anders gewesen. Ungestüm, fordernd und kein bisschen schüchtern.

»Jenny hat es uns angeboten, Don«, erwiderte Adrian. Dann, an Mr Clarke gewandt, fügte er hinzu: »Tut uns echt leid. Wir konnten nicht ahnen, dass so etwas passiert. Sie kommt bestimmt gleich zurück.«

Ich riss die Augen auf. Das war eine glatte Lüge.

Mr Clarke warf Adrian einen strafenden Blick zu. Dann schlüpfte er in seine Jacke. »Mag sein. Aber wir wollen kein Risiko eingehen. Mr Gibs, kommen Sie, wir gehen das Mädchen suchen. Miss Cooper, Sie verständigen Jennys Eltern. Der Rest bliebt hier und wartet.«

»Wir schließen uns dem Suchtrupp an, Mr Clarke«, meldete sich Cliff. Wie schon vor ein paar Tagen bei der Suche nach dem Asthmaspray spielte er nicht nur den gut gelaunten Anführer – er war es auch. Das hier war der echte Cliff, der da war, wenn er gebraucht wurde. Auch Amalia war an seiner Seite, kein Wunder, sie ließ keine wohltätige Aktion aus, und diesmal war ihr Einsatz sogar mehr als nützlich. Spontan schlossen sich auch Alison, Mae, Lora, Roger und Laszlo an.

»Ausgezeichnet. Vorher sollten uns allerdings Adrian und Ophelia erzählen, was sie sonst noch wissen. Habt ihr beide sie in eine bestimme Richtung geschickt?«, fragte Mr Clarke streng. Dabei spürte ich Cliffs Blick auf mir. Bestimmt fragte er sich, was geschehen war. Was unseren Eintopf ruiniert hatte. Ich konnte seinen Blick nicht erwidern.

»Na, zu den Brennnesselfeldern«, erklärte Adrian, als plötzlich Tante Mildred in der Tür auftauchte. An ihrer Schulter, das violette Prinzessinnenkostüm bis zu den Knien voller Schlamm, hing Jenny.

Wildes Gemurmel war zu hören, während alle auf einmal auf die beiden zustürmten. Ich stieß plötzlich Luft aus, die ich die ganze Zeit über angehalten hatte, ohne es zu merken. Da war Jenny! Und sie war am Leben! Ein Glück!

»Tante Mildred?«, rief Lora überrascht und steuerte auf die beiden zu. Unsere Tante trug ihre olivgrüne Wanderhose und einen Trekkingrucksack auf den Schultern und führte Jenny zu einem Stuhl an der Tafel. So abgeschlagen und müde hatte ich meine Tante noch nie erlebt.

»Gott sei Dank. Was ist mit ihr passiert?«, wollte Mr Clarke wissen. Inzwischen hatte sich ein Halbkreis um Jenny und Tante Mildred gebildet. Phoebe, die Schriftstellerin aus Aberdeen, fiel ihr schluchzend um den Hals, nur Marsha und Don waren recht sparsam mit ihren Gefühlsbekundungen. Fragten sie sich, ob der Wettkampf nun als verloren galt?

»Ich bin Loras und Ophelias Tante, Mr Clarke. Wir campen drüben am Loch Lomond und ich habe das Mädchen beim Spazierengehen entdeckt. Sie hat knietief im Moor gesteckt, hat versucht, sich zu befreien, und ist damit nur tiefer gesunken. Ich weiß nicht, was passiert wäre, wenn ich nicht zufällig …«

Der Rest von Tante Mildreds Worten drang wie durch Watte an mein Ohr und mir wurde plötzlich eiskalt. Sie hatte im Moor festgesteckt?

»Adrian, wir hätten sie nicht von hier wegschicken sollen«,

hauchte ich fassungslos. »Und warum hast du Gibs erzählt, dass du sie zu den Brennnesselfeldern geschickt hast? Sie war im Moor.«

»Ich habe Jenny nirgendwohin geschickt«, sagte Adrian ernst. Er war ganz blass geworden. »Ich hab Eleanor nach dem Weg gefragt, Ophelia. Die kennt sich doch in den Wäldern aus. Und die hat Jenny den Weg zu den vermeintlichen Brennnesselfeldern erklärt, nicht ich.« Er stampfte mit dem Fuß auf.

So ein Mist! Ich hätte Adrian gleich verraten können, dass man Eleanor nicht glauben durfte.

»Es war also Eleanors Schuld«, wisperte Lora, die ihn gehört hatte. Wütend ballte sie die Hand. »Warum wundert mich das nicht?«

Adrian schien darüber nachzudenken. »Denkst du, es ist genau dasselbe Prinzip wie damals bei Hannah? Sie versucht, uns zu helfen, wird aber nur dafür sorgen, dass wir disqualifiziert werden?«

»Das sind doch nur Mutmaßungen«, sagte ich. Ohne Eleanor verteidigen zu wollen – aber ging das nicht alles etwas zu schnell? In Schottland sah die Landschaft überall sehr ähnlich aus, womöglich hatte sich Jenny einfach verlaufen.

»Mutmaßungen?« Lora hob eine Augenbraue. »Dann sieh dich doch mal unter den Schülern um und sag mir, wer fehlt, Schwesterherz.«

Adrian bemerkte es als Erster. »Tatsächlich. Eleanor ist verschwunden. Dabei hab ich noch gesehen, wie sie mit uns hergewandert ist.«

Okay, zugegeben, das war auffällig. Ehe ich etwas erwidern konnte, hatte Lora schon einen Plan gefasst.

»Ich will gar nicht erst wissen, was sie sich fürs Finale ausgedacht hat, um uns das Leben schwer zu machen«, redete sie sich in Rage. »Aber das kann sie vergessen. Denn übermorgen, am Tag des Finales, ist Eleanor nicht mehr hier. Darauf habt ihr mein Wort.«

# Fünfzehn

Am nächsten Morgen war Jenny weg. Mr Gibs teilte uns mit, dass sie zwar wohlauf sei, aber nach dem Unfall im Moor genau wie Hannah nach Hause gefahren war. Dafür war Eleanor wieder da, saß mit ihrer Ratte am Tisch gegenüber und starrte mit unverhohlener Abneigung zu Lora und mir hinüber.

»Jetzt hat diese Hexe schon zwei Teilnehmer auf dem Gewissen und ist auch noch stolz darauf«, murmelte Lora und schaufelte Pancakes in sich hinein. Wenn auch alles schlimm und aussichtslos war, dann sorgte Miss Cooper doch wenigstens für den richtigen Süßkram, um uns zu trösten.

Dabei war noch nicht alles verloren. Die Lehrer hatten die Auswertung des Mittelalterwettbewerbs bekannt gegeben, die nicht schlecht für uns ausgefallen war. Mr Gibs hatte uns zwar null Punkte gegeben, Aberdeen jedoch ebenfalls. Die Hoffnung auf den Sieg lebte.

Und doch hatte ich nach Jennys Unfall im Moor das Gefühl, dass unsere Situation immer ernster wurde. Was war es, das Big Mac mit uns vorhatte? Steckte er alias Eleanor tatsächlich hinter Jennys gefährlichem Ausflug? Gestern noch waren nur Lora und Adrian sicher gewesen, dass Jennys Verschwinden im Zusammenhang mit Eleanor gestanden hatte, doch inzwischen hatte Lora die gesamte Gruppe davon überzeugt, mit Ausnahme von Cliff, der niemanden vorschnell beschuldigen wollte, solange alles nicht auch ein Unfall gewesen sein konnte. Dummerweise war Jenny nicht mehr hier, sodass wir sie nicht fragen konnten.

»Und was willst du jetzt machen?«, fragte ich Lora.

»Ich werde verhindern, dass sie es noch mal tut«, sagte sie. »Willst du meinen Plan hören?«

Ich zögerte, unsicher, ob ich das wirklich wollte. Loras Pläne waren leider selten durchdacht, dafür meistens umso risikoreicher und gefährlicher.

»Ich verwandle mich in Eleanor«, erklärte sie kurzerhand. »Heute noch. Dann schleiche ich mich in die Lehrerhütte und klaue alles, was den Lehrern lieb und teuer ist. Miss Coopers heiß geliebtes Rezeptbuch, Mr Gibs' Fantasyromane und Mr Clarkes Krokodilzahn vom Klamottendiscounter.«

Ich sah auf meinen Teller und überlegte. Nüchtern betrachtet war die Idee, jeden Lehrer zu beklauen, fies, aber nicht schlecht. Als Konsequenz würden die Lehrer Eleanor sofort nach Hause schicken. Eleanor selbst würde zwar beteuern, nichts von dem Diebstahl zu wissen, aber niemand würde ihr glauben.

»Nicht zu vergessen ein bisschen Geld, Zigaretten, und ich wette, die Lehrer horten irgendwo auch noch Hochprozentiges«, fügte Lora hinzu. »Der Diebstahl soll ja zu Eleanor passen. Also sag schon, hilfst du mir?«

Ich zögerte. Der Plan hatte auch was Gutes. »Wenn Eleanor unser Großonkel ist und die Lehrer sie nach Hause schicken, muss Big Mac sich eine neue Verwandlung suchen. Wer weiß, vielleicht gibt er dann auf und lässt uns in Ruhe?«

»Heißt das Ja?«, fragte meine Schwester. Sie sah mich mit großen Augen an.

»Doch falls Eleanor nicht unser Großonkel ist, dann ist es ziemlich fies von uns.«

»Aber du bist dir ja sicher, dass er Eleanor ist«, erwiderte Lora.

»Bin ich auch«, erwiderte ich.

»Dann lass es uns tun.« Lora nahm meine Hand. »Oh, bitte, Ophelia. Wir müssen es durchziehen. Du musst meine Komplizin werden.«

»Und wie soll ich dir helfen?«, fragte ich. Eigentlich hatte ich vorgehabt, heute mit Adrian an den See zu gehen und weiter Shakespeare zu lesen. Adrians Gesellschaft war Balsam für meine Seele und das Einzige, was mir in diesem Chaos rund um Cliff, meine Verwandlungen und meinen irren Großonkel Sicherheit gab. Aber Lora brauchte meine Hilfe.

»Du musst dafür sorgen, dass mich Mr Gibs, Mr Clarke und Miss Cooper erwischen«, befahl Lora. »Und dass es viele Zeugen gibt.«

Ich nickte. Das war ja praktisch. Normalerweise mussten Komplizen dafür sorgen, dass all das eben nicht passierte. Nun, das würde sogar ich hinbekommen.

»Und dich natürlich darum kümmern, dass die echte Eleanor nicht zufällig am selben Ort ist«, fügte Lora hinzu. »Wenn du Glück hast, streift sie ohnehin wieder alleine durch die Wälder und ist verschollen.«

»Und die Verwandlung?« Wir standen auf. Gemeinsam stellten wir unser schmutziges Geschirr in die dafür vorbereiteten Körbe. »Hast du schon mal probiert, dich in Eleanor zu verwandeln?«

Lora schüttelte den Kopf. »Noch nicht. Aber ich habe alles vorbereitet. Komm mit, ich muss dir was zeigen.«

Lora führte mich in unsere Hütte, zog ihren Koffer unter dem Hochbett hervor und präsentierte mir ein kleines Notizbuch. »Weißt du noch, wie ich dir damals in MacBiggs' Büro empfohlen habe, dir Notizen über schwierige Verwandlungsobjekte zu machen?«

Ich nickte. Daran konnte ich mich nur zu gut erinnern. Nur so hatte ich es geschafft, mich überhaupt erst in Cliff zu verwandeln.

»Ich habe meinen eigenen Rat befolgt.« Sie kicherte. »Und Eleanor in den letzten Tagen sehr ausführlich studiert.«

Erstaunt sah ich sie an. Dafür, dass ausgefeilte Pläne keine ihrer großen Stärken waren (ich war eher die, die alles zu Tode dachte), hatte sie schon ziemlich viel Vorbereitungsarbeit geleistet.

»Darf ich mal sehen?«, fragte ich.

»Klar.« Sie hielt mir eine vollgekritzelte Doppelseite entgegen. Darauf befand sich ein Steckbrief von Eleanor.

Name: Eleanor Hunter
Alter: 17, geboren am 11. Januar
Wohnort: West End, Edinburgh
Eltern: Beverly und Thomas Hunter
Geschwister: Henry, 4
Impfungen / Gesundheitszustand: Alle wichtigen Impfungen erhalten, keine Allergien, Blinddarmentfernung vor 3 Jahren
Positive Eigenschaften: tierlieb (Ratte), ständig in der Natur, guter Appetit, besonders auf fettiges Fleisch, Innereien und sonstiges Ekelhaftes

Negative Eigenschaften: irre, unfreundlich, arrogant, gemeingefährlich (trägt ein Messer im Schuh), notorische Lügnerin (Von wegen Vogelreservat!)

Ich sah auf. Das war noch um einiges ausführlicher als der Steckbrief, den ich von Cliff angelegt hatte. Wie viel Zeit hatte Lora wohl darauf verwendet, das alles herauszufinden?

»Das meiste habe ich von ihrem Anmeldebogen für das Camp abgeschrieben«, sagte sie stolz, als hätte sie meine Gedanken erraten. »Der Rest ist Eigenrecherche.«

»Nicht schlecht.« Lora hatte ihren Plan echt durchdacht, das musste man ihr lassen.

»Fehlt noch was?«, wollte Lora wissen.

»Füg gleich mal *›Hat eine makabre Ader und steht auf Friedhöfe‹* hinzu«, empfahl ich. »Deshalb ist sie nämlich ständig im Wald. Sie ist auf der Suche nach dem mysteriösen Friedhof.«

»Pah. Da kann sie lange suchen«, erwiderte Lora und zückte ihren Stift. »Aber okay, Aberglaube ist keine unwichtige Eigenschaft. Ich nehme es mit auf.« Als sie fertig war, sah sie mich erwartungsvoll an. »Was meinst du, sollen wir einen Probedurchgang starten?«

Ich sah mich um. Es war zwar helllichter Tag, aber die Vorhänge waren zugezogen. »Du meinst jetzt?«

»Na klar!« Sie gab mir das Notizbuch. »Du behältst die Tür im Auge und passt auf, dass uns keiner stört, und ich konzentriere mich. Genau wie damals bei deiner Verwandlung in Madame Rieux, nur umgekehrt.«

Ich seufzte. Die Verwandlung in meine Französischlehrerin fühlte sich an, als läge sie ewig zurück. Es war meine erste halbwegs gute Verwandlung gewesen, bei der ich allerdings noch ein paar Details vergessen hatte. Wie viel sich doch verändert hatte.

Ich sah zu Lora, die inzwischen mit geradem Rücken im Schneidersitz auf dem Boden der Hütte saß und aussah, als würde sie meditieren.

»Und? Kribbelt es schon?«, fragte ich gespannt.

»Schscht«, machte sie. »Ich muss mich konzentrieren.«

Ich schwieg und beobachtete sie. Hier in unserer Hütte war es ziemlich ruhig, bis auf die gelegentlichen Geräusche, die von draußen zu uns hineindrangen. Die Jungs hatten begonnen, zwischen den Hütten Fußball zu spielen, und irgendwo in der Nähe hatte jemand das Radio angemacht. Ich wippte mit dem Bein im Takt der Musik, während Lora dasaß, die Augen geschlossen hielt und regelmäßig atmete. Doch nichts geschah. Nicht mal eine von Eleanors Sommersprossen erschien auf ihrem Gesicht.

»Hey«, unterbrach ich sie vorsichtig. Inzwischen waren bestimmt zehn Minuten vergangen. »Soll ich mal versuchen?«

Enttäuscht öffnete Lora die Augen und betastete sich. »Ich verstehe das nicht. Hat sich wirklich nichts an mir verändert? Gar nichts?«

Ich schüttelte den Kopf. Ob womöglich eine Kleinigkeit aus dem Steckbrief nicht stimmte? Als ich darüber nachdachte, kam mir der Verdacht, dass der misslungene Verwandlungsversuch noch ganz andere Gründe haben konnte. Warum war ich da nicht schon früher drauf gekommen?

»Ich weiß, warum es nicht geklappt hat«, stieß ich hervor. »Eleanor ist nicht echt.«

Lora runzelte ihre Stirn. »Du meinst, es hakt, weil Eleanor gar nicht Eleanor, sondern womöglich unser Großonkel ist?«

»Genau.«

Sie schüttelte entschieden den Kopf. »Ophelia, das hat doch gar nichts miteinander zu tun. Selbst wenn Eleanor in Wahrheit MacBiggs ist, dürfte das unsere Verwandlung in die echte Eleanor nicht beeinflussen.«

Ich verstand nicht ganz. »Du meinst, selbst wenn diese Eleanor hier nicht echt ist, irgendwo auf dieser Welt muss eine echte Eleanor herumlaufen? Eine Originalausgabe zu dieser Kopie, die uns Big Mac präsentiert?«

»So ist es«, bestätigte Lora. »Niemand kann sich in Romanfiguren, Filmrollen oder selbst erfundene Figuren verwandeln. Das hat dir Tante Mildred doch schon erklärt, als du vorgeschlagen hast, sie solle sich in Mr Darcy verwandeln.«

»Verstehe.« Langsam machte das alles Sinn. »Und was, wenn Big Mac sich hier ganz anders benimmt, als die echte Eleanor es tun würde? Vielleicht ist die echte, siebzehnjährige Eleanor mit dem Bruder namens Henry ja eine Einserschülerin, die kostenlos auf Babys aufpasst und jeden Sonntag in die Kirche geht.«

»Ja, vielleicht. Und doch erklärt es nicht, warum ich absolut gar nichts von ihr hinbekomme. Ihre wesentlichen Daten müssen ja stimmen, Geburtsdatum und so. Da müsste es doch zumindest irgendwo an mir kribbeln.« Lora reichte mir das Notizbuch. »Vielleicht solltest du es wirklich mal versuchen? Du bist inzwischen viel besser als ich.«

Besser als sie? Meinte sie das ernst? Ja, zugegeben, die Tierverwandlungen waren mir leicht von der Hand gegangen, und inzwischen verwandelte ich mich glücklicherweise auch nicht mehr unabsichtlich in Hinz und Kunz, aber Lora hatte trotzdem viel mehr Erfahrung als ich. Oder konnte es tatsächlich sein, dass ich sie klammheimlich überholt hatte und es gar nicht gemerkt hatte?

»Glaub ich nicht«, murmelte ich wahrheitsgemäß.

»Glaub es ruhig.« Lora Stimme klang weder neiderfüllt noch bitter. Sie hatte sich damit abgefunden. »Und jetzt versuch es. Ich weiß, dass du es kannst.«

Na fein. Egal, wer von uns besser war, einen Versuch war es wert. Wenn ich mich in einen fluchenden Papagei verwandeln konnte, würde ja wohl auch eine kleine Unruhestifterin wie Eleanor kein Problem sein. Dafür setzte ich mich bequem auf mein Bett, schloss die Augen und dachte so fest ich konnte an Eleanor. Ich konzentrierte mich auf ihren Namen, ihr Gesicht, ihr rotes Haar und versuchte, mich dabei nicht zu sehr auf ihren Charakter zu versteifen, weil wir uns dessen ja nicht sicher sein konnten.

Doch etwas stimmte nicht. Ich schaffte es nicht, im Kopf ein Bild entstehen zu lassen. Mehr noch, ich bekam es noch nicht mal hin, einen klaren Gedanken an sie zu erzeugen. Stattdessen spürte ich etwas, was noch nie da gewesen war: Dunkle Wolken zogen vor meinem inneren Auge auf. Plötzlich hatte mich eine bedrohliche Leere eingehüllt, die mich von Sekunde zu Sekunde ängstlicher machte. Mein Herz klopfte immer schneller, mir trat Schweiß aus den Poren, und etwas Schweres nahm mir die Luft zum Atmen, bis sich eine Gewissheit in mir formte: Das hier war gefährlich. Verflucht gefährlich.

Ich riss die Augen auf.

»Was ist?« Lora sah mich erschrocken an.

»Es hat nicht geklappt, oder?« Hastig sah ich an mir herab. Ich war immer noch dieselbe Ophelia. Ich trug ein rosa Poloshirt und eine Jeans mit ausgefranstem Saum, in dem schon verkrusteter Dreck klebte. Noch nicht mal mein Nagellack hatte sich von blasspink, wie ich ihn heute trug, in Eleanors Schwarz verändert.

»Nein.« Lora rutschte näher und betrachtete mich sorgenvoll. »Ophelia, geht es dir gut? Einen Moment lang hast du ausgesehen, als würdest du gleich ohnmächtig werden.«

»Ich hab mich auch so gefühlt.« Nun, da ich den Versuch abgebrochen und die Augen wieder geöffnet hatte, ging es langsam wieder, doch der Schreck steckte mir immer noch tief in den Knochen. »Da war etwas ganz Merkwürdiges. Hast du das vorhin auch gespürt?«

Lora runzelte die Stirn. Allein schon ihr Gesichtsausdruck verriet, dass sie keinen Schimmer hatte, wovon ich sprach. »Etwas Merkwürdiges? Wie merkwürdig?«

Angestrengt versuchte ich, es in Worte zu fassen. »Normalerweise stelle ich mir bei Verwandlungsversuchen die Person vor, in die ich mich verwandeln will, aber diesmal habe ich einfach nichts sehen können.«

»Ist dir das schon mal passiert?«, wollte Lora wissen.

Ich schüttelte den Kopf. »Noch nicht mal bei Cliff. Da habe ich es sehr wohl geschafft, ihn mir vor meinem inneren Auge vorzustellen. Hat Tante Mildred je von etwas Ähnlichem erzählt?«

Lora dachte nach. »Nicht dass ich wüsste.«

»Wenn wir doch nur auf die Familienwebsite zugreifen könnten«, überlegte ich.

Sie betrachtete mich einen Moment lang, dann schien sie einen Entschluss zu fassen. »Du solltest Tante Mildred fragen. Aber verrat ihr auf keinen Fall, dass wir versuchen, uns in Eleanor zu verwandeln, um sie aus dem Camp zu kicken. Sonst können wir uns auf was freuen, wenn wir übermorgen nach Hause kommen.«

Ich nickte. Ich hatte eh vor, eine andere Tante zu fragen.

# Sechzehn

Leider fehlte vom Tante-Helly-Eichhörnchen den ganzen Tag über jede Spur. Zu gerne hätte ich im Wald nach ihr gesucht, um sie zu fragen, was ich bei meiner Verwandlung gefühlt haben könnte, doch weil die traditionelle Abschiedsparty mit schottischem Barbecue anstand, die stets am Abend vor dem Finale stattfand, wurde ich im Camp gebraucht. Den ganzen Tag schon lag ein wunderbarer Duft nach warmem Apfelkuchen in der Luft. Während die Jungs Kartoffeln schälten, Salat putzten und Steaks fürs Grillen vorbereiteten, verteilte der Rest von uns Lampions und half Miss Cooper in der Küche. Trotz der Erlebnisse der letzten Tage war die Stimmung ausgezeichnet, nur Marsha und Don hockten in ihrer Hütte und schmiedeten dort wahrscheinlich Schlachtpläne, um morgen die Trophäe zu holen. Zumindest Lora war felsenfest davon überzeugt.

Als die Sonne schließlich hinter dem Loch Katrine versank, es kühler wurde und Mr Gibs den Grill anwarf, versammelten wir uns auf den Bänken vor Mr Clarkes Hütte. Cliff und Amalia setzten sich nebeneinander, Mae in die Nähe von Roger und Adrian schließlich neben mich.

»Hey.« Er gab mir zur Begrüßung einen Kuss, während uns die

Rauchschwaden vom Grill einnebelten. Dann griff er nach meiner Hand und meine Finger fädelten sich zwischen seine. »Du siehst toll aus.«

Verlegen grinste ich. Ihm war nicht nur aufgefallen, dass ich meine hübschesten Klamotten trug, nein, er hatte mich auch mitten in der Öffentlichkeit geküsst. Was trotz der Rauchschwaden auch von den anderen nicht unbemerkt blieb. Mae und Roger jedenfalls war es nicht entgangen, und Cliff starrte einen Augenblick lang auf unsere verschränkten Hände, bis er eilig aufstand und Mr Gibs mit den Steaks half.

Inzwischen reichte mir Adrian etwas selbst gebackenes Brot von Miss Cooper. »Schon nervös vor dem großen Finale morgen? Eleanor ist heute nicht da, vielleicht ist das ein gutes Zeichen und sie ruiniert uns nicht auch noch den letzten Wettbewerb.« Er biss genüsslich in ein Butterbrot. »Ich hätte es am Anfang nie für möglich gehalten, aber jetzt will ich unbedingt gewinnen.«

Ich sah zu Cliff, der Mr Gibs Tofuspieße für Amalia reichte. Auch wenn die Sache zwischen uns erledigt war, regte sich leider immer etwas tief in meinem Inneren, wenn Cliff mich anschaute. Blieb zu hoffen, dass ich zu Hause in Edinburgh das letzte bisschen Herzschmerz loswurde.

»Ich hätte ja nie gedacht, dass wir eine Chance haben, zu gewinnen«, sprach Adrian inzwischen weiter. Er guckte auf unsere verschränkten Hände. »Aber bis vor ein paar Tagen dachte ich auch nicht, dass du und ich tatsächlich …«

»Ist es wahr, was alle sagen?« Adrian konnte gar nicht zu Ende sprechen, da ließ sich Mae neben mich fallen. Sie betrachtete uns gut gelaunt, aber auch ein bisschen verwundert. »Ihr seid jetzt echt ein Paar?«

Ich zog den Kopf ein. Zuerst heulte ich ihr die Ohren voll, dass ich total verliebt in Cliff war, und nun, wenige Tage später, machte ich Adrian zu meinem festen Freund? Sie musste mich für komplett verrückt halten.

»Ja!«, erwiderte Adrian zufrieden. Mit einem selbstironischen Lächeln fügte er hinzu: »Vielleicht schaffen wir es ja jetzt, ein glaubhaftes Liebespaar auf der Bühne abzugeben.«

Mae kicherte höflich, doch als Adrian etwas später aufstand, um sich was vom schottischen Räucherlachs zu nehmen, zog sie mich zu sich. »Du und Adrian? Ernsthaft? Willst du das wirklich? Sag schon, wenn er dir auf die Nerven geht, dann befreie ich dich von ihm. Ich heuchle Interesse und bitte ihn, mir zu verklickern, warum bei Shakespeare eigentlich immer alle sterben müssen.«

»Schon gut, Mae. Mir geht's gut.« So gerne ich ihr auch alles erklärt hätte, das hier war definitiv nicht der richtige Ort dafür. Außerdem war da noch etwas anderes, das mich brennend interessierte. »Aber was ist mit dir? Hat Roger endlich angebissen?«

Mae sah sich um. »Nein, hat er nicht. Aber er starrt die ganze Zeit zu uns ... oh nein. So ein Mist. Er kommt her.«

»Sitzt du heute nicht bei deinem neuen Freund Laszlo?«, feixte Roger und setzte sich neben Mae.

»Wir halten absichtlich Abstand, damit wir nachher umso ungestümer knutschen können«, sagte Mae und wackelte mit den Augenbrauen.

Roger schmunzelte. »Wenn du es genau wissen willst, ich glaube dir kein Wort. Ich meine, Laszlo und romantische Gedichte? Ich hab ihn noch kein einziges Wort sprechen hören!«

»Er macht sich wenigstens nicht über mich lustig.«

Das schien Roger nicht aufzuhalten. »Wenn ihr mal heiratet, dann ist das bestimmt so wie in Mr Gibs' Lieblingsserie. Musstest du schon ein rohes Herz essen?«

»Nein, aber wenn es so weit ist, hoffe ich, es ist dein Herz«, knurrte Mae böse.

Ich kicherte, doch Roger blieb ernst. »Ach, komm schon, Mae. Gib doch endlich zu, dass du für den Kerl nicht das Geringste übrighast.«

Natürlich tat Mae Roger diesen Gefallen nicht. »Nun, es ist aber so. Außerdem ist Laszlo ganz anders, als er sich gibt. Er ist gebildet, drückt sich äußerst gewählt aus und verwendet seine Worte bedächtig. Und er liest mir jeden Wunsch von den Augen ab.«

»Aktuell interessiert er sich allerdings nur für das Fettauge seines Rib-Eye-Steaks«, stellte Roger fest. »Wie hingebungsvoll er es in seine Hände nimmt. Ich glaube, Fleisch ist seine wahre Liebe. Ich sehe da ganz schlechte Chancen für dich, Mae.«

Maes Augen funkelten voller Zorn. »Ach ja? Das ist es, was du denkst? Ich beweise dir das Gegenteil! Für mich lässt er sein Steak links liegen!«

Ich verschluckte mich an meiner Cola. Hatte sie das gerade wirklich gesagt? Nahm nicht nur Laszlo, sondern vielleicht auch Mae den Mund ein wenig zu voll?

»Einverstanden! Na, dann los!« Roger grinste. »Lass die Funken fliegen. Mae gegen das Steak, Runde eins. Ich wette, so einen harten Kampf gab's noch nie.«

Mae zögerte kurz und funkelte ihn böse an. Doch dann straffte sie ihre Schultern und stand auf.

Ich hielt die Luft an. Oje. Sie würde Laszlo doch nicht wirklich küssen, einfach so, vor allen Leuten? Einen Kerl, der mit nieman-

dem hier sprach und den keiner kannte? Eins war jedenfalls klar: Meine beste Freundin war viel, viel mutiger als ich.

»Mae«, wisperte ich und griff nach ihrem Arm. »Hast du denn jemals auch nur ein Wort mit Laszlo gewechselt?«

Mae warf ihr Haar zurück. »Komm schon, Ophelia. Wenn ich ihn einfach so küsse, denkst du nicht, er würde mich zurückküssen?«

»Bestimmt würde er das. Welcher Junge würde das nicht?«, murmelte ich und meinte es auch so. Mae war blond, groß und sah nicht nur in der vorteilhaften Abenddämmerung unglaublich gut aus. Außerdem war sie kräftig und selbstsicher, was Laszlo sicher imponierte.

»Auf geht's«, lachte sie, machte sich los und ließ sich ungefragt neben Laszlo fallen, der gerade mit einem Stück Brot das letzte bisschen Soße auftunkte.

Neugierig sah er zu ihr hoch. Mae grinste ihn an und langsam überzog auch Laszlos Gesicht ein selbstbewusstes Lächeln. Mae holte tief Luft und dann drückte sie ihm einen ungestümen Kuss auf die Lippen. Er zögerte, doch dann erwiderte er den Kuss und fegte seinen Teller zu Boden, der auf den Steinplatten zerschepperte. Die Schlacht gegen das Steak hatte Mae eindeutig gewonnen.

Die Gespräche ringsum verstummten. Mae und Laszlo zogen alle Blicke auf sich, selbst die der Lehrer. Doch bevor Mr Clarke sich wegen einer Regelverletzung hätte aufregen können, war der Kuss vorüber.

Triumphierend guckte Mae über ihre Schulter in Rogers Richtung.

Der war plötzlich käseweiß geworden. Doch als sich Mae

selbstbewusst umdrehte und zu uns zurückmarschierte, öffnete Laszlo den Mund, legte sich die Hand auf die Brust und sprach.

Auf Russisch.

Mae blieb der Mund offen stehen. Fragend starrte sie Marsha an. »Was hat er gesagt?«

»Keine Ahnung. Ich glaube, er rezitiert gerade ein Gedicht auf Russisch. Und das ist leider auch die einzige Sprache, die er beherrscht.« Gelangweilt biss Marsha in ein Brot mit schottischem Lachs. »Er ist unser Experte für osteuropäische Lyrik, musst du wissen. Und außerdem macht er sich echt gut im Wettessen.«

Roger lachte amüsiert, und ehe ich es verhindern konnte, war er auch schon auf Mae zugeschritten und legte seinen Arm um sie. »Nur Russisch, ja?«

»Ach, halt die Klappe, Roger.« Mae sah aus, als wollte sie am liebsten im Erdboden versinken. Dann fegte sie Rogers Arm von ihrer Schulter und stürmte davon.

Oh nein. Die Arme! Ich wollte ihr eben hinterherlaufen, da spürte ich, wie etwas im Schatten der Dunkelheit über meine Jeans kletterte. Es war das Tante-Helly-Eichhörnchen.

»Gott, erste Liebe ist so kompliziert. In meinem Alter ist man nicht mehr ganz so wählerisch«, fiepte sie und kletterte in die Kapuze meiner Windjacke. »Ich bin schon zufrieden, wenn er Haare und Zähne hat und seine Ohren nicht wie zwei windschiefe Segel vom Kopf abstehen. Was bei Männern hierzulande ab einem gewissen Alter leider einem Lotteriegewinn gleichkommt.«

»Schscht«, machte ich. Würden sich die anderen nicht immer noch über Maes spontanen Überfall auf Laszlo unterhalten, hätten sie das sprechende Eichhörnchen bestimmt bemerkt. »Nicht hier, okay?«

Sie beugte ihre Schnauze so nah an mein Ohr, bis mich ihre Schnurrbarthaare kitzelten. »Dann komm mit. Ich muss dir nämlich etwas Wichtiges erzählen. Ich habe vorhin meine beiden Schwestern auf dem Campingplatz belauscht. Und etwas über das morgige Finale eurer Highland Games herausgefunden, was dich brennend interessieren wird.«

Ehrlich gesagt kümmerte mich das morgige Finale gerade nicht die Bohne. Alles, was mich beschäftigte, war meine beste Freundin Mae und ihre Schmach vor dem Jungen, in den sie verliebt war. Und doch würde Lora mächtig sauer sein, wenn ich die Chance, etwas über das Finale zu erfahren, verstreichen ließ. »Aber mach schnell. Ich muss Mae hinterher.«

»Nein, musst du nicht«, bremste mich Tante Helly.

»Was? Aber ...«, setzte ich an. Doch sogleich sah ich, was sie damit meinte. Jemand anderes war Mae längst gefolgt. Jemand, der weitaus dringenderen Gesprächsbedarf mit ihr hatte.

Es war Roger.

Am finsteren Ufer des Loch Katrine waren das Tante-Helly-Eichhörnchen und ich endlich alleine. Um sich vor den Blicken des Geiers zu schützen, versteckte sich meine Tante unter den dichten Blättern eines Farns im Unterholz.

»Jetzt sag schon!« Ich ließ mich auf einen großen, moosbewachsenen Stein plumpsen. So geheimnisvoll, wie sie tat, war ich nun doch neugierig. »Was hast du herausgefunden?«

»Ehrlich gesagt habe ich keine Ahnung, was ich herausgefunden habe«, gab sie zu. »Es ist mysteriös, so wie alles, womit meine Schwestern zu tun haben. Aber ich dachte, du kannst damit ganz bestimmt etwas an…«

»Tante Helly?«, tönte es aus dem Dickicht. »Bist das du?«

Vor Schreck wäre ich fast ins Gebüsch gekippt. Das war Lora. Und ihre Schritte kamen über den schmalen Trampelpfad direkt auf uns zu. Sie musste mir gefolgt sein.

»Deine Schwester darf mich so nicht sehen! Aber keine Panik, das haben wir gleich« flüsterte Tante Helly und schlüpfte ins Unterholz. Einen Moment später stand sie wieder vor mir, in einem bunt gemusterten Strickkleid. So oft, wie ich sie in letzter Zeit in ihrer Eichhörnchengestalt gesehen hatte, war ihr menschlicher Anblick beinahe ungewohnt.

Keine Sekunde später raschelte es neben uns. »Ophelia? Tante Helly? Was tut ihr beide denn …«

»Oh, hallöchen, Lora! Ich bin ganz zufällig hier vorbeimarschiert und wollte nur mal nach euch sehen«, flunkerte Tante Helly und zwirbelte eine ihrer roten Locken.

Lora runzelte die Stirn. »Mitten in der Nacht? Solltest du nicht zu Hause sein und Mr Darcy hüten?«

Tante Helly winkte ab. »Ach, mach dir keine Sorgen um das Schwein. Das kommt schon alleine zurecht. Außerdem tut es seiner frühkindlichen Entwicklung nicht gut, wenn es sich zu sehr an mich gewöhnt.«

Zum Glück fragte Lora nicht weiter nach, und dass obwohl Mr Darcy kein Baby mehr, sondern bereits sechs Schweinejahre alt war. »Und warum triffst du dich mit Ophelia im Wald?«

»Weil ich ihr etwas verraten möchte«, gab Tante Helly zu. »Etwas, das meine Schwestern gesagt haben und dich auch interessieren könnte. Wie es scheint, ist es eurem Großonkel wirklich sehr wichtig, ob ihr morgen gewinnt.«

Lora warf mir einen kurzen Blick zu. »Das hat uns Paul auch schon gesagt. Haben sie sonst noch etwas ausgeplaudert?«

Tante Helly musterte uns. »Das haben sie. Das ist ja das Mysteriöse an der Sache. Ich kann mir keinen Reim darauf machen. Sie sprachen über ein Rätsel im Wald, um das es MacBiggs geht. Wisst ihr, was sie damit meinen?«

Ich dachte angestrengt nach. Paul hatte auch von einem Rätsel gesprochen, das Lora knacken sollte. War das etwa das Rätsel im Wald? Handelte es sich um die Nacht in der Moorleichenhütte? Dieser Wettkampf war doch schon längst Geschichte.

Zu meinem Erstaunen schien Lora eine Ahnung zu haben, wovon Tante Helly sprach. »Das letzte Spiel morgen. Das war doch die letzten Jahre immer eine Rätselrallye im Gelände. Man musste schnell sein und Fragen beantworten. Letztes Jahr gab es nur seltsame Fußballfragen, deshalb haben wir verloren.«

»Dieses Jahr habt ihr Roger und Cliff dabei«, warf Tante Helly ein. »Ihr habt also eine Chance.«

Lora verdrehte die Augen. »Nicht, wenn uns Eleanor sabotiert.«

»Willst du den Plan immer noch durchziehen? Vorausgesetzt, eine von uns schafft es, sich in Eleanor zu verwandeln«, fragte ich meine Schwester.

Lora deutete mit dem Kinn auf Tante Helly. Sie traute ihr nicht. Vermutlich hatte sie Angst, dass Tante Helly bei Tante Mildred petzte. Aber das würde Tante Helly niemals machen.

»Sie verrät nichts. Nicht wahr, Tante Helly?«, vergewisserte ich mich.

Tante Helly tat, als würde sie mit ihrer Hand den Mund abschließen.

Lora seufzte. »Na gut. Morgen früh versuchen wir es erneut. Also, wenn du es dir noch mal zutraust, dich in Eleanor zu verwandeln, Ophelia?«

Ehrlich gesagt machte mir der Gedanke Angst. »Vielleicht haben wir Glück und Eleanor kreuzt morgen gar nicht auf?«

»Eleanor ist doch nur nachts weg. Tagsüber ist sie meistens nicht weit entfernt«, sagte Lora. »Jetzt zieh bitte nicht den Schwanz ein, Ophelia. Es ist die letzte Möglichkeit, uns an ihr zu rächen. Denk doch nur mal daran, was sie hier alles angestellt hat. Wie sie uns behandelt hat. Ich werde nicht zulassen, dass sie mit all dem davonkommt. Morgen früh werde ich dafür sorgen, dass sie aus dem Wettbewerb fliegt.«

»Ihr werdet nichts dergleichen tun.« Ehe Lora zu Ende sprechen konnte, löste sich ein Schatten aus der Dunkelheit. Eleanor. Ihre Miene war ausdruckslos und ihre Augen waren eiskalt, doch das war es nicht, was mir Angst machte. Viel eher war es das Klappmesser in ihrer Hand. Die scharfe Klinge glänzte im Halbdunkel.

Mir gefror das Blut in den Adern. Was hatte das zu bedeuten?

»Bist du irre?« Lora fuhr erschrocken herum. »Lass sofort das Messer fallen!«

»Tu, was sie sagt, Mädchen«, raunte Tante Helly bestimmt und schob sich schützend vor Lora.

Zu meinem Entsetzen legte sich Eleanors Hand nur noch fester um das Messer. »Auf keinen Fall. Was hab ich denn noch zu verlieren? Sagt mir sofort, was ihr morgen vorhabt! Wollt ihr, dass ich in den Knast wandere? Wollt ihr mir was anhängen?«

Ich betrachtete die Klinge, die Eleanor in meine Richtung hielt. Die Angst kroch mir in den Nacken, während Eleanor einen weiteren Schritt auf mich zu machte. Sie war jetzt eindeutig zu nah an mir dran.

Ohne es zu wollen, musste ich an Cliff denken. Ich erinnerte mich daran, wie er mich im Baumhaus angelächelt und ich dabei weiche Knie bekommen hatte, und an unseren stürmischen Kuss in der Moorleichenhütte. Doch Cliff saß am Feuer und würde mich vermutlich nicht mal hören, wenn ich schrie. Nein, Lora, Tante Helly und ich mussten alleine mit Eleanor klarkommen.

»Jetzt, wo du Ophelia bedroht hast, müssen wir dir gar nichts mehr anhängen, jetzt liefern wir dich bloß aus!«, brüllte Lora. »Und nun lass meine Schwester in Ruhe!«

»Bleib, wo du bist, sonst wird deine Schwester eine schöne Narbe auf ihrer Wange bekommen, sodass sie sich für immer an diesen Sommer in den Highlands erinnern wird«, brummte Eleanor. Sie roch widerlich nach Zigaretten und Schweiß. »Und die ist bloß eine Warnung, versteht sich.«

Während Eleanor sprach, glitt mein Blick zu Tante Helly.

»Verwandel dich! In ein Eichhörnchen«, wisperte sie mir zu. »Und dann kletterst du auf den Baum und verschwindest.«

Das war es! Das war die rettende Idee! So konnte ich an Eleanor vorbeischlüpfen und über die Baumwipfel flüchten. Das würde sie hoffentlich so verwirren, dass Lora und Tante Helly sie überwältigen konnten.

Also los! Trotz Eleanors Klinge vor meinem Gesicht gab ich mir allergrößte Mühe, cool zu bleiben, kniff meine Augen zusammen und stellte mir ein Eichhörnchen vor, wie bei meiner ersten tierischen Verwandlung im Wald.

Doch diesmal geschah rein gar nichts mit mir. Obwohl … Moment mal! Das stimmte so nicht ganz. Meine Ohren kribbelten wie verrückt und schon hatten sie sich verwandelt. Sie waren plötzlich so spitz und wuschelig wie die eines Eichhörnchens. Nur viel, viel größer.

Ach du Schande!

War das etwa … oh, bitte nicht! Eine unvollständige Verwandlung? So gut ich inzwischen auch war, in brenzligen Situationen versagte ich jedes Mal. Mit wuscheligen Ohren würde ich mich jedenfalls nicht vor Eleanor retten können. Damit konnte ich sie höchstens zu Tode kitzeln.

Eleanors Blick fiel auf meine Ohren. Sie zog kurz die Augenbrauen zusammen, dann trat ein seltsamer Ausdruck in ihre Augen. »Hä? Was zum Henker ist denn das für ein Trick?«, fragte sie. Ihr Griff um das Messer lockerte sich, es fiel auf den Waldboden und rutschte ins Gestrüpp.

»Trick?« In mir kochte die Wut hoch. Mit einem Aufschrei stieß ich Eleanor zu Boden. Einige Zweige knackten unter ihr. »Du weißt genau, was eine missglückte Verwandlung ist, also hör endlich auf mit den dummen Spielchen.«

»Verwandlung? Ich weiß nicht, wovon du sprichst!« Eleanor klang plötzlich gar nicht mehr brutal und gefährlich, sondern ziemlich verwirrt. »Du hast mich erschreckt mit diesen … was ist das da eigentlich an deinem Kopf? Sieht aus wie ein beknackter Instagram-Filter.«

»Ophelia!«, rief Tante Helly und sah mich an.

Ich baute mich vor Eleanor auf. So leicht würde ich sie nicht vom Haken lassen, selbst wenn Tante Helly mich zurückhalten wollte. Es war Zeit, Eleanor die Meinung zu geigen. Oder eher, meinem Großonkel. Seit dem Tag im Labor kurz vor meinem Geburtstag war ich unfassbar wütend auf ihn. »Du wolltest das nicht? Ich glaube dir kein Wort! Du überwachst uns, willst uns hier testen, sabotierst unser Team … und jetzt bedrohst du uns auch noch?«

»Ophelia!« Es war wieder Tante Helly.

»Was denn?«, brummte ich und ließ Eleanor einen Moment aus den Augen. Doch meine Tante machte sich nicht etwa Sorgen, dass ich ihr eine verpassen könnte. Stattdessen deutete sie zu einem Ast, auf dem sich ein Geier niedergelassen hatte. Seine gelben Augen glühten in der Dunkelheit.

Ein Geier!

Ein Schaudern überkam mich. Wie konnte das sein? Wenn sich Eleanor und der Geier zur gleichen Zeit am gleichen Ort befanden, dann war Eleanor nicht der Geier, sondern einfach nur ein stinknormales Mädchen.

Die Erkenntnis brachte beinahe meinen Kopf zum Platzen. Mir wurde eiskalt, und ich spürte, wie sich alles um mich zu drehen begann: der im Mondlicht glitzernde See, das nächtliche Wäldchen, sogar Lora, Tante Helly und Eleanor.

Tante Helly bekam mich zu fassen, bevor ich umfallen konnte. Zu Eleanor sagte sie: »Zieh ab, bevor wir dich verpfeifen und du wegen versuchter Körperverletzung in den Jugendknast wanderst.«

Ich blinzelte und sah, wie Eleanor, in deren Miene sich vollkommene Verwirrung abzeichnete, sich aufrappelte. Dann steckte sie ihr Messer in den Schuh und verschwand. Und plötzlich war um mich alles schwarz.

# Siebzehn

Irgendwie musste ich ins Bett gelangt sein, denn das Nächste, was ich sah, war Lora, die bei Sonnenaufgang auf meiner Bettkante kauerte.

»Aufstehen«, wisperte sie. »Wir müssen eine weitere Verwandlung in Eleanor versuchen. Miss Cooper macht Frühstück, Mr Clarke duscht, und Mr Gibs ist im Gelände und bereitet das Finale vor. Wenn du dich also jetzt in Eleanor verwandelst und dich von Mr Clarke und Miss Cooper beim Klauen erwischen lässt, dann …«

»Was ist gestern passiert?«, krächzte ich, rieb mir die Augen und setzte mich auf. Der Schreck steckte mir immer noch in den Knochen. War ich wirklich ohnmächtig geworden? Und hatte mich Eleanor zuvor mit ihrem Messer bedroht?

»Was gestern passiert ist? Wir wissen, dass Eleanor nicht unser irrer Großonkel ist.« Lora schlug meine Decke beiseite, um mich zum Aufstehen zu zwingen. »Nichtsdestotrotz ist sie eine durchgeknallte Psychopathin, an der wir uns rächen müssen. Also los.«

Während Lora mich drängte, hinter die Hütte zu schleichen, damit Mae und Amalia nichts mitbekamen, und dort hektisch in Jeans und Sweatshirt zu schlüpfen, gab ich mir alle Mühe, meine Gedanken zu ordnen. Gestern waren Eleanor und der Geier am selben Ort gewesen. Was bedeutete, dass Eleanor unmöglich mein verwandelter Großonkel sein konnte. Dabei war ich mir so sicher gewesen. Alles hatte so gut zusammengepasst! Wenn ich das nur vorher gewusst hätte, wäre ich nie das Risiko eingegangen, mich vor Eleanors Augen ...

Oh Mist. Die riesigen Eichhörnchenohren schoben sich wieder in mein Gedächtnis. Eleanor hatte alles mitbekommen. Und der Geier ebenfalls.

»Vergiss deine Rachepläne«, sagte ich zu Lora. »Wir haben ein viel größeres Problem. Eleanor kennt unser Familiengeheimnis.«

Doch Lora war nicht zu überzeugen. Sie führte mich an der Feuerstelle vorbei in Richtung Mr Clarkes Hütte. »Mach dir deswegen keine Sorgen. Glaubst du etwa, dass sie einer straffälligen Jugendlichen im Knast so eine irre Geschichte glauben, wenn wir es erst mal so aussehen lassen, als hätte sie Whisky geklaut? Die halten sie doch für sturzbetrunken.«

Mein Blick glitt über das ruhige frühmorgendliche Camp. Die Sonne war schon aufgegangen, und die Vögel zwitscherten, aber es war höchstens fünf Uhr früh. Die meisten von uns lagen noch in ihren Betten. Nur Eleanor war wieder mal weg.

Ihr Zelt stand leer.

Ich blieb wie angewurzelt stehen. Ein mulmiges Gefühl stieg in mir auf. Ein Gefühl, das mir ganz und gar nicht gefiel. »Was, wenn die echte Eleanor gar nicht da ist, um aus dem Camp zu fliegen?«

Lora folgte meinem Blick. Wie immer lag Eleanors Zeug noch vor dem Zelt, nur die Bewohnerin fehlte. »Das ist doch gut. Dann kommt sie wenigstens unserem Plan nicht in die Quere. Und wenn die echte Eleanor zurückkommt, klicken die Handschellen, und sie muss sich für September eine neue Schule suchen. Kann man im Jugendknast unterrichtet werden?«

»Wenn sie überhaupt wieder zurückkommt«, murmelte ich. »Sie lässt das Frühstück nie ausfallen.«

Lora zuckte mit den Schultern. »Vielleicht hat sie stattdessen ein paar rohe Wildschweine verputzt.«

Lora schien Eleanors Verschwinden nicht weiter zu kümmern, doch mir war klar, dass es nichts Gutes zu bedeuten hatte, wenn Eleanor dieses Mal nicht zum Sonnenaufgang zurückgekehrt war. So verrückt sie auch war, dieses Muster hatte sie Nacht für Nacht beibehalten. »Denkst du, etwas stimmt nicht?«

»Ach was. Die kommt doch gut alleine zurecht.«

Da war natürlich was dran. Aber das war nicht das einzige Problem. »Außerdem können wir das Finale nicht spielen, wenn Eleanor nicht da ist. Wir müssen sie finden, bevor ihr Verschwinden den Lehrern auffällt.«

Jetzt endlich zeigte auch Lora eine Gefühlsregung. Grübelnd sah sie mich an. »Du hast recht! Das Finale darf nicht ausfallen. Komm mit auf die Toilette. Wir verschieben die Rachepläne. Du verwandelst dich in Eleanor, und wir ziehen erneut diese Moorleichenhüttennummer ab, um ihr Verschwinden zu vertuschen. Genau wie bei Amalia.« Lora zog die Tür zum Klo auf. »Versuchst du es?«

»Was, hier drin?«, fragte ich. In der Kabine war es noch kälter als draußen. Ich fröstelte.

»Wo denn sonst?«

»Okay, okay.« Wenn ich mich heute früh als Eleanor im Camp

blicken lassen würde, verschaffte uns das etwas Zeit, um die echte Eleanor zu finden. Selbst wenn das bedeutete, mich erneut diesem furchtbaren Gefühl der Verwandlung in Eleanor aussetzen zu müssen. Gegen das hier war Projekt Cliff der reinste Kindergeburtstag gewesen.

»Jetzt konzentrier dich«, forderte Lora mich auf. »Ich weiß, dass du es kannst!«

Ich setzte mich auf den Fliesenboden und bemühte mich, Eleanors Bild in meinem Kopf zu visualisieren. Ohne Erfolg. Allerdings tauchte diesmal nicht nur finsteres Schwarz auf, sondern etwas Neues: eine mysteriöse, dunkle Mauer. Davor wuchsen zwei alte, krumme Tannen. Schlagartig stieg wieder Angst in mir auf, und ich kämpfte gegen den Drang, alles abzubrechen.

»Nicht aufgeben.« Lora griff nach meiner Hand.

»Lora, da ist ein Bild in meinem Kopf«, flüsterte ich, die Augen immer noch fest verschlossen. »Eine Wand.«

»Eine Wand?«

»Ja, aus Backsteinen, alt und verwittert.«

Lora klang, als könnte sie damit absolut nichts anfangen. »Sonst nichts? Kein Bild von Eleanor?«

Moment mal! Da war noch etwas.

»Und eine Tür!«

»Eine Tür in einer Wand?«

»Oder … nein. Es ist ein Tor«, korrigierte ich. Ein schmiedeeisernes, doppeltüriges, mit Ornamenten verziertes Tor, das mich zu sich zu ziehen schien. Fasziniert und gleichzeitig fast starr vor Angst bewegte ich mich darauf zu. Meine Panik verstärkte sich mit jedem Schritt.

»Du darfst auf keinen Fall hindurchgehen, Ophelia«, tönte es

in meinem Kopf. Die Stimme klang wie aus einem Traum, und ich hätte schwören können, sie noch nie gehört zu haben.

»Wer spricht da?«, wisperte ich, die Augen immer noch fest verschlossen. Erst im nächsten Moment merkte ich, dass ich die Frage laut ausgesprochen hatte.

»Ich hab nichts gesagt«, sagte Lora neben mir. Ihre Stimme hallte klar von den Toilettenwänden wider. »Komm schon, Ophelia, gib nicht auf.«

Ich hatte nicht vor, mich von unwirklicher Angst einschüchtern zu lassen. Zumindest noch nicht. Ich wollte durchhalten, auch wenn es mich meine ganze Kraft kostete. Für eine Weile stand ich in Gedanken einfach nur da, im Schatten des düsteren Tors, unsicher, was ich tun sollte, bis aus dem Nichts ein lautes Pochen erklang, das in meinen Ohren widerhallte. Es klang wie ein Herzschlag. Ein immer schneller werdender Herzschlag.

Und dann, ebenso plötzlich, wie es begonnen hatte, hörte das Pochen auf. Es war totenstill.

Vor Panik schlug ich die Augen auf und schnappte nach Luft.

Lora drückte fest meine Hand. »Oh Mist. Ophelia, geht's dir gut?«

»Ich komm schon klar«, röchelte ich, rappelte mich auf und ließ kaltes Wasser über meine Arme laufen. Frustriert betrachtete ich mein Spiegelbild. Ich sah nicht nur müde, abgekämpft und unausgeschlafen aus, mir wuchs auch noch nicht mal eine einzige von Eleanors Haarsträhnen auf dem Kopf. All diese Angst für nichts und wieder nichts. Selbst jetzt, mit offenen Augen, fühlte es sich an, als würde mich dieser Albtraum noch bis in den Tag hinein verfolgen. Was hatte das nur zu bedeuten?

»Es tut mir leid, dass ich dich dazu überredet habe.« Zerknirscht entriegelte Lora die Tür. »Ich wollte nicht, dass es dir schlecht geht.«

Draußen blendete mich die Morgensonne. »Schon gut. Die Verwandlung klappt nicht, Lora, sosehr ich mich auch bemühe. Ich weiß nicht, warum. Aber weil dieser Plan Geschichte ist, müssen wir Mr Clarke und Miss Cooper von Eleanors Verschwinden erzählen. Wir müssen Eleanor suchen. Selbst wenn das bedeutet, dass wir das Finale womöglich nicht spielen …«

»Eleanor ist verschwunden?« Noch ehe ich zu Ende sprechen konnte, rannten wir vor den Waschräumen in Adrian hinein. Er trug bloß Shorts und ein Handtuch um den Hals. Sein Anblick ließ mich augenblicklich rot werden. Schnell schaute ich auf den Boden.

»Ja. Und ich habe das Gefühl, diesmal kommt sie nicht so schnell wieder. Wir müssen melden, dass sie weg ist«, sagte ich.

Adrian runzelte die Stirn. »Aber dann stürmen die Lehrer los und durchkämmen das Gebiet. Wenn wir es melden, dann war's das mit den Highland Games.«

Ich konnte nicht glauben, was ich da hörte. Highland Games hin oder her, ein Mädchen war verschwunden. Und wie bei Jenny hatte auch Eleanor ein Recht darauf, dass man sie suchte.

»Na fein. Dann suche ich sie eben alleine«, entschied ich und warf Adrian einen irritierten Blick zu.

»Jetzt warte doch mal. Hast du schon vergessen, was sie dir angetan hat?«, wisperte Lora. Ich wusste natürlich, was sie meinte. Das Messer gestern am Ufer. »Es wird Zeit, dass du endlich aufhörst, immer nur das Gute im Menschen zu sehen. Was sagst du dazu, Adrian? Deine Stimme entscheidet.«

Adrian überlegte nicht lange. »Deine Schwester hat recht,

Ophelia. Du solltest dich nicht um Eleanor sorgen. Fragt sich nur, wie wir ihr Verschwinden vor Mr Clarke und Miss Cooper geheim halten …«

»So früh und schon ein konspiratives Treffen?« Roger tauchte hinter Adrians Rücken auf. »Was habt ihr vor? Wollt ihr Dons Proteinshakes durch Abführmittel ersetzen? Oder nur ein bisschen betrügen und rausfinden, was uns heute im Gelände erwartet? Ganz egal, was es ist, ich bin dabei!«

Auch Cliff war wohl inzwischen wach, denn er kam um die Ecke und rubbelte seine Haare mit einem Handtuch trocken. Anders als Adrian hatte er zumindest ausreichend Klamotten an, was gut war, denn ich brauchte nicht noch mehr nackte Haut, die mir das Denken erschwerte.

»Eleanor ist weg«, informierte Adrian die beiden. »Und Ophelia möchte heimlich in den Wald gehen und nach ihr suchen.«

Ich nickte bestimmt. »Ich dachte, wir erzählen Mr Clarke und Miss Cooper, dass Eleanor mit Mr Gibs vorausgelaufen ist und auf dem Startplatz ganz oben im Gelände auf uns wartet. Das stellen die beiden bestimmt nicht infrage, und es verschafft uns Zeit, bis ich Eleanor finde.«

»Jemand sollte Ophelia begleiten«, erklärte Cliff, und ich wollte ihm am liebsten um den Hals fallen. Er versuchte nicht, mir den Plan auszureden, sondern sorgte sich auch noch um mein Wohlergehen. »Was wäre, wenn ich …«

»Ophelia muss alleine gehen«, unterbrach ihn Adrian. »Wenn noch jemand fehlt, würde das sofort auffallen. Lora kann Ophelias Verschwinden verstecken, in dem sie sich ab und an mal für sie ausgibt. Wofür hat man sonst eine eineiige Zwillingsschwester?«

Lora schmunzelte. »Das stimmt. Ist ja nur für ein paar Stunden, bis Ophelia Eleanor gefunden hat.«

Cliff zögerte. Er schob sich die nassen Haare aus der Stirn und betrachtete mich. Er stand so nah, dass ich sein Shampoo riechen konnte. »Bist du sicher, dass du das alleine machen willst? Du musst für dieses Mädchen keine Regeln brechen.«

Dieser sorgenvolle Blick reichte schon und ein neuer Anflug von akutem Liebeskummer überkam mich. Mein Herz flatterte so heftig, dass ich Cliff kaum ansehen konnte. »Ehrlich gesagt war ich schon oft hinter der verbotenen Grenze unterwegs. Ich kenne mich aus«, brachte ich hervor. »Und ich denke, ich weiß, wo Eleanor die Nächte verbringt.«

Lora blickte über ihre Schulter. »Miss Cooper ist im Anflug. Wenn du dich also davonschleichen willst, dann solltest du es jetzt tun!«

Ich nickte eilig.

»Ophelia?«, rief Cliff. »Der Startpunkt für das Finale liegt etwa zweieinhalb Meilen nordöstlich, bei Rob Roys Höhlen, nicht weit von der Felsenschlucht. In der Nähe befindet sich ein Forsthaus. Du und Eleanor, ihr findet da hin, ja?«

»Aber klar doch«, log ich. In Wahrheit hatte ich allerdings nicht die geringste Ahnung, wovon er sprach. So viel zum Thema ›Ich kannte mich aus.‹

✵

»Du machst dir Sorgen um das durchgeknallte Mädchen von gestern?«, fragte Tante Helly verwundert. Um bei der Suche nach

Eleanor schneller voranzukommen, hatte ich mich wieder in ein Eichhörnchen verwandelt und das Gelände durchstreift. Erfolglos. Dabei hatte ich nach Tante Helly Ausschau gehalten und sie gerade erst entdeckt – was daran lag, dass Tante Helly heute kein Eichhörnchen war. Sie saß als Rotkehlchen in einem aus Moos und Blättern gebauten Nest in den Tannenwipfeln.

»Was zur … Tante Helly?« Entsetzt starrte ich auf eins der gelblichen gefleckten Eier, die unter ihrem flauschigen Rotkehlchenkörper hervorragten. »Bitte sag mir, dass das hier nicht meine Cousins und Cousinen sind.«

»Cousins und Cousinen?« Tante Helly kicherte und sah dabei aus, als hätte sie sich an einem Wurm verschluckt. »Ophelia, wo denkst du hin? Ich habe diese Eier doch nicht selbst gelegt! Das Nest war verwaist, deshalb hab ich mich in ein Rotkehlchen verwandelt und tue hier meine Pflicht. Im Tierreich zeigt man sich viel zu selten solidarisch, weißt du? Immer nur fressen und gefressen werden, der Kreislauf des Lebens …«

Ich seufzte. Da war natürlich etwas Wahres dran.

»Außerdem sind Rotkehlchen wunderbare Singvögel.« Tante Helly reckte den Hals und zwitscherte eine Melodie, die nach »Circle of Life« aus *König der Löwen* klang. »Wenn du dich auch in einen Vogel verwandelst, Ophelia, könnten wir versuchen, es zweistimmig zu singen, das macht bestimmt Eindruck bei dieser arroganten Spottdrossel da drüben, die mich schon seit geraumer Zeit so blöd anstarrt …«

»Was ist mit Eleanor?«, unterbrach ich sie eilig. »Willst du mir nun helfen oder nicht?«

»Aber natürlich.« Sie hüpfte zur Seite und betrachtete die Eier im Nest. Es waren sieben an der Zahl. Liebevoll deckte sie das

Nest mit Blättern und Moos ab. »Meine kleinen Winzlinge können bestimmt kurz ohne mich zurechtkommen. Mama ist gleich wieder zurück, ja? Also, Ophelia, warum suchen wir diese Irre?«

Ich seufzte. »Ich weiß, es klingt schräg. Aber ich kann nicht zulassen, dass sich keiner um sie kümmert.« Ich dachte an den Tag im Wald, wo ich und Tante Helly Eleanor auf der Lichtung entdeckt hatten. Der Tag, an dem ich als Maes Dalmatiner beinahe verprügelt worden war. »Wenn sie wirklich nicht der Geier ist, ist ihr Verschwinden umso seltsamer. Ich habe diesen Carl in Verdacht. Was, wenn der Eleanor etwas angetan hat?«

Das Tante-Helly-Rotkehlchen kratzte sich mit dem Schnabel im Gefieder. »Dieser gruselige Wilderer, der mit einer Schrotflinte Jagd auf Tiere macht? Und in einer verfallenen Hütte am Westufer des Sees lebt?«

»Ja! Warte mal. Du weißt, wo er wohnt?«, fragte ich und blickte über die Decke aus tannengrünen Baumwipfeln, die sich unter uns ausbreitete. In meinem Eichhörnchenkörper war wieder mal dasselbe eingetreten, was schon zuvor passiert war: Meine Höhenangst hatte sich im Nu verflüchtigt, und ich empfand beinahe so etwas wie Begeisterung für Schottlands Natur, das grüne Tal und die bewaldeten Hügel.

»Na, da, auf fünf Uhr, der Kerl, der gerade eine Bierdose öffnet«, zwitscherte Tante Helly.

Ich folgte ihrem Blick. Tatsächlich. Das war er. Alleine sein Anblick reichte, und die gruselige Erinnerung von neulich stahl sich wieder in meinen Kopf. »Eleanor ist jedenfalls nicht bei ihm. Denkst du, er weiß, wo sie steckt?«

»Nun, er wusste zumindest, wo sich der Friedhof befindet«, antwortete Tante Helly.

Ich lehnte meinen Eichhörnchenkörper gegen einen Baumstamm. »Dann frage ich ihn einfach danach. Natürlich nicht als Eichhörnchen, sondern als Ophelia. Wenn wir den Friedhof gefunden haben, ist bestimmt auch Eleanor nicht weit.«

»Kommt nicht infrage!« Tante Helly schüttelte entschieden den Kopf. »Der Typ ist gefährlich. Hast du denn nicht gehört, was er über das Camp gesagt hat? Er würde dir als Ophelia nie im Leben verraten, wo sich der geheime Friedhof befindet, außer …« Tante Helly schien zu überlegen.

Ich sah sie gespannt an. »Außer was?«

»Außer du verwandelst dich in Eleanor.«

Ich ließ den Kopf hängen. Mist, ich hatte Tante Helly ja noch gar nichts von meinen missglückten Verwandlungsversuchen erzählt. »Das kannst du vergessen. Eine Verwandlung in Eleanor klappt nicht. Jedes Mal, wenn ich es versuche, taucht bloß eine gruselige Mauer in meinem Kopf auf, die mich daran hindert.« Ich warf ihr einen vorsichtigen Seitenblick zu. »Es sei denn, du hast einen Trick auf Lager, wie ich es doch noch hinbekommen könnte.«

»Gruselige Mauer?« Tante Helly säuberte ihr Gefieder und sah dabei aus, als dächte sie nach. »Merkwürdig. Aber das muss nicht heißen, dass man dazu nichts auf unserem geheimen Familienportal finden könnte. Ich frage mich, ob Tante Mildreds Passwort, mit dem ich Tante Roses Inventarliste heruntergeladen habe, vielleicht auch für das Familienportal gilt.«

Ein Hoffnungsschimmer machte sich in mir breit. »Du meinst, du könntest das Passwort knacken? Und mir helfen, mich doch noch in Eleanor zu verwandeln?«

Tante Helly zwinkerte mir zu. »Einen Versuch ist es wert.«

Dann zwitscherte sie vor Freude ein Liedchen und hob sich in die Lüfte. »Aber dazu muss ich irgendwohin, wo es Internet und einen Drucker gibt. Warte auf mich, genau hier. Am besten, du brütest inzwischen die Eier aus!«

»Als Eichhörnchen?«

»Nestwärme ist Nestwärme!«

Seufzend gehorchte ich, kroch ins Nest und setzte mich auf die Vogeleier. Herrje, was tat man nicht alles für seine durchgeknallte Lieblingstante?! Wenn mich der Geier jetzt sah, lachte er sich bestimmt tot.

# Achtzehn

Kurz darauf fand ich etwas heraus, was Cliff bestimmt längst wusste: Rotkehlchen waren zwar ausgezeichnete Singvögel, aber keine sensationell schnellen Flugkünstler. Und so vergingen ganze zwei Stunden, während ich Vogeleier ausbrütete, auf Tante Helly wartete und betete, dass sie sich zwischendurch in etwas Schnelleres verwandeln würde, bis schließlich meine Eichhörnchenverwandlung von alleine verschwand und ich mich in meinem menschlichen Körper wiederfand. Zum Glück merkte ich es früh genug und kletterte vorher den Baum hinunter. Ich kauerte mich unter einen Felsvorsprung, schlang die Arme um meine Beine und fragte mich dabei, wo Eleanor steckte. Ob es ihr gut ging? Und ob Lora, Cliff und die anderen viele Meilen entfernt bei Rob Roys Höhle bereits mit dem Wettbewerb begonnen hatten? Hatte Lora es geschafft, Eleanors und mein Verschwinden zu verheimlichen?

Gerade als ich beobachtete, wie sich ein Rotkehlchen auf das Nest setzte, das offenbar gar nicht verwaist war, und überlegte, ob ich alleine weiterziehen sollte, um Eleanor zu suchen, kehrte Tante Helly zurück. Sie steckte nun im Körper eines viel schnelleren Wanderfalken und hatte sich ein zusammengerolltes Blatt

Papier mit einem Stück Schnur um ihre linke Vogelkralle gebunden.

»Ja, ja, spar dir den Kommentar, ich weiß, ich sehe aus wie eine dusselige Brieftaube«, schimpfte sie und versuchte, mit dem Schnabel den Knoten um die Kralle zu lösen. »Aber das Geheimnis, das ich auf der gesperrten Familienwebsite entdeckt habe, ist es wert. Du wirst mich lieben. Du wirst sagen: Tante Helly, du bist die größte, beste und genialste Tante der Welt und hast mir erneut den Allerwertesten gerettet. Sag es!«

Ich kniff die Lippen zusammen. »Zuerst will ich sehen, was du da hast.«

»Nichts weniger als einen genialen Trick, um dich in Eleanor zu verwandeln.« Tante Helly mühte sich immer noch mit dem Strick um ihre Kralle ab. »Verdammter Schnabel! Kannst du mir mal helfen?«

Prompt löste ich die Schnur und rollte das Stück Papier auseinander. Es war eine ausgedruckte Seite, die ohne Zweifel aus dem Familienportal stammen musste. Die verpixelten Grafiken und unscharfen Symbole darauf erkannte ich sofort wieder.

»Lies mal vor«, forderte mich Tante Helly auf.

*»Einführung in Spezialverwandlungen. Oder: Wie Sie besonders schwierige Verwandlungen in kürzester Zeit meistern, wenn Sie wenig bis gar nichts über Ihr Verwandlungsobjekt wissen«*, las ich. »Na prima. Hättest du das nicht mal ausgraben können, bevor ich mich in den kompliziertesten Jungen der Welt verwandeln musste?«

»Nicht meckern, weiterlesen«, befahl der Wanderfalke.

Ich seufzte und widmete mich wieder dem Papier. *»Achtung! Nur für geübte Verwandler und Verwandlerinnen. Zu Risiken und Ne-*

*benwirkungen fragen Sie das Familienmitglied Ihres Vertrauens oder Dr. MacBiggs.«* Ich sah auf. »Ist das ein Scherz?«

»Ich wünschte, irgendetwas in dieser Familie wäre ein Scherz.« Tante Helly seufzte. »Weißt du jetzt, warum dir diese Seite vorher nicht geholfen hätte? Sie ist nur für geübte Verwandler gedacht.«

»Aber mittlerweile bin ich doch geübt, Tante Helly«, versicherte ich ihr.

Der Wanderfalke legte den Kopf schief. »Und warum sitzt du dann nicht als Vogel in meinem Nest und brütest meine Eier aus, sondern steckst wieder in deinem eigenen Körper?«

»Weil das Nest gar nicht verwaist ist«, brummte ich. »Sieh mal.«

»Oh! Wie wunderbar!« Doch dann zog sie mit ihrem Schnabel das Blatt aus meiner Hand und begann, hektisch darauf herumzukauen. »Vielleicht solltest du dich lieber doch nicht an gefährliche Verwandlungen wagen.«

»Jetzt gib schon her.« Ungeduldig riss ich ihr das Blatt aus dem Schnabel. »Bevor du wieder Papier frisst, so wie neulich in meinem Spind vor Cliffs Schwester. Also, lass mal sehen, was haben wir denn da? *Spezialverwandlungen*, bla bla bla, *gefährlich und nur mit äußerster Vorsicht ... kann kreislaufschwachen und schwangeren Personen erheblichen Schaden zufügen ... äußerste Konzentration abverlangen*. Ah, hier endlich die Anleitung. *Wenn Sie sich in eine Person verwandeln wollen, die Ihnen extrem schwerfällt, könnten Sprungverwandlungen genau das sein, was Sie suchen.«* Ich sah auf. »Sprungverwandlungen? Ich kenne Doppelverwandlungen. Wenn man sich von einer Verwandlung in die nächste katapultiert.«

»Sprungverwandlungen sind gar nicht so anders.« Jetzt saß Tante Helly auf meiner Schulter und spähte aufs Papier in meinen

Händen. »Du musst dich von einer Verwandlung in die nächste begeben und dabei Schritt für Schritt den Schwierigkeitsgrad erhöhen. Bis du dich zuletzt an Eleanor heranwagst. Und zwar innerhalb einer Minute.«

»Innerhalb einer Minute? Was soll das werden, eine Verwandlungsolympiade?«

»Die Technik macht sich ein bestimmtes Prinzip zunutze. Wenn du frisch in deiner neuen Verwandlung ankommst, hat sich dein alter Körper noch nicht an die Feinstofflichkeiten des neuen Zielobjekts angepasst und macht dich empfänglicher dafür, dich schnell wieder in jemand Neues ...«

»Ach, weißt du was, erspar mir die Details.« Ich winkte ab. Mir war kalt, ich hatte großen Hunger und wollte die unliebsame Verwandlung in Eleanor einfach nur hinter mich bringen, zum Friedhof gelangen, die echte Eleanor einsammeln und wieder verschwinden. Verrückte Erklärungen, die mir Kopfweh bereiteten, konnten mir gestohlen bleiben. »Legen wir los. Welche Verwandlungen soll ich erzeugen? Und in welcher Reihenfolge?«

»Verwandlungen von leicht bis schwierig«, erklärte Tante Helly. »Am besten, du beginnst bei Lora, sie war immerhin deine erste vollständige Verwandlung. Dann machst du weiter bei Cliffs Monsterschwester Penelope, die ist doch ein Kindergeburtstag für dich, anschließend Roger, dann Cliff, der war ja bisher deine größte Herausforderung, und zuletzt wagst du dich an Eleanor heran. Und das alles in einer Minute.«

Puh. Und ich hatte immer angenommen, sechzig Sekunden Liegestütze mit Medizinball auf dem Rücken im Sportunterricht wäre die härteste Minute meines Lebens gewesen.

»Und wo soll ich es machen? Gleich hier?«, fragte ich unsicher. Unbehagen stieg in mir auf. Nicht nur wegen der vielen Verwandlungen, die es zu schaffen galt, sondern auch, weil ich mich vor der Verwandlung in Eleanor fürchtete. Ob es sich genauso gruselig anfühlen würde wie die Male zuvor?

»Da ist eine kleine Höhle.« Tante Helly deutete mit dem Schnabel auf die Stelle, an der ich mich zuvor vor dem Wind in Sicherheit gebracht hatte. »Dort kann uns weder Carl noch der Geier entdecken. Hab keine Angst, ich bin bei dir und beschütze dich.«

Beschützen? Als Vogel? Wie sollte das denn funktionieren? Doch anstatt darüber nachzudenken, wagte ich mich in die kleine Höhle, die in der Dämmerung zwar kalt und ungemütlich war, aber tatsächlich ihren Zweck erfüllte. Ich setzte mich auf den steinigen Boden, nahm meine Armbanduhr ab und legte sie vor Tante Helly.

»Eine Minute, sagtest du?«, fragte ich nach.

Tante Helly hüpfte auf einen großen Stein. »Genau. Vier Verwandlungen sollten reichen, bevor Eleanor dran ist. Macht etwas mehr als zehn Sekunden pro Verwandlung. Und jetzt schließ die Augen und lausche meiner Stimme. Ich werde dir sagen, an welcher Stelle du dich gerade befindest und was du zu tun hast. Sieh es einfach als eine Art geführte Meditation. Nur ohne Entspannung. Bereit?«

»Bereit«, murmelte ich, auch wenn mir Tante Hellys Plan in Wahrheit viel zu schnell ging. Aber bereiter als jetzt würde ich wohl nie werden. Also los.

Wir warteten, bis der Sekundenzeiger kurz vor der Zwölf stand, dann schloss ich die Augen.

»Und los«, erklärte Tante Helly eilig, als die Minute zu laufen begann. »Zuerst Lora. Denk an deine erste Verwandlung in sie, damals auf der Royal Mile. Denk an alles, was du über sie weißt. Denk daran, welchen Unfug sie mit den Verwandlungen immer anstellt, daran, wie verknallt sie in Paul ist, in der Dusche ständig Gespräche mit ihm übt und sich vor der Abreise ein heimliches Tattoo mit ihren Initialen …«

»Sie hat *was* gemacht?«, rief ich erstaunt.

»Konzentrier dich«, mahnte Tante Helly. Hoffentlich war die Entfernung des Tattoos nicht zu teuer, wenn ihr das Laborkaninchen das Herz brach.

»Okay, das sieht so weit gut aus, jetzt nur nicht nachlassen!«

»Warte, das heißt, ich bin Lora?«, fragte ich, die Augen immer noch geschlossen. Mein Körper kribbelte bis in die Fingerspitzen, wie so oft, wenn ich mich verwandelte. Doch eine komplette Verwandlung in nur wenigen Sekunden? Erstaunlich, dass ich tatsächlich so gut war.

»Und jetzt Penelope. Mach schnell, zwölf Sekunden sind schon rum!«, drängte Tante Helly.

Zum Glück ging die zweitschwierigste Verwandlung ebenso rasch. Es brauchte nur eine kurze Erinnerung an Penelopes pinke Glitzerschühchen, ihre Zöpfe, ihre Vorliebe für Kätzchen und ihr teuflisches Wesen, schon legte das Kribbeln einen Gang zu. Es fühlte sich an, als ob die Kraft, die in mir schlummerte, an Stärke gewann. Unglaublich!

»Hatschi«, entfuhr es mir.

»Oh, das Kätzchenmonster ist wohl immer noch eine kleine Bazillenschleuder. Na egal, weiter im Text! Komm schon, jetzt Roger! Denk an alles, was orange ist! Karotten, Orangen, Kürbisse, das wütende Emoji auf dem Handy, Donald Trumps Haarschopf …«

Ich brauchte gar nicht erst an Emojis oder Donald Trump zu denken. Ein kurzer Gedanke an Rogers Gefühle für Mae reichte aus und das Kribbeln war im Turbogang. Gerade als ich mich fragte, ob sie sich endlich ihre Liebe gestanden hatten, unterbrach mich Tante Hellys Jauchzen.

»Geschafft! Fünfunddreißig Sekunden vorbei! Und jetzt Cliff!«, rief sie.

Cliff. Seinen Namen zu hören, reichte, und die Freude über Rogers und Maes mögliches Happy End löste sich in Luft auf. Ich hatte nicht die geringste Lust, mich in ihn zu verwandeln – und hatte es auch seit meiner Party nicht mehr getan. Zu sehr fürchtete ich, erneut in Liebeskummer zu ertrinken. Aber was hatte ich für eine Wahl? Noch dazu lieferte mir Tante Helly in diesem Moment ein genaues Charakterporträt von ihm.

»… denk an das Theaterstück und den verpatzten Wettbewerb mit den Vogelgattungen, der ihn so gekränkt hat. Daran, dass er Käsemakkaroni liebt, Bettenburgen baut und sich um seine durchgeknallte Schwester kümmert … komm schon, Ophelia, konzentrier dich! Du schaffst es! Denk an ihn!«

Ich riss mich zusammen und stellte mir Cliff vor, ignorierte sogar das verliebte Flattern in meiner Magengrube, doch nichts tat sich. Ich war immer noch Roger. Und die Zeit lief.

»Versuch es mit seiner Liebe für Amalia!«, schlug Tante Helly vor. »Das war es doch, was beim letzten Mal eine erfolgreiche Verwandlung in ihn ausgelöst hat. Schnell, beeil dich!«

Ich nickte. Doch anstatt an Amalia zu denken, stahl sich plötzlich der Gedanke an Cliff und mich im Baumhaus in meinen

Kopf. Der Moment, als er mir seine Geheimnisse verraten hatte. Ein kurzer Gedanke daran reichte und mein Herz schlug prompt schneller. Das Kribbeln in mir war nun so stark, dass ich es nicht mal gespürt hätte, wenn mich Tante Helly in den Arm gepikst hätte.

»Volltreffer, Ophelia!«, jubelte Tante Helly und holte mich zurück in die Realität. »Und jetzt Eleanor! Achtzehn Sekunden, du schaffst es!«

Moment mal. War ich wirklich Cliff? Obwohl Tante Helly es mir verboten hatte, öffnete ich die Augen und blickte auf Cliffs Beine, die in seinen alten Sneakers steckten. Ich war er! Doch warum hatte ich mich soeben in Cliff verwandeln können, während ich keinen einzigen Gedanken an Amalia verschwendet …

»Sag mal, bist du eingeschlafen?«, rief Tante Helly wütend. Die Aufregung in ihrer Stimme war kaum mehr zu überhören. »Zwölf Sekunden! Mach schon!«

Mit aller Kraft verbannte ich Cliff aus meinen Gedanken und konzentrierte mich auf mein Ziel. Mein letztes Ziel. Die schwerste Verwandlung seit jeher.

Eleanor.

Kaum, dass ich an sie dachte, baute sich das Bild der Mauer erneut in meinem Kopf auf. Alles war wieder da: das gotische Portal mit der schwarzen Türklinke in der Wand. Sogar die Tannenbäume davor. Und natürlich die Angst. Die ganz besonders.

»Geh nicht durch das Tor, Ophelia. Hörst du? Hör auf!«

Da war sie wieder, die Stimme. Doch diesmal ahnte ich, was ich zu tun hatte. Um Eleanor zu werden, musste ich durch das Tor gehen. Ich musste den Türgriff in die Hand nehmen. Und ich würde es schaffen.

»Acht, sieben, sechs …«, zählte Tante Helly den Countdown herunter.

Langsam, Schritt für Schritt, ging ich auf das Portal zu. Die Angst lähmte jeden Zentimeter meines Körpers.

»Fünf, vier …«, drang Tante Hellys Stimme an mein Ohr.

Ich war an dem Portal angekommen. Es war hoch, herrschaftlich und Furcht einflößend, und auch meine Umgebung wirkte düster, während die Tannen im Wind flüsterten, fast so, als wollten auch sie mich warnen. Nur wovor?

»Komm schon, Ophelia, jetzt oder nie!« Zumindest Tante Helly sprach mir Mut zu. »Zwei, eins …«

»Tu es nicht«, wisperte die Stimme in die Stille.

Doch ich tat es. Noch bevor Tante Hellys Countdown auslief, legte ich meine Hand auf den kalten Griff des Tors und öffnete es. Plötzlich war da ein reißender Schmerz in mir. Es zog, es brannte und es hämmerte in meiner Brust. Meine Angst steigerte sich ins Unermessliche, während sich ein einzelner, letzter Gedanke in meinem Kopf formte: Das Tor zu öffnen war ein Fehler gewesen. Ein verdammt großer Fehler. Vielleicht sogar ein tödlicher Fehler.

Das Letzte, was ich hörte, war mein eigenes Herz, das einen lauten, kraftvollen Schlag von sich gab, der wie ein Paukenschlag widerhallte. Und dann war alles schwarz.

# Neunzehn

Das Erste, was ich bemerkte, war Tante Helly, die aufgeregt durch die Höhle tigerte und Selbstgespräche führte. Dann kauerte sie sich neben eine Pfütze, formte ihre Hände zur Schale, fing darin Wasser auf, und bevor ich es verhindern konnte, schüttete sie es mir ins Gesicht.

»Tante Helly! Schon gut, beruhige dich! Ich bin wach! Es geht mir gut!«, rief ich. Prustend setzte ich mich auf. Ich war ohnehin schon am Erfrieren, da brauchte ich nicht auch noch eine Ladung Eiswasser in meinem Gesicht. »Was soll das?« Ich sah mich um. »Was ist passiert?«

»Du warst ...« Tante Helly fiel neben mir auf die Knie. Sie war wieder meine verrückte Tante in ihrem Lieblingsstrickkleid. Eine Weile schien sie um Fassung zu ringen, doch dann brachen alle Dämme und sie begann zu schluchzen. »Meine Güte, du hast mir einen Schreck eingejagt! Zum Glück geht es dir gut! Ich hätte mir nie vergeben, wenn dir etwas zugestoßen wäre, immerhin war ich es, die dir diese Sprungverwandlungen erst vorgestellt ...«

»Jetzt mal langsam.« Mein Kopf dröhnte, dabei versuchte ich mich zu erinnern, an welcher Stelle Tante Helly einen Nervenzusammenbruch erlitten hatte. Da war die letzte Verwandlung in

Eleanor, das gruselige Tor in der Wand, der einzelne, laute Herzschlag, als ich das Tor schließlich geöffnet und der sich angefühlt hatte, als sei er mein letzter gewesen. Eine Vermutung formte sich in meinem Kopf, die mich gleichzeitig hoffnungsvoll und seltsam ängstlich machte. »Warte mal, Tante Helly, bin ich etwa Eleanor?«

»Das bist du.« Merkwürdigerweise schien Tante Helly sich nicht darüber zu freuen. »Aber zu welchem Preis!« Jetzt schossen wieder Tränen in ihre Augen. »Ich hatte nicht den leisesten Schimmer, was ich tun sollte. Ich wollte mich in ein Pferd verwandeln, dich auf meinen Rücken hieven und dich irgendwo hinschaffen, wo man dir helfen kann, egal, ob der Geier davon Wind bekommt oder nicht.« Sie seufzte. »Ophelia, du warst ...«

»Bewusstlos?«, fragte ich. Dass mir offenbar ein paar Augenblicke fehlten, fand ich nicht ganz so dramatisch.

Tante Helly schüttelte langsam den Kopf. Da war etwas in ihrem Blick, das mir ganz und gar nicht gefiel. »Du hattest weder Atem noch Puls.«

Gänsehaut kroch über meine Arme. Keinen Puls, keine Atmung? Hieß das, Tante Helly dachte, ich sei ...

Ich wagte es nicht, den Gedanken zu Ende zu bringen.

»Aber jetzt bist du wohlauf.« Tapfer blinzelte Tante Helly die Tränen weg und lächelte mich an. »Und du bekommst sogar langsam wieder Farbe im Gesicht.«

Ich erwiderte ihr Lächeln und versuchte zu verdrängen, dass keiner von uns so recht verstand, was eben geschehen war. Alles, was zählte, war, dass es mir jetzt wieder gut ging. Und dass meine Verwandlung geglückt war. Das Licht reichte aus, um zu erkennen, dass ich nicht mehr meine oder gar Cliffs Klamotten trug.

Stattdessen steckte ich in alten Jeans, Bikerstiefeln und einer Armyjacke, dazu fielen mir rote Haarsträhnen über die Schultern.

Ich hatte es tatsächlich geschafft! Ich war Eleanor!

»Dann können wir ja loslegen, Carl nach dem Weg zum Friedhof fragen und dort Eleanor einsammeln«, bot ich an. Ich fühlte mich überraschend kräftig und energiegeladen und spürte dabei, wie mein Körper immer noch sanft vor sich hin kribbelte. Waren das die Nachwirkungen des Energieschubs der Verwandlung? Fühlte sich gar nicht schlecht an. Im Gegenteil. Es fühlte sich mächtig an.

»Na fein. Tun wir es, sonst war all das umsonst.« Tante Helly nahm mich an der Hand. »Allerdings haben wir nicht viel Zeit. Bei schwierigen Verwandlungen kann es jederzeit passieren, dass man sich in sich selbst zurückverwandelt.«

Das stimmte. Ich erinnerte mich daran, dass meine beinahe perfekte Verwandlung in Cliff damals auch nicht besonders lange gehalten hatte. Deshalb eilten wir durch den Wald zu Carls Feuerstelle und stoppten erst wenige Meter davor. Es war inzwischen Nachmittag, Carl grillte sich offenbar etwas zu essen, während der Rauch des Feuers zwischen den Tannen in den Himmel stieg. Carl saß immer noch vor den Flammen und nippte an seinem Bier, sein Jagdgewehr dicht neben ihm.

»Du schaffst das«, sprach mir Tante Helly Mut zu.

Ich atmete tief ein. »Sitzt meine Verwandlung noch?«

»Bombenfest.«

»Dann los«, murmelte ich, wagte mich aus meiner Deckung im Gestrüpp und schlich langsam auf Carl zu. Als er meine Schritte im Gras hörte, schoss sein Blick in meine Richtung. Wütend funkelte er mich an.

Ich erstarrte und wäre am liebsten wieder umgedreht. Nicht auszudenken, wäre ich ihm als Ophelia begegnet. Zum Glück hatte Tante Helly mir diesen Plan ausgeredet!

»Hi, Carl!«, wisperte ich. »Ich bin's! Eleanor! Erkennst du mich denn nicht?«

Gott sei Dank entspannte sich Carls Blick. Doch seine grauen Augen musterten mich argwöhnisch. »Du Irre hast mich beim letzten Mal getreten! Wenn du das noch mal tust, bist du dran.«

»Tut mir leid. Darf ich zu dir kommen?«, bot ich an.

Carl betrachtete mich immer noch skeptisch. »Was willst du? Ich geb dir nichts von meinem Würstchen und dem Bier ab, verstanden?«

»Davon will ich auch gar nichts«, erklärte ich, obwohl ich für ein halbes Würstchen getötet hätte, so hungrig, wie ich inzwischen war. »Ich möchte bloß, dass du mir noch mal den Weg zum Friedhof erklärst. Ich habe die Karte verloren.«

Carl schien zu überlegen. Dann stand er auf und ging auf mich zu. Die Flinte ließ er im Gras liegen. »Erst will ich was von dir.«

Oje. Ängstlich blickte ich mich um. Tante Helly kauerte nicht weit entfernt im Gebüsch, sie würde mich retten, wenn ich in Gefahr geriet. Ich durfte Carl keine Angst zeigen. Eleanor zeigte nie Angst.

»Und was?«, fragte ich mutiger, als ich mich fühlte.

Carl packte meine Hand und zog mich zu sich. Er sah jetzt ganz und gar nicht mehr gefährlich aus, sondern vielmehr amüsiert. »Einen Kuss?«

Igitt! War der Kerl jetzt komplett irre? Alleine beim Gedanken daran, ihn zu küssen, zog sich alles in mir zusammen. Außerdem stank er nach Ruß und Bier.

Ich verdrehte genervt die Augen, so wie Eleanor es immer tat. »Zuerst die Wegbeschreibung.«

»Frauen und ihr Orientierungssinn.« Carl seufzte, zog mich zu sich, die Lippen so nah an meinem Ohr, dass mich seine Bartstoppeln kitzelten. »Dabei ist es doch gar nicht so schwer. Du folgst dem Wanderweg eine Meile in Richtung Stirling. Sobald du auf den Fluss triffst, biegst du nach rechts ab, über die alte Brücke, bis sich der Weg verläuft. Dann müsstest du die ersten Grabsteine ausmachen können. Aber pass bloß auf, dass du nicht darüber stolperst.« Sein Gesicht kam näher und er spitzte die Lippen. »Und jetzt der Kuss!«

Ich dachte nicht im Traum daran. Als Carl die Augen schloss, trat ich ihm mit aller Kraft gegen das Schienbein. Der Treffer saß noch besser, als ich es beabsichtigt hatte. Lag wohl daran, dass an Eleanors Stiefelspitzen Metallkappen angebracht waren. Carl schrie auf.

»Das ist für den Dalmatiner«, knurrte ich.

»Du kleines Miststück!« Carl stürzte auf den Waldboden und wand sich vor Schmerzen. »Gib besser auf! Du wirst den Friedhof vor Einbruch der Dunkelheit ohnehin nicht finden!«, jaulte er.

In diesem Moment stürmte Tante Helly auf mich zu, diesmal wieder in ihrer altbekannten Eichhörnchengestalt.

»Lauf, Ophelia!«

Ich gehorchte und warf einen eiligen Blick zurück. Carl hatte sich wieder gefangen und aufgerappelt, doch plötzlich stolperte er und flog erneut auf die Schnauze.

»Ich habe seine Schnürsenkel aneinandergebunden«, rief Tante Helly, die sich auf meiner Schulter festkrallte. »Das müsste uns genügend Vorsprung verschaffen.«

»Das ist ja ein uralter Trick!«

»Uralt, aber …«

Ein Schuss unterbrach Tante Helly mitten im Satz. Ich erstarrte vor Schreck, während sich die Vögel über unseren Köpfen von den Ästen erhoben und davonflatterten. Bestimmt war der Schuss meilenweilt zu hören gewesen.

»Das war nur ein Warnschuss. Er ist zu weit weg, um uns ins Visier zu nehmen«, beruhigte mich Tante Helly. »Komm schon, lass uns Eleanor finden und uns gleich danach in irgendetwas Unverfänglicheres verwandeln, das Carl nicht erschießen oder mit Eisenstangen erschlagen will. In zwei Bierdosen oder so.«

»Gute Idee.« Ich schluckte fest, lehnte mich kurz gegen einen Stamm und kniff die Augen zusammen. »Ich verwandle mich schnell zurück.«

Tante Helly kletterte auf meine Schulter. Ich konnte spüren, wie ihr Eichhörnchenkörper vor Aufregung schlotterte. »Und? Versuchst du's schon?«

»Natürlich.« Frustriert machte ich die Augen auf. »Hat sich irgendetwas getan?«

Tante Helly schüttelte den Kopf. »Gar nichts.«

Ich seufzte. Verwandlungen in Stresssituationen gelangen mir so gut wie nie, und wenn ich es jetzt erneut probierte, würde ich nur noch mehr Zeit verlieren. Carl wusste, wo ich hinwollte, und würde mir folgen, also mussten wir uns beeilen, gerade jetzt, wo ich immer noch in Eleanors Körper steckte und ihn offenbar auch nicht so schnell verlassen konnte – zumindest nicht, bis sich mein Herzschlag auf ein gesundes Maß gesenkt hatte. Also rannte ich wieder los.

Nach einer Weile erreichte ich schließlich den von Carl beschriebenen Bach und die verfallene Brücke. In diesem Teil des Waldes war ich noch nie zuvor gewesen. Er war wilder und unberührter als der Rest der Gegend. Oder kam mir das in dem schattigen Wäldchen nur so vor?

»Ophelia!«, rief Tante Helly und deutete ins Dickicht. »Schau mal da rüber. Da ist eine verfallene Mauer.«

Ich gehorchte und erstarrte vor Schreck. Die verwitterte, eingestürzte Mauer und die beiden Tannen, die sich im Wind wogen, kamen mir seltsam bekannt vor.

»Was ist denn los?« Ungeduldig zupfte Tante Helly an meiner Armyjacke. »Das muss der Friedhof sein! Komm schon, lass uns nachsehen, ob Eleanor dort ist.«

»Das ist der Ort …«, flüsterte ich.

»Welcher Ort?«, fragte Tante Helly.

»Der Ort aus meinem Traum. Oder eher meiner Vorstellung. Du weißt schon, bevor ich mich in Eleanor verwandelt habe.« Wie in Trance ging ich auf die Mauer zu, nur dass mich diesmal keine unerklärliche Angst stoppen wollte. Im Gegenteil, ich fühlte mich von diesem magischen Ort im Wald seltsam angezogen. »Bloß das Tor fehlt. Obwohl, da, diese runden Aussparungen in den Mauerresten. Da könnte das Tor einmal gewesen sein.«

»Wie seltsam«, murmelte Tante Helly.

Seltsam war gar kein Ausdruck. Doch ich war nicht so weit gekommen, um hier umzudrehen. Als ich schließlich über die verfallene Mauer kletterte, offenbarte sich mir der alte Friedhof. Vor mir lagen unzählige keltische Grabsteine, mit Moosflechten bewachsen oder von Efeu umrankt. Das Scharnier einer alten Laterne knarzte im Wind.

»Möchtest du dich nicht wieder in Ophelia verwandeln, Liebes?«, empfahl Tante Helly. »Nur damit die echte Eleanor nicht schreiend davonläuft, wenn sie ihr exaktes Ebenbild entdeckt … was guckst du denn so erschrocken? Ich weiß, so ein alter Friedhof ist supergruselig, aber es war ja immerhin unser Plan, hierherzukommen.«

Der Friedhof ängstigte mich nicht im Geringsten. Es war eher das, was sich auf dem Friedhof befand. Vor mir stand ein Grabstein. Es war ein steinernes keltisches Kreuz mit einem mir bekannten Nachnamen und einem Todesdatum darauf. *Eleanor Hunter, gestorben im Juli 1918.*

»Tante Helly, ich glaube, ich weiß, warum Eleanor immer hierherkommt. Jemand aus ihrer Familie liegt hier begraben. Und sie hieß genauso wie sie. Es muss ihre Verwandte sein!«

»Tatsächlich.« Tante Helly kletterte auf das Kreuz und betrachtete die goldene Gravur auf dem Grabstein. »Da steht noch mehr. Lass mich mit meinem Staubwedelschwänzchen dafür sorgen, dass wir alles lesen können.«

*»Im Alter von achtzehn Jahren ertrunken im Moor, möge Gott ihrer Seele gnädig sein«*, las ich. »Heißt das, wir stehen vor dem Grab des Moorleichenmädchens?«

Tante Hellys Eichhörnchenschwanz begann zu zittern. »Die Legende ist also doch wahr.«

Da war noch mehr. Ich stürzte auf den Grabstein zu und entfernte den jahrhundertealten Dreck mit meinem Sweatshirt. Ein farbloses, in einen kleinen Rahmen eingelassenes Bild kam zum Vorschein. Ein Bild, das die mir bekannte Eleanor zeigte – nicht in Armyjacke und mit verrücktem Haarstyle, sondern im Stil der letzten Jahrhundertwende. Brav, züchtig und mit Haardutt.

Das hier war keine Verwandte mit gleichem Namen, sondern unsere Eleanor. Und sie war tot.

Ich hatte mich in eine Tote verwandelt.

Mir wurde plötzlich übel.

»Sie ist ein Geist«, quiekte das Eichhörnchen nicht weniger erschrocken und plumpste rückwärts vom Grabstein. »Ophelia, du hast dir die letzten Wochen mit einem Geist das Camp geteilt! Ich pinkel mir vor Angst gleich ins Fell.«

»Schscht«, machte ich und gab mir Mühe, nicht auf der Stelle durchzudrehen. Und möglichst zu verdrängen, dass mein Verwandlungsoriginal tief unter mir in einem Sarg lag. Ich musste klar denken. »Eleanor ist kein Geist. Es gibt keine Geister. Was es allerdings sehr wohl gibt, sind genügend Verrückte in unserer Familie, die sich wie ich in eine Verstorbene verwandeln können. Fragt sich nur, wer ...« Ich brach ab, als sich ein Schatten in der Luft vor die Sonne schob. Vor Schreck fiel ich ins Gras.

Es war der Geier. Während er sich zur Landung auf dem Grabstein niederließ, verschwand Tante Helly in meiner Armyjacke.

»Das *wer* ist nicht so wichtig. Frag dich lieber, warum«, begann der Geier. Doch dann verschwammen seine Umrisse zu einer menschlichen Gestalt. Es war Mr Gibs. Der Betreuer aus unserem Camp, den wir alle am liebsten mochten. Der freundliche, seriensüchtige Mr Gibs mit den Hamsterbacken und den bunten, stets passenden Sweatshirts, der die Moorleichenhütte dekoriert und uns Tag für Tag vor dem strengen und miesepetrigen Campleiter Mr Clarke beschützt hatte. Er lehnte sich an den Grabstein und schickte mir zur Begrüßung ein Flatterküsschen.

»Sie?«, entfuhr es mir. Ich musste zweimal blinzeln, um es zu glauben. Doch dann kam mir seine Verwandlung in einen Hirsch unten am See in den Sinn und dazu die Tatsache, dass niemand meinen Großonkel je in seiner menschlichen Gestalt gesehen hatte. Ich hatte zwar überprüft, ob der Geier Eleanor war, aber nie, wer es sonst sein konnte. Waren Gibs und der Geier tatsächlich nie gleichzeitig am selben Ort gewesen?

Und dann war da auch noch der auffällige Name. Am ersten Tag hatte er sich schließlich als Cam G. Gibs vorstellt. Und das war ein Anagramm von MacBiggs. Warum war mir das nicht früher aufgefallen?

»Ach, Ophelia, jetzt guck doch nicht so enttäuscht. Ich erkläre dir gerne alles, was während dieser Spiele passiert ist und was du noch nicht ganz verstehst.« Plötzlich raschelte es im Gestrüpp. »Aber wenn möglich in ausreichender Entfernung von diesem Friedhof, einverstanden? Dir ist nämlich immer noch ein Wilderer mit Jagdgewehr auf den Fersen, nur zur Erinnerung.«

In meinem Kopf drehte sich alles. Ich war nicht geneigt, meinen Großonkel einen Deut lieber zu mögen, nur weil er sich als der schrulligste Erwachsene im Camp entpuppte, der lustige Sweater trug und gerne Luftküsschen verteilte. »Dann pfeifen Sie ihn doch zurück! Der ist doch auch Teil Ihres kleinen Theaterstücks, oder nicht?«

Mein Großonkel lächelte und zeigte dabei die Zahnlücke, die ihn noch schrulliger aussehen ließ. Und noch weniger wie ein irres Familienoberhaupt mit Geheimlabor. »Dieser Wilderer? Leider nein, da muss ich dich enttäuschen. Nicht jeder durchgeknallte Kerl untersteht meiner Obhut.«

Bevor Carl und seine Flinte mich und den Friedhof erreichen konnten, brachte mich MacBiggs auf eine kleine versteckte Lichtung. Und die Überraschungen waren noch nicht vorbei. Dort wartete jemand auf mich. Eleanor.

Aufgeregt sah ich von meinem Großonkel zu Eleanor und wieder zurück. »Wenn Sie die ganze Zeit über Mr Gibs waren, wer ist dann sie?«

Doch anstatt einer Antwort kam Eleanor auf mich zu und starrte mich nicht minder verwundert an. Ihre Ratte saß auf ihrer Schulter. »Ophelia? Bist du das? Ich glaub es nicht, diese Verwandlung ist ja perfekt.«

»Doch, glaub es ruhig«, erwiderte MacBiggs an Eleanor gewandt. »Ich habe allerdings nicht die geringste Ahnung, wie Ophelia das angestellt hat.«

Okay, das war absurd. Mein Geiergroßonkel, ein seit hundert Jahren totes Mädchen und sogar die Ratte auf ihrer Schulter starrten ausgerechnet mich an wie einen Geist. War ihnen denn nicht klar, dass ich diejenige war, die Fragen stellen sollte? Abgesehen davon konnten sie es gleich vergessen, von mir zu erfahren, wie ich die Verwandlung in Eleanor hinbekommen hatte. Tante Helly würde ich niemals verpfeifen.

»Zuerst will ich Antworten«, verlangte ich also und bemühte mich um eine feste Stimme. Dann machte ich ein paar Schritte auf Eleanor zu. »Wer bist du wirklich?«

Die Ratte beugte sich an Eleanors Ohr. »Herrje, sie weiß es noch gar nicht.«

Huch! Eleanors Ratte sprach? Das wurde ja immer besser! Noch nicht mal das blöde Tier war tatsächlich ein Tier!

»Ophelia, setz dich besser mal«, sagte die Ratte jetzt und kletterte über die Jacke meines komplett gleich aussehenden Gegenübers. »Hier drin müsste ich noch irgendwo ein Karamellbonbon versteckt haben. Ein ordentlicher Zuckerspiegel ist wichtig, damit du uns nicht kollabierst, wenn wir dir gleich eröffnen, was ...«

»Du hast tatsächlich das Rätsel im Wald gelüftet«, unterbrach Eleanor die Ratte und sah mich beeindruckt an. Dann fummelte sie in ihrem Nacken herum, nahm eine Kette ab und reichte sie MacBiggs.

Es war das Medaillon, das meine Tante Mildred nach Stirling liefern wollte.

»Vor zwei Monaten dachte ich noch, wir würden dich Tag für Tag in absurden Teilverwandlungen aus der Schule schaffen müssen, und jetzt ... sieh dich an.«

Es ging so plötzlich, dass ich die Verwandlung kaum mitbekam. Jetzt, wo das Medaillon ab war, stand meine Tante Mildred vor mir, und selbst wenn die Ratte immer noch Ratte war und das Karamellbonbon kaute, das für meinen Zuckerspiegel vorgesehen gewesen war, wurde mir klar, dass auch Tante Rose nicht nur unschuldig am Loch Lomond gelegen und platte Liebesromane gelesen hatte. Wann hatte sie eigentlich gelernt, als Tier zu sprechen?

»Ihr wart das!« Ich spürte, wie die Enttäuschung in mir aufstieg. »Tante Rose und du waren Eleanor und die Ratte? Dann war euer geheimnisvoller Auftrag also, Lora und mich zwei Wochen lang an der Nase herumzuführen! Und das Rätsel im Wald, mit dem MacBiggs uns testen wollte, war nicht das Finale, das wir gewinnen sollten, sondern ...«

Tante Mildred nickte. »Eleanor und ihr Geheimnis. Glaub mir, Ophelia, für mich war diese Verwandlung schwieriger als gedacht, trotz des Medaillons der toten Eleanor. Denkst du, mir hat es Spaß gemacht, zwei Wochen in einem Camp mit zu selten duschenden, Bier trinkenden und liebeskranken Teenagern rumzuhängen?« In der Pause, die sie machte, baute sich ein schreckliches Bild davon auf, was meine Tante alias Eleanor alles mitbekommen haben musste: mein Gefühlschaos und die anschließende Versöhnung mit Adrian. Meinen Kuss als Amalia mit Cliff. Oh Mann.

»Meistens mussten wir viel länger als geplant in unseren Rollen bleiben, weil ihr ständig diese aufwendigen Spiele veranstaltet habt. Das war echt kein Zuckerschlecken«, jammerte die Tante-Rose-Ratte, als hätte nicht ich, sondern sie das schwerere Los gehabt. »Mathe-Baumstammwerfen. Ein Tag im Mittelalter. Wer zum Geier denkt sich denn so was aus?«

MacBiggs räusperte sich und hob die Hand.

Tante Mildred wurde stellvertretend für ihre Ratte rot. »Na ja, wie auch immer. Die Nächte haben Rose und ich natürlich nicht auf dem Friedhof, sondern auf dem Campingplatz verbracht. Einmal hättest du uns allerdings beinahe überführt, Ophelia, als du dich als Eichhörnchen angeschlichen hast.«

Gedankenverloren kaute ich an meiner Lippe. Schon da hätte ich hinter diese Verschwörung kommen können, hätte ich die richtigen Schlüsse gezogen.

»Aber am schwierigsten war es, in meiner Rolle zu bleiben, als ich die Sache mit deiner Tante Helly herausgefunden habe«, machte Tante Mildred weiter. »Wir waren schockiert.«

»Schockiert trifft es nicht mal im Geringsten«, mischte sich Rose ein. »Ich war platt. Das hätte ich nie gedacht von meiner Schwester.«

Mildred nickte. »Ja! Dass sie dazu imstande ist …«

»Ihr meint …«, begann ich. Eine Ahnung machte sich in mir breit. Oh nein! Das Tante-Helly-Eichhörnchen saß immer noch versteckt in meiner inneren Brusttasche. Hatten MacBiggs, Mildred und Rose mitbekommen, dass sie sich auch verwandeln konnte? Helly wollte nur helfen, und nun war ich dafür verantwortlich, dass ihr Geheimnis ans Tageslicht kam.

»Genau das meine ich! Sie sollte Mr Darcy hüten«, empörte sich Tante Rose. »Stattdessen schleicht sie sich ins Camp und veranstaltet mit dir und Lora geheime Treffen mitten im Wald. Worum ging es da eigentlich gestern?«

Erleichtert stieß ich die Luft aus. Sie hatten Tante Helly nur am See in ihrer menschlichen Gestalt bemerkt. Ein Glück.

»Um … Jungs«, log ich.

Die Mienen meiner Tanten entspannten sich. Doch so einfach würden sie mir nicht davonkommen. Immerhin schienen sie zu wissen, was hier gespielt wurde, während ich weiterhin im Dunkeln tappte.

»Jetzt vergesst doch mal das Hausschwein! Ihr habt mir immer noch nicht verraten, warum ihr euch in Eleanor und ihre Ratte verwandelt habt«, fuhr ich die beiden an. »Ich dachte, wir sollten die Highland Games gewinnen, um MacBiggs zu zeigen, dass wir es draufhaben.«

»Wie kommst du denn darauf? Es ging die ganze Zeit bloß um Eleanor. Darum, wer von euch sich ein Herz fassen würde, eine aufmüpfige Einzelgängerin zu retten und die Wahrheit über sie herauszufinden«, sagte MacBiggs. »Mildred hat sich wirklich ins Zeug gelegt, um es euch schwer zu machen, sie zu mögen.«

»Und dann war da auch noch dieser Carl«, machte Tante Mildred weiter.

»Der war in unserem Plan nicht vorgesehen. Aber als wir erfahren haben, dass er den Weg zu Eleanors Grab kennt, haben wir ihn ungefragt eingebaut«, erklärte Tante Rose. »Wir dachten, er könnte dir die nötige Wegbeschreibung liefern. Wenn du es klug anstellen würdest.«

Tante Mildred schürzte die Lippen. »Ich war dagegen. Carl ist gefährlich.«

»Ophelia kann sich gut selbst beschützen«, wandte MacBiggs ein. »Und sie hat von ihm erfahren, wo der Friedhof ist. Hast du dich deshalb in Eleanor verwandelt, Ophelia?«

Ich nickte.

Schon wieder starrte MacBiggs mich an wie das achte Weltwunder. »Erstaunlich. Hast du lange herumprobieren müssen? Und wie hast du es letztendlich …«

»Versuchen Sie es gar nicht erst. Ich bin immer noch mit dem Fragen dran«, schnitt ich ihm das Wort ab.

»Ophelia!«, rief Tante Mildred empört. »Wie redest du denn mit deinem Großonkel?«

Etikette konnte sie sich nun wirklich sonst wohin stecken. »Was ist der Sinn hinter all diesem Unfug?« Ich machte einen Schritt auf MacBiggs zu. »Bloß um herauszufinden, welche von uns beiden eine soziale Ader hat? Sie könnten es genauso gut andersrum drehen. Ich habe meine Gruppe im Stich gelassen, während Lora geblieben ist und die Unicorns ins Finale geführt hat. Haben wir das Ding eigentlich gewonnen?«

Doch Big Mac dachte nicht daran, es mir zu verraten. »Ich weiß, dass Lora kein schlechter Mensch ist. Aber du warst es, die Eleanors Grab gefunden hat. Und du steckst in ihrem Körper. Egal, wie du es drehst und wendest, du bist die Gewinnerin. Finde dich damit ab.«

Ich würde mich nicht damit abfinden. Nicht, bevor ich ihnen jede Kleinigkeit über diesen wahnsinnigen Plan entlockt hatte. »Warum haben Sie zugelassen, dass Tante Mildred das alles tut? Das, was sie hier im Camp angestellt hat, war ... total durchgeknallt.«

Tante Mildred seufzte schuldbewusst. »Ich weiß, es war fies, dass ich dich verlogen und heuchlerisch genannt und dich sogar mit dem Messer bedroht habe. Und dass ich den Wettbewerb mit den Vogelarten in den Sand gesetzt habe. Vor allem, weil ich drei Vogelgattungen tatsächlich gewusst hätte.«

»Davon spreche ich doch gar nicht«, stellte ich klar. Fand sie tatsächlich, dass der verpatzte Vogelwettbewerb die schlimmste ihrer boshaften Showeinlagen gewesen war? »Tante Mildred, du hast schon in der ersten Woche Hannahs Asthmaspray geklaut. Sie hätte sterben können. Und dann, in der zweiten Woche, wäre Jenny wegen dir beinahe im Moor ertrunken. Diese Aufträge waren mörderisch!«

Tante Mildred starrte mich erschrocken an. »Das war ich nicht.«

»Das war sie wirklich nicht.« MacBiggs schüttelte den Kopf. Der Blick, den er Tante Mildred zuwarf, sah ehrlich alarmiert aus. »Ein Asthmaspray zu klauen war nicht Teil des Auftrags. So etwas würde ich nie tun!«, verteidigte die sich bestimmt.

»Was soll das heißen?«, stammelte ich verwirrt. »Aber wer ...«

»Ich habe sie gerettet, Ophelia«, beteuerte Tante Mildred. Ihre Augen schimmerten, als würden meine Anschuldigungen sie tief kränken. »Weißt du nicht mehr? Ich habe Jenny im Moor gefunden.«

Ich rieb mir die Stirn. Dass es Tante Mildred war, die Jenny zurückbrachte, wusste ich selbst auch. Nur wer war dann schuld an ihrem Verschwinden? Wer hatte das Asthmaspray gestohlen und Jenny von dem ungefährlichen Brennnesselfeld ins Moor gelockt?

»Ist alles in Ordnung?«, fragte mich Tante Mildred. »Ophelia, weißt du, wer es gewesen sein könnte?«

Mein Gehirn arbeitete auf Hochtouren. Stück für Stück sickerte eine Gewissheit in mein Bewusstsein: Da war etwas, das ich nicht erkannt hatte. Etwas, das noch im Bereich des Möglichen lag. Und das mir den Atem raubte.

»Adrian«, stammelte ich entsetzt. In diesem Moment drehte sich mir der Magen um, und das lag sicher nicht an dem fiesen Hungergefühl, das mich seit Stunden plagte. »Adrian könnte es gewesen sein.«

»Adrian?«, wiederholte Tante Mildred, nicht minder verdutzt.

»Er hat mir in der Burg erzählt, er hätte Eleanor nach dem Weg gefragt«, erklärte ich matt. »Und sie hätte ihm die falsche Auskunft erteilt.« Ein letzter Rest an Hoffnung baute sich in mir auf, als ich Tante Mildred eindringlich ansah und sie fragte: »Hat er dich denn nach dem Weg gefragt?«

Doch Tante Mildred schüttelte entschieden den Kopf. »Er hat Eleanor nie nach irgendeinem Weg gefragt.«

Ich schloss die Augen und kämpfte gegen eine wilde Mischung aus Wut, Enttäuschung und Fassungslosigkeit, die in mir tobte. Das war genau die Antwort, die ich nicht hatte hören wollen.

»Könnte er denn auch das Asthmaspray genommen haben?«, fragte Tante Rose mitten in mein Gefühlschaos.

Zögernd rieb ich mir die Stirn. Mir tat plötzlich der Kopf weh. »Ja … nein«, stammelte ich. Ich zögerte. »Ich weiß nicht. Damals habe ich mich nur für den Geier und Eleanor interessiert.«

Gerade als ich mich fragte, wie ich Adrian je wieder gegenübertreten konnte, entdeckte ich einen ganzen Schwarm menschlicher Umrisse im Dickicht des Waldes. Es waren Mr Clarke, Miss Cooper, Cliff, Amalia und … Adrian. Bei seinem Anblick wurde mir eiskalt.

Hilflos sah ich mich nach Tante Mildred und Tante Rose um, doch die beiden hatten sich plötzlich in Luft aufgelöst, nur MacBiggs war noch da und legte beschützend die Hand auf meine Schulter. Ich hätte sie zu gerne weggefegt.

»Ein Glück, Sie haben Eleanor gefunden, Gibs!«, rief Miss Cooper erleichtert.

Hektisch ließ Mr Clarke seinen Blick über die Lichtung gleiten. »Nur wo steckt Ophelia? Sagen Sie mir nicht, dass die Verschollene wieder da ist, aber ihre vermeintliche Retterin fehlt.«

»Ich bin hier«, hörte ich meine eigene Stimme. Eine perfekte Kopie von mir, die den verkrampften Bewegungen nach zu urteilen nur Tante Mildred sein konnte, trat vor Mr Clarke. Mich beschlich wieder mal dieses gruselige Gefühl, mich außerhalb meines Körpers zu befinden.

Wortlos starrte ich auf mein Ebenbild.

»Du!« Im nächsten Moment spürte ich eine fremde Hand an meinem Handgelenk. Es war Lora. »Du bist an all dem schuld, Eleanor! Nur wegen dir und deinen dummen Spielchen hat sich meine Schwester in Gefahr begeben. Wir haben euch im Gelände gesucht. Und dann noch dieser Schuss. Hast du eine Ahnung, wie viel Angst ich …«

»Krieg dich wieder ein, Lora! Ich bin es, Ophelia«, wisperte ich und zog sie hinter eine große Eiche, damit die anderen uns nicht belauschen konnten. »Es ist alles gut. Die echte Eleanor ist …« Ich zögerte. »Sie ist tot.«

»Sie ist was?« Lora riss die Augen auf.

Ich seufzte. Das war ziemlich unglücklich formuliert gewesen. »Ich meinte, sie war immer schon tot. Seit hundert Jahren oder so.« Jetzt, wo ich es aussprach, wurde mir auch klar, was die beängstigenden Bilder in meinem Kopf bedeutet hatten. Die Mauer. Das Tor. Der Friedhof. »Deswegen ist es uns beiden wohl auch so schwergefallen, uns in sie zu …«

»Hier, der Siegerpokal, Lora.« Es war Adrian, der plötzlich an uns herangetreten war und Lora mitten im Satz unterbrochen hatte. Dabei überreichte er ihr einen goldenen, glänzenden Pokal mit der Aufschrift »Champions der Junior Highland Games«. Er würdigte mich dabei keines Blickes. »Ich finde, du solltest Ophelia sagen, dass wir gewonnen haben!« Jetzt warf er doch einen kurzen, finsteren Seitenblick auf mich. »Trotz aller Umstände. Ich wette, Ophelia wird ausflippen vor Freude.«

Wütend ballte ich die Hände. Der Sieg, den wir offenbar errungen hatten, konnte mich nicht darüber hinwegtrösten, dass ich nun den wahren Adrian vor mir stehen sah. Den, der mit seinen gemeingefährlichen Aktionen noch zusätzlich für Verwirrung gesorgt hatte. Binnen weniger Momente hatte er sich von meinem neuen Freund in einen Fremden verwandelt. Warum hatte er all das getan?

Und als ob das noch nicht reichte, machte er es gerade erneut:

Das da eben war noch ein fieser Seitenhieb auf Eleanor. So als wäre sie diejenige, die sich hier wie eine Irre aufgeführt hatte. Das war es, was Adrian uns hatte glauben lassen.

»Trotz aller Umstände?«, fuhr ich ihn an. Mein erster Impuls war es gewesen, meine Wut zu unterdrücken. Ich war nicht Ophelia. Und es war Ophelias Job, ihn abzuservieren. Das war nämlich das Einzige, was man mit jemandem tun konnte, der das Leben von Leuten mutwillig in Gefahr brachte, um ... ja, warum, das wusste ich auch nicht genau. Doch dann fiel mir ein, dass auch Eleanor ein Hühnchen mit Adrian zu rupfen hatte. »Wie wäre es, wenn du Lora mal verrätst, wer das Asthmaspray wirklich geklaut hat? Und wer Jenny ins Moor geschickt hat, hm? Das war nämlich nicht ich. Sondern du, nicht wahr?«

»Pff ... du glaubst ihr doch wohl nicht, Lora, oder?« Adrian rollte mit den Augen. Dabei fiel sein Blick kurz auf die anderen, doch die hatten nichts von unserer Unterhaltung mitbekommen.

Lora zögerte. Sie wusste, dass diese Eleanor hier nicht Eleanor war. Dass ich, Ophelia, die Wahrheit sagte.

Lora machte einen Schritt nach hinten und musterte Adrian von oben bis unten. »Du warst das? Wir haben bloß gewonnen, weil du bei dem Mittelalterwettbewerb ein Mädchen hast loswerden wollen?«

Jetzt hob Adrian resigniert die Hände. »Ich wollte sie nicht loswerden, sondern bloß in die Irre führen, okay?« Er sah nicht die Spur schuldbewusst aus. »Ophelia würde es ganz bestimmt verstehen, so versessen, wie sie darauf war, zu gewinnen. Ich wollte ihr bloß dabei helfen. Es sollte romantisch sein, okay? Weil ich sie mag. Sehr sogar.«

Vor Fassungslosigkeit blieb mir die Spucke weg. Mir ein zusätzliches Dessert bei der Essensausgabe zu klauen, war vielleicht romantisch. Mir in der Schule beim Schummeln zu helfen, selbst das war noch romantisch. Aber einen Menschen in Lebensgefahr zu bringen, um mir zum Sieg zu verhelfen, das war nicht romantisch. Das war verrückt.

»Sie dich aber nicht. Nicht mehr!«, brüllte ich ihn an und verkniff mir die Tränen. Diese Reaktion war definitiv zu heftig für Eleanor. Und ergab zudem auch gar keinen Sinn. Aber ich hatte es satt, mich zu beherrschen. Ich hätte ihn am liebsten geohrfeigt.

»Sehe ich genauso.« Lora verschränkte die Arme und schüttelte dabei tadelnd den Kopf. »Am besten lässt du die Finger von Ophelia. Betrachte das hier als das Ende eurer kurzen Beziehung, verstanden?«

Ich hätte Lora am liebsten umarmt. Wir standen Seite an Seite füreinander ein und würden uns so schnell nicht mehr im Stich lassen. »Genau. Ophelia steht nicht mehr auf dich. Vielleicht hat sie das nie so richtig.«

Adrian sah für einen Moment ehrlich enttäuscht aus. Doch dann versteifte er sich und lachte spöttisch. »Ach. Und woher willst du das wissen?«

Lora spähte über meine Schulter. »Tja, weil deine Freundin eben zulässt, dass ein anderer Junge sie an sich drückt, als hätte sie das Schiffsunglück auf der *Titanic* überlebt.« Und dann etwas leiser, nur an mich gerichtet, fügte sie hinzu: »Wusste gar nicht, dass Tante Mildred zulässt, dass man sie umarmt.«

»Wie bitte?«, entfuhr es mir unbeabsichtigt, während Adrian tatsächlich ziemlich verdattert dastand. Cliff trat gerade von einer Umarmung mit Tante-Mildred-Ophelia zurück, die so steif dastand, als hätte sie tatsächlich in Eiswasser gebadet. Dann überprüfte er sie auf Unversehrtheit, wisperte ihr etwas ins Ohr, nur um sie danach noch fester in seine Arme zu schließen.

Passierte das gerade wirklich? Ich war von meinem Großonkel ausgetrickst, von meinen Tanten belogen, von meinem neuen Freund hintergangen und von einem Wilderer verfolgt worden und steckte zu allem Übel noch nicht mal in meinem eigenen Körper, wenn dann endlich etwas Großartiges geschah? Was für ein verkorkster Tag.

# Zwanzig

Als wir tags darauf zurück in die Stadt fuhren, steckte ich immer noch in Eleanors Körper. Zuvor hatte ich mich schon einige Male bemüht, die Rückverwandlung mit den üblichen Erinnerungen an meine Mum herbeizuführen, doch ohne Erfolg. Zurück in der Villa meiner Tanten in Edinburgh, befand ich mich schließlich bereits vierundzwanzig Stunden in einem fremden Körper. Das war mein aktueller Rekord. Allerdings keiner, der mir besonders gut gefiel.

Lora hingegen verstand nicht, warum ich überhaupt meckerte. Nachdem sie mitbekommen hatte, dass das Rätsel im Wald Eleanors Tod im Moor gewesen war, hatte sie nur mit den Achseln gezuckt und verkündet, dass eine Tote längst nicht so wichtig sei wie unser gewonnener Pokal der Highland Games und unser neuer Titel als Champions des Jahres. Während Mr Gibs alias mein Großonkel nämlich seit gestern Mittag auf der Suche nach Eleanor und mir gewesen war, hatten Mr Clarke und Miss Cooper mit den übrigen Spielern eine Schnitzeljagd im Gelände veranstaltet, die Roger, Cliff und Amalia tatsächlich gewonnen hatten. Offenbar kamen erneut Sportfragen, gemischt mit einer Finalfrage über die botanische Pflanzenfamilie eines Gemüsegewächses, das keiner kannte, aber Amalia häufig aß. Aberdeen hatte nicht den Hauch einer Chance gehabt.

Doch jetzt nahmen ich und mein Zustand die ganze Aufmerksamkeit meines Großonkels ein. Wir waren gerade seit zwei Stunden wieder zu Hause, schon hatte MacBiggs einen persönlichen Besuch angekündigt, um mir bei der Rückverwandlung zu helfen. Unnötig zu sagen, dass Tante Mildred und Tante Rose sich benahmen, als führe jeden Augenblick die Queen vor.

»Er muss gleich da sein«, verkündete Tante Mildred, die in ihrem hübschesten Hosenanzug steckte, den sie normalerweise nur an Weihnachten oder im Theater trug. Vorhin hatte sie außerdem noch Staub gesaugt, die Teppichfransen gekämmt und setzte nun zur Krönung frische Pfefferminzschokolade auf, deren abscheulicher Zahnpastaduft durchs Haus wanderte. Mr Darcy jedenfalls bekam schon vom Geruch Blähungen.

»Das ist doch gar nicht notwendig, Tante Mildred«, murmelte ich und meinte nicht die widerliche Pfefferminzschokolade. Ich hatte nicht die geringste Lust, diesen Lügner, vermeintlichen Lehrer und manipulativen Drahtzieher wiederzusehen. Früher oder später würde ich wieder ich sein, egal, ob er mir half oder nicht. »Habt ihr vergessen, dass euer Onkel immer noch der Geier ist, wegen dem ihr vor Wochen die Vorhänge zugezogen habt? Bei dem ihr immer ganz unlocker werdet, wenn er anruft? Und der auf meiner Party eine tote Ratte verspeist hat?«

»Nun übertreib mal nicht, Schätzchen«, mischte sich Tante Rose ein. »Jetzt, wo wir endlich ein Gesicht zu ihm haben, finde ich ihn ganz nett. Er hat mir beigebracht, als Tier mit menschlicher Stimme zu sprechen. Jetzt muss ich mich nicht mehr mit Tierlauten oder Morsecodes verständlich machen. Praktisch oder?«

»Und er hat erlaubt, dass wir ihn Arthur nennen«, ergänzte Tante Mildred und rührte noch ein bisschen mehr Zucker in die Schokolade. Sie hatte wirklich gute Laune.

War das zu fassen? Meine Tanten verbrüderten sich mit meinem merkwürdigen Großonkel, bloß weil er ihnen das Du angeboten hatte. Verstanden die nicht, dass es von Anfang an schräg gewesen war, ein Familienmitglied zu siezen? Nicht dass ich jetzt damit aufhören würde ...

Die Pendeluhr schlug drei Uhr nachmittags. Da läutete es an der Tür.

»Pünktlich auf die Sekunde.« Tante Rose tänzelte zur Eingangstür und zog sie auf. »Hallo, Arthur! Wie schön, dich zu sehen. Huch! Was hast du denn da alles mitgebracht? Das wär doch gar nicht nötig gewesen.«

»Das ist auch nicht für dich, liebe Nichte«, ertönte MacBiggs' Stimme, gefolgt von einem schmatzenden Geräusch, als würde er Rose eins seiner Flatterküsschen auf die Wange drücken. »Sondern für Ophelia.«

An der Tür angekommen, sah ich, dass MacBiggs nicht nur einen neuen schrägen Sweater trug (diesmal mit einem Zombie drauf. War das etwa eine Anspielung auf meinen Zustand?), sondern auch zwei Typen vom Umzugsservice im Schlepptau hatte, die eine riesige hölzerne Truhe in unser Wohnzimmer schleppten. Daraus ragte etwas hervor, das aussah wie ein Grabstein, und ich betete, dass er nicht kurzerhand beschlossen hatte, bei uns einzuziehen. Fehlte nur noch, dass Graf Dracula seinen Sarg liefern ließ.

Jetzt war Tante Helly gekommen, um zuzusehen, was MacBiggs da in unser Haus brachte. »Hallo, MacBiggs! Huch, ist das ein Grabstein?«

»Eleanors Grabstein. Hier abstellen bitte.« MacBiggs gab auch Tante Mildred ein Flatterküsschen und dem Typen vom Umzugsservice etwas Trinkgeld.

Als die Umzugshelfer verschwunden waren, versammelten wir uns im Wohnzimmer und betrachteten MacBiggs' schräges Mitbringsel.

Tante Helly war die Erste, die sprach. »Ist das nicht Grabschändung?«

MacBiggs sah nicht gerade schuldbewusst aus. Wahrscheinlich besaß er gar kein Gewissen. »Ich schände nicht, ich funktioniere um. Das Ding soll Ophelia helfen, aus Eleanors Körper zurück in ihren eigenen zu finden, danach bringe ich ihn zurück.« Er klatschte in die Hände. »Und jetzt los. Nachdem wir nun etwas aus Eleanors Umfeld besitzen, brauche ich Gegenstände von Ophelia. Etwas, das ihr am Herzen liegt. Mildred, hol uns doch Dinge aus ihrem Zimmer. Du, Rose, schaltest den DVD-Player ein, ich habe nämlich einen Film für Ophelia dabei. Und Helly holt Teller und Besteck.«

Brav wie die Lemminge steuerten Tante Mildred und Tante Rose unterschiedliche Zimmer an, nur Tante Helly blieb zurück. »Wie soll uns Kuchen helfen, Ophelia zurückzuverwandeln?«

»Gar nicht. Aber ich habe zum Abschied sechs Brownies von Miss Cooper bekommen. Ich glaube, sie mag mich.« MacBiggs wedelte in Richtung der Küche. »Also los, Helly! Und vergiss nicht, Lora aus ihrem Zimmer zu holen. Auch wenn sie kläglich versagt hat, ich will sie sehen.«

»Sie hat nicht kläglich versagt, okay?«, knurrte ich, als Tante Helly zähneknirschend losgezogen war und uns allein ließ. Auch wenn er meinen Tanten ordentlich Honig ums Maul geschmiert hatte, mich konnte er nicht um den Finger wickeln. Ein bisschen Süßkram hier, ein paar schräge Klamotten da, und er dachte, ich hielt ihn für Willy Wonka?

»Doch, hat sie. Du allerdings …« MacBiggs' Augen leuchteten, als sei ich der Heilige Gral. »Du, Ophelia, hast nicht nur die Wahrheit über Eleanor entdeckt, du hast meine Erwartungen auch noch übertroffen und Eleanors Gestalt angenommen. Weißt du, wie schwierig es ist, sich in eine Tote zu verwandeln?«

Ich verdrehte die Augen. »Tante Mildred konnte es doch auch.«

»Das zählt nicht. Sie hatte das Medaillon. Und selbst damit konnte sie Eleanors Gestalt nur für wenige Stunden annehmen.« Er griff nach meiner Hand. »Eine Fähigkeit wie die unsere, Verwandlungen mit reiner Gedankenkraft zu steuern, ist viel mächtiger. Ich glaube, du hast nicht die geringste Ahnung, wie gut du bist.«

Ich zog meine Hand weg. Wenn das hier eine Charmeoffensive werden sollte, dann ging sie ins Nichts. Außerdem gab es etwas, was mich noch mehr interessierte als meine vermeintlich so tollen Fähigkeiten. »Was ist denn auf der DVD, die Sie mitgebracht haben?«

MacBiggs griff in die Truhe, holte eine schwarze Hülle heraus und klappte sie auf. »Diese DVD ist für deine Rückverwandlung. Ein neuer Film der Ophelia-Show. Toll, nicht wahr?«

Wie bitte? Ich wollte ihm am liebsten den Hals umdrehen.

Doch MacBiggs kümmerten meine finsteren Blicke nicht die Spur. »Ein Gefühl sagte mir, dass du keine große Lust hast, Patricia und Olaf zu besuchen und im Entspannungsraum Süßigkeiten zu essen, deshalb habe ich das Tape einfach mitgenommen. Ich musste vieles überarbeiten und neue Fotos hinzufügen.« Verschwörerisch beugte er sich näher. »Die Sache mit Adrian ist nicht mehr ganz aktuell, oder?«

Ich war kurz davor, ihm eine zweite Zahnlücke zu verpassen. Hatte dieser Wahnsinnige wieder mein Handy durchforstet? Wusste er, dass ich vorhin mit Mae gesimst und erfahren hatte, dass sie und Roger zusammen waren? Dass Adrian mir zwanzig SMS geschickt hatte, in denen er um Verzeihung bat, ich allerdings keine davon beantwortet hatte, weil ich lieber fünfmal Cliffs Instagram-Profil aufgerufen hatte?

»Sie haben also schon wieder Informationen gesammelt«, stellte ich betont ruhig fest. Ich hatte nicht vor, ihn zu duzen, sonst glaubte er noch, dass ich ihm verzieh, mir die Highland Games ruiniert zu haben.

»Natürlich hab ich das, Ophelia.« Er hob die Schultern. »Ich betreibe ein Datenarchiv. Daten zu sammeln ist mein Job.«

Der hatte wohl gar nichts kapiert. »Und wenn Sie der Premierminister wären, Sie werden diese DVD nicht zeigen.« Ich stellte mich abwehrend vor den DVD-Player, den Tante Rose hinter mir gerade zu aktivieren versuchte. »Haben Sie noch einen Plan B für meine Rückverwandlung?«

»Ich fürchte, Plan B wird dir noch weniger gefallen.« MacBiggs knetete seine Hände. »Denn dazu müssen wir dich hypnotisieren und mit Weihrauch einräuchern … oh, da ist ja deine Schwester. Hallo, Lora! Willst du zusehen, wie wir ein altes keltisches Austreibungsritual an deiner Schwester durchführen?«

»Das ist ein Scherz, oder?«, murmelte Lora, die sich genervt

aufs Sofa fallen ließ und begann, den Pokal der Highland Games mit ihrem Sweatshirt zu polieren. »Haben Sie etwa zu oft den Exorzisten gesehen, MacBiggs?«

Zugegeben, ich hielt den Vorschlag ebenfalls für einen Scherz, aber aus MacBiggs' Holztruhe roch es tatsächlich verdächtig nach Weihrauch. Auf einem Stapel alter, in Leder gebundener Bücher lag außerdem noch ein Pendel für die Hypnose. Ich bekam Gänsehaut.

»Hier haben wir einen persönlichen Gegenstand von Ophelia. Ihren Lieblingspyjama«, verkündete Tante Mildred, die gerade ins Wohnzimmer zurückkam.

MacBiggs seufzte. »Ein Pyjama? Wir brauchen etwas, das stärkere Emotionen auslöst als ein Pyjama. Der ist ihr höchstens peinlich.«

Ich schnaubte. Idiot.

»Hast du vielleicht ein Haustier, Ophelia?«, schlug MacBiggs vor. »Vierbeiner können bei schwierigen Rückverwandlungen helfen. Nicht umsonst gibt es Pferdetherapien, Delfintherapien ...«

»Schon verstanden.« Ich schüttelte den Kopf. »Nur leider habe ich weder ein Pferd noch einen Delfin, okay? Und Mr Darcy gehört Tante Rose. Aber als Kind hatte ich mal ein weißes Kaninchen. Es hieß ...«, ich zögerte, »Rabbit DeNiro. Dad hat ihn so genannt. Sein Lieblingsfilm war *Der Pate*.«

»Ich war ja für Dustin Hopman«, brummte Lora.

»Rabbit DeNiro! Ich kann mich noch erinnern, wie ihr ihn aus meinem Tiergeschäft abgeholt habt. Hat er nicht ständig gebissen und gekratzt und euer Fernsehkabel durchgeknabbert?«, fragte Tante Helly.

Ich nickte. »Nur leider ist er seit sieben Jahren tot.«

»Das macht doch nichts. Ich könnte mich einfach in ein anderes weißes Kaninchen verwandeln. Die sehen doch eh alle gleich aus. Sekunde, ich probiere es gleich aus!«, bot Tante Rose an und nahm einen Bissen vom Kuchen. Einen Augenblick später hingen die Tasse und der Kuchenteller in der Luft und zerschepperten anschließend auf dem Parkettboden. Was übrig blieb, war ein schneeweißes Kaninchen, das mich treuherzig anblickte.

»Du siehst echt genauso aus wie Rabbit DeNiro«, rief Lora erstaunt.

»Na dann, los geht's! Auf der einen Seite haben wir ein Haustier und einen Eulenpyjama«, sagte MacBiggs erfreut und kramte in der Truhe nach weiteren Gegenständen. »Auf der anderen Seite Eleanors Grabstein, einige ihrer Bücher, das Medaillon und Eleanors selbst genähte Patchworkdecke.«

Ich schluckte. Das war die Decke aus der Moorleichenhütte, auf der ich und Cliff uns geküsst hatten. Ob MacBiggs davon wusste? Bestimmt hatte er die gesamte Hütte mit Videokameras ausgestattet. Wie sollte er sonst an Material gelangen, an einem Ort, wo keiner Handys verwenden konnte?

»Hoffen wir, dass der Kram reicht, um die Rückverwandlung zu vollziehen. Bereit, Ophelia? Und du, Häschen, hopp, auf Ophelias Schoß. Nur bitte nicht kratzen und beißen!«, fuhr Big Mac unbeirrt fort.

Allein schon das selbstbewusste Gehabe dieses elenden Datensammlers machte mich so wütend, dass ich beschloss, das Ruder herumzureißen. Nicht er würde hier den Ton angeben, sondern ich. Ich war die, die auf Antworten wartete.

»Stopp! Zuerst will ich endlich alle Erklärungen!«, forderte ich, als MacBiggs den Weihrauch entzündete. Jetzt roch es hier drin nicht mehr nach Zahnpasta, sondern nach Kirche, was Mr Darcys Verdauung auch nicht sonderlich zuträglich war.

Ich hatte mir nach gestern noch eine Liste gemacht, mit allen Dingen, die ich immer noch nicht erfahren hatte. Die hakte ich jetzt im Kopf ab. »Warum haben Sie das alles veranstaltet? Den Test in den Highlands? Warum mussten Sie unbedingt wissen, wer von uns besser ist?«

Sofort bekam ich Unterstützung von Lora. »Ophelia hat recht! Das waren unsere Spiele!«

Tante Mildred schüttelte tadelnd den Kopf. »Also wirklich, ihr beiden. Was ist denn das für ein Umgangston? Arthur wird euch alles erklären, aber zuerst muss Ophelia ihm gehorchen und das Ritual durchführen, nicht wahr?«

Doch MacBiggs ließ nachdenklich den Kopf hängen, bevor er mir geradewegs in die Augen sah. »Mein Bruder ist zurück. Und ich brauche Hilfe.«

»Ihr was?«, fragte ich.

»Mein Zwillingsbruder.«

»Sie haben einen Zwillingsbruder?« Bei der Vorstellung stieg Entsetzen in mir auf. Und damit war ich nicht alleine. Auch meine Tanten sahen plötzlich aus, als hätten sie an diesen Gedanken noch keine Sekunde verschwendet.

»Natürlich habe ich einen.« MacBiggs' Augen wurden schmal. »Wartet mal. Ihr dachtet doch nicht, ich wäre so mächtig, dass ich mich ohne Zwilling verwandeln kann? Dass ich der große Boss sei, der euch erklären kann, warum wir uns verwandeln können? Da muss ich euch enttäuschen. Es mag ein Fluch sein oder ein Fehler in unser aller DNS ... Ich habe zwar Theorien, aber nicht die geringste Ahnung!«

Wir schwiegen betreten. Ich ahnte, dass meine Tanten stets gehofft hatten, eine persönliche Bekanntschaft mit MacBiggs, dem besten ihnen bekannten Verwandler, könnte unzählige Fragen beantworten.

»Unsere Geschichte geht viel, viel weiter zurück als nur bis zu meiner Generation«, ließ MacBiggs hören, als niemand sprach. »Ich bin bloß ein kleines Rädchen in einer viel größeren, jahrhundertealten Familiendynastie. Es gibt jede Menge Familienzweige, die ihr nicht kennt. Die noch nicht mal ich kenne.«

Tante Mildred sah überfordert aus. Sie mochte es, Dinge unter Kontrolle zu haben und über alles Bescheid zu wissen. »Aber wieso haben wir noch nie von deinem Zwillingsbruder gehört?«

»Weil ich selbst dachte, er wäre seit dreißig Jahren tot. Doch er lebt. Und er hat eine Rechnung mit mir offen.« Als MacBiggs merkte, dass wir alle nur Bahnhof verstanden, fügte er hinzu: »Jetzt guckt nicht so verdutzt. Betrachtet es als epischen, interstellaren Konflikt.«

»Als was?«, fragte Lora und stellte den Pokal ab.

»Star Wars! Kennt ihr doch, nicht?« Er stahl sich zwei Stück staubiges Shortbread vom Tablett und hielt eins davon hoch. »Auf dieser Seite sind wir.« Er ließ seine Worte theatralisch nachklingen, dann hielt er das zweite Shortbread hoch. »Auf der anderen Seite jedoch befindet sich das Böse. Der Todesstern! Dort sitzt mein Bruder und schmiedet Pläne, um unsere Gabe zu seinem Vorteil zu nutzen. Gemeinsam mit seinen Nachkommen. Die dunkle Seite ist also drauf und dran, alles an sich zu reißen. Das wäre nicht gut.«

Verdattert saßen wir da und runzelten die Stirn. Wovon sprach er?

»Dein Bruder sitzt auf einem anderen Planeten?«, staunte Tante Rose.

MacBiggs seufzte. »Ich hatte ihn in England vermutet. Also ja, von Schottland aus betrachtet auf einem komplett anderen Stern.«

Tante Rose und Tante Mildred nickten verständnisvoll, wahrscheinlich, weil sie Engländer generell nicht so gerne mochten, doch was mich betraf, ich glaubte ihm kein Wort. Selbst wenn MacBiggs einen Zwillingsbruder hatte, konnte der unmöglich noch hinterlistiger sein als er.

»Sie sind doch böse genug für zwei!«, schleuderte ich ihm entgegen. »Schon vergessen, dass Sie meinen Tanten seit Jahren Aufträge erteilen? Die beiden müssen Ihretwegen das Gesetz brechen. Sie spionieren, klauen, belauschen Leute und machen wer weiß noch alles für Sie.«

»Du denkst, ich mache das, um mich selbst zu bereichern?« MacBiggs sah mich ehrlich erstaunt an. »Dachtet ihr das etwa alle?«

Tante Mildred ließ den Kopf hängen. »Du hast uns ja gar nichts darüber erzählt, Arthur. Was sollten wir denn denken?«

MacBiggs straffte die Schultern. »Ich nutze unsere Gabe, um Gutes zu tun. Letztes Jahr haben wir durch eure Hilfe einen illegalen Tierhandel auffliegen lassen. Und demnächst möchte ich mich für Geier einsetzen! Wusstet ihr, dass Geier absolut unterschätzte, vom Aussterben bedrohte Tiere sind?«

War das wahr? Ich hatte wenig Grund, MacBiggs zu glauben, doch sein Geständnis wirkte vollkommen ehrlich und nahm mir den Wind aus den Segeln. Für einen Moment war ich sprachlos angesichts der neuen Wendung, was MacBiggs gleich mal ausnutzte, um mir einen Stuhl unter den Hintern zu schieben.

»Wir sollten anfangen. Nimm Platz«, forderte er. »Rose, los, auf Ophelias Schoß, und du, Helly, räucherst mit dem Weihrauch das Wohnzimmer ein.«

Tante Helly runzelte die Stirn. »Wozu denn Weihrauch? Weil Ophelia sich in eine Tote verwandelt hat?«

MacBiggs' Hamsterbacken verzogen sich zu einem Grinsen. »Ich finde, er hat so eine beruhigende, zeremonielle Wirkung, ihr nicht auch? So, los jetzt.«

Ich zog mir die Pyjamahose über meine Shorts, schlüpfte in das Oberteil und setzte mich, während meine Tanten um mich und Eleanors Hinterlassenschaften einen Halbkreis bildeten. Zumindest konnte ich jetzt, wo es ruhig war, meine Gedanken ordnen. War MacBiggs tatsächlich nur auf der Suche nach einem Familienmitglied, das ihm half, mit seinem Zwillingsbruder fertigzuwerden? War Cliff womöglich schon die erste Prüfung gewesen, um meine Verwandlungsfähigkeit zu testen? Und die zweite, die sich um Eleanor drehte, zielte ab auf meine ... Moral?

»Wissen Sie überhaupt, was Sie hier tun?«, fragte Tante Helly in meine Gedanken hinein. Misstrauisch betrachtete sie das Pendel, das man wohl in jedem gut sortierten Esoterikladen bekam.

MacBiggs legte den Kopf schief. Dabei fiel mir auf, dass sein Hals krumm war und er damit tatsächlich einem Geier ähnelte. Einem Geier mit Hamsterbacken. »Keine Sorge, das weiß ich. Aus eigener Erfahrung.«

»Oh. Und ist es denn gefährlich?«, fragte das Tante-Rose-Kaninchen auf meinem Schoß.

»Es gibt Risiken. Es liegt im Bereich des Möglichen, dass

Ophelias Verwandlungsfähigkeit danach sehr eingeschränkt ist. Was so viel heißt wie, dass sie sich danach zeit ihres Lebens nur noch in Eleanor und zurück in sich selbst verwandeln kann«, gab MacBiggs zu.

»Das klingt nicht gut. Ist das schon mal passiert?«, wollte Tante Mildred wissen.

»Leider ja.« MacBiggs' Miene war ernst. »Und zwar bei mir.«

Endlich ging mir ein Licht auf. »Sie können sich nur in einen Geier verwandeln«, entfuhr es mir.

Jetzt grinste Lora. »Ha, na, das ist ja mal eine Wendung. Unser magischer Geiergroßonkel ist in Wirklichkeit der größte Loser unter der Sonne! Konnten Sie nicht in etwas Nützlicherem stecken bleiben?«

»Lora«, sagte Tante Mildred streng.

»Ist doch wahr.«

»Wenn das wirklich stimmt, sollten wir dieses Ritual erst recht nicht durchführen!«, sagte Tante Helly entschieden. »Wir sollten einfach nichts tun und abwarten.«

»Ich bremse deinen Optimismus ja nur ungern, Nichte Helly«, MacBiggs sah sie unglücklich an, »aber wenn wir nichts tun, steckt Ophelia vielleicht für immer im Körper einer Verstorbenen fest und erleidet einen langsamen und qualvollen Tod.«

Mir stockte der Atem. »Das kann mir blühen, wenn ich es nicht schaffe, Eleanors Körper loszuwerden?«

MacBiggs nickte. »Leider ja.«

»Hast du deshalb die beiden Mädchen getestet, Arthur?«, wisperte Tante Mildred und nippte hibbelig an ihrer Schokolade. Ich hatte sie selten so nervös gesehen wie in diesem Moment. »Um herauszufinden, wer dir helfen kann, es mit deinem Bruder aufzunehmen, jetzt, wo du nicht mehr mächtig bist? Warum hast du nicht einfach mich gefragt? Ich bin die Älteste, und mein Verwandlungsgrad ist außerordentlich hoch.«

MacBiggs biss sich betreten auf die Lippe. Und da verstand ich. Tante Mildred war nicht gut genug. Die Einzige, die er für gut genug befand, war tatsächlich ich. Ausgerechnet ich.

»Okay, los jetzt. Alle weiteren Fragen vertagen wir auf später! Konzentriere dich auf das Pendel, Ophelia«, überspielte MacBiggs die peinliche Stille, die entstanden war. »Ich zähle von zehn abwärts und bei null schließt du die Augen und stellst dir dein wahres Ich vor. Dich, Ophelia, und alles, was dich ausmacht. Bereit?«

Aus Mangel an Alternativen (und weil mir die Sache mit dem langsamen und qualvollen Tod echt Angst machte!) beschloss ich, mich darauf einzulassen. Doch als die Stimme meines Großonkels bei null angekommen war, baute sich in meinem Kopf kein Bild von mir auf. Stattdessen war da etwas, das ich schon kannte. Ich spürte, wie sich jede Faser meines Körpers verkrampfte.

»Das Tor! Da ist schon wieder das merkwürdige Tor in der Mauer«, stieß ich hervor. »Das habe ich auch gesehen, als ich mich in Eleanor verwandelt habe.«

»Das ist gut!«, bestätigte MacBiggs ruhig. »Es bedeutet, dass dich deine Gabe automatisch warnt, wenn du dich in jemanden verwandeln möchtest, der dir gefährlich werden könnte. Sieh es als eingebauten Schutzmechanismus. Wie einen Airbag.«

Ich kniff die Lippen zusammen. Super, dass er mir das jetzt sagte. Das wäre doch mal einen Eintrag auf seiner blöden Homepage wert. Außerdem merkte ich, dass das Bild vor meinen Augen anders aussah als zuvor. Da war kein Tor mehr, sondern eine normale, modern aussehende weiße Tür. Sie erinnerte mich an den Eingang zur Wohnung meines Vaters in Kent. »Was mache ich nun?«

»Du musst erneut hindurchgehen«, befahl MacBiggs.

Das hatte ich mir fast gedacht. Also schritt ich in Gedanken auf den Eingang zu. Doch diesmal umfing mich kein Gefühl der Angst. Ohne zu zögern, legte ich meine Hand auf die Klinke und drückte sie herunter. Doch als ich dachte, es geschafft zu haben, hörte ich wieder einen einzigen Herzschlag in meinem Ohr, der von überall zu kommen schien. Alles um mich begann, sich zu drehen.

»Ophelia!« Tante Helly packte mich an den Schultern, bevor ich vom Stuhl kippen konnte. »Nicht. Bitte, mach die Augen auf. MacBiggs, ich verlange, dass Sie aufhören, okay? Sehen Sie denn nicht, was Sie ihr antun?«

»Mir geht's gut«, murmelte ich und öffnete die Augen. Jetzt erst merkte ich, dass Tante Mildred für das Spektakel die Vorhänge zugezogen hatte. Und dann, dass ich wieder mit meiner eigenen Stimme sprach. »Hat es geklappt?«

»Nicht ganz. Aber wir sind ein ordentliches Stück weitergekommen.« MacBiggs klang zufrieden. »Wie ihr sehen könnt, ist Ophelia jetzt zwar eine kunterbunte Promenadenmischung aus ihrem alten Ich und Eleanor, aber wenn wir die ganze Prozedur noch zwei-, dreimal wiederholen, sitzt jedes Härchen wieder am rechten Platz.«

»Noch zwei-, dreimal? Können wir bitte eine Pause machen?« Ich seufzte und stürzte mich auf das letzte Stück Kuchen auf dem Teller. Das war ja anstrengender als eine Französischarbeit.

Als MacBiggs nickte, schien die Anspannung auch von meinen Tanten abzufallen. Sie verschwanden in die Küche, um neue heiße Schokolade anzurühren und etwas Shortbread nachzulegen.

Währenddessen legte MacBiggs das Pendel weg und reichte mir einen Taschenspiegel. »Sieh selbst! Deine Augen, deine Zähne und deine Stimme sind zurück. Du bist wirklich gut. Ich wusste, dass du das Rätsel im Wald knacken wirst.«

Ich warf einen Blick auf Lora, die immer noch konzentriert ihren Pokal polierte und sich bemühte, uns keines Blickes zu würdigen. »Lora hätte es auch geschafft, wissen Sie? Da bin ich mir sicher.«

»Schon gut, Ophelia.« Lora machte sich nicht mal die Mühe, aufzusehen. »Mir ist es piepegal, dass ich durch Ihren Test gefallen bin. Sperren Sie mich doch als Strafe in Ihr Labor.«

»Keine schlechte Idee!«, überlegte MacBiggs.

»Wie bitte?« Lora sah auf.

MacBiggs betrachtete Lora sorgenvoll. »Du könntet tatsächlich etwas Training gebrauchen. Ist diese Sache mit der Vogelkralle eigentlich häufiger vorgekommen? Du weißt schon, unvollständige spontane Verwandlungen?«

»Die Kralle?« Panik huschte über Loras Gesicht. Selbst mit ihrem Schwarm Paul im Labor hatte sie keine Lust auf merkwürdige Experimente. Bestimmt hasste sie unseren Großonkel in diesem Moment noch mehr als ich.

»Genug jetzt«, mischte ich mich ein. Ich würde nicht zulassen, dass er mir Lora wegnahm. »Es ist nur ein einziges Mal passiert. Das müssten Sie doch wissen, so häufig, wie Sie uns beobachtet haben. Als Geier und bestimmt auch des Öfteren als stattlicher Rothirsch.«

MacBiggs starrte mich entgeistert an. »Wie bitte?«

»Streiten Sie es gar nicht ab! Ich habe Sie und Ihren Kumpel im Wald gesehen. Sie haben sich dort in einen Hirsch verwandelt … oh.« Die Erkenntnis traf mich mit der Wucht eines Schlaghammers. MacBiggs hatte doch gerade gesagt, dass er sich seit Monaten nur noch in einen Geier verwandeln konnte.

MacBiggs wurde todernst. »Er ist hier.«

»Warte mal.« Tante Mildred war zurück und hatte einen Teil des Gesprächs mitangehört. »Soll das heißen, dein Zwillingsbruder war im Camp der Mädchen?«

Doch MacBiggs antwortete nicht. Das bisschen fröhliche Stimmung, das er vorhin verbreitet hatte, war weg. »Du sagtest, er hatte einen Komplizen dabei?«

Ich nickte hastig. »Meine Freundin Mae kann es bezeugen.«

MacBiggs nahm mich an den Schultern. »Und was haben die beiden besprochen?«

»Dass sie uns ausspionieren wollen«, begann ich nervös. »Und dass Lora und ich sehr mächtig sind.«

MacBiggs seufzte, als ergäbe das alles für ihn Sinn. »Na klar. Er wollte wissen, ob ihr gut genug seid, um mir bei meiner Jagd nach ihm zu helfen.«

Entsetzt saß ich da. Ich war zwar seiner Fährte gefolgt, aber seinen Worten kam ich längst nicht mehr hinterher. Wovon sprach er?

»Ich muss los«, verkündete MacBiggs, bevor ich weitere Erklärungen verlangen konnte. Er eilte aus dem Raum. Den Grabstein, die hölzerne Truhe und die übrigen Gegenstände aus Eleanors Besitz ließ er zurück. »Eine Frage habe ich allerdings noch an dich, Ophelia«, rief er aus dem Flur.

Vor lauter Verblüffung über die plötzliche Wendung des Gesprächs fiel mir nichts Schlagfertigeres ein als ein krächzendes: »Ja?«

»Hilfst du mir dabei, meinen Zwillingsbruder zu finden?« Mein Großonkel steckte den Kopf zurück ins Wohnzimmer. In seinen Augen spiegelte sich ehrliche Sorge. »Ich weiß, es war nicht fair, euch zu testen. Und dann auch noch all diese Heimlichtuereien. Aber du bist meine letzte Chance. Jemand muss mir zur Seite stehen. Jemand, der sich selbst in Tote und wieder zurück verwandeln kann. Jemand, dem ich bedingungslos vertraue.«

Und dieser Jemand war nicht eine meiner superschlauen Tanten, sondern ausgerechnet ich. Na prima. Tante Mildred und Tante Rose jedenfalls sahen aus, als würden sie mich einen Kopf kürzer machen, sollte es mir in den Sinn kommen abzulehnen. Nur Tante Helly hob unschlüssig die Schultern, als wüsste sie selbst nicht, was zu tun sei.

»Dir ist klar, dass unsere Gabe zu unlauteren Zwecken verwendet werden kann, oder, Ophelia?«, redete mir Tante Mildred ins Gewissen. »Wenn du die Hände in den Schoß legst und gar nichts tust?«

MacBiggs nickte. »Mein Bruder trachtet seit vielen Jahren nach meinem Platz im Archiv. Denkt nur mal daran, wie es wäre, wenn er das Archiv leitet. All diese Informationen. Alle Verwandlungen der Welt würden ihm offenstehen.«

Ich zögerte. Wie man es auch drehte und wendete, wenn sich ein noch verrückterer Kerl als MacBiggs in jeden Menschen der Welt verwandeln konnte, waren das tatsächlich keine sehr erfreulichen Zukunftsaussichten. Ich gab mir einen Ruck. »Okay, ich mach es. Aber ich habe Bedingungen.«

MacBiggs' Gesichtszüge entspannten sich. »Geld ist kein Problem. Ich bezahle dir Gehalt für deine Hilfe. Betrachte es als Festanstellung. Und wenn es um die Schule geht, mach dir darüber keine Sorgen. Das mit deiner Anwesenheitspflicht lösen wir.«

»Davon spreche ich nicht«, schnaubte ich. Dachte er wirklich, es ginge mir um Geld? »Ich verlange, dass es keine weiteren Geheimnisse mehr gibt. Und keine verbotenen Seiten auf Ihrer Website. Die Sie im Übrigen dringend einmal neu aufsetzen sollten.«

MacBiggs sah verdutzt aus. Doch dann nickte er bereitwillig. »Einverstanden.« Einen Moment lang lächelte er, und ich spürte, ihm mit meiner Zusage jetzt schon einen großen Dienst erwiesen zu haben. Doch dann fiel ihm ein, dass er gerade drauf und dran war, zu verschwinden. Eilig machte er sich auf Richtung Ausgang. »Würdest du mir bitte die Tür öffnen, Mildred?«

Tante Mildred tat, wie ihr befohlen. Ohne ein einziges Flatterküsschen zum Abschied hastete MacBiggs der geöffneten Tür entgegen und verwandelte sich dabei auf der Höhe unserer Türmatte in einen Geier, so selbstverständlich, als würde er einen Regenschirm aufspannen. Entsetzt über diesen spektakulären Abgang sahen wir, also ich – halb Ophelia, halb Eleanor –, Tante Mildred, Tante Helly, Lora und das Tante-Rose-Kaninchen auf meinem Arm, zu, wie er über unserem Dach immer weiter in den Himmel stieg. Dabei bekamen wir nicht sofort mit, dass jemand auf dem Bürgersteig vor unserem Haus stand und Zeuge von MacBiggs' unvorsichtiger kleiner Show wurde.

Es war Cliff.

# Einundzwanzig

»Wie lange steht er schon da, Mildred?«, zischte Tante Helly.

»Zu lange.« Tante Mildred zögerte. »Denkst du, er hat die Verwandlung gesehen?«

Tante Helly nickte. »Natürlich. Er hat doch Augen im Kopf.«

»Und was jetzt?«

»Keine Ahnung. Du bist doch das Familienoberhaupt. Denk dir etwas aus.«

Während meine Tanten wild miteinander diskutierten, hatte sich für mich die Welt auf Zeitlupe verlangsamt. Mit pochendem Herzen betrachtete ich Cliff, der langsam und bedächtig das Tor schloss und über die Pflastersteine im Vorgarten näher kam. Sein Blick wanderte zwischen unseren Gesichtern und dem Geier, der nur noch als Punkt am Himmel auszumachen war, hin und her.

Als er bei der Treppe angelangt war, fragte er mit traumwandlerischer Stimme: »Ist das wirklich passiert? Ist Mr Gibs aus dem Camp gerade durch eure Tür spaziert und hat sich auf der Schwelle in einen ausgestorbenen Geier verwandelt? Und jetzt segelt er dort oben durch die Lüfte?«

Mein Herz geriet leicht aus dem Takt, und das nicht nur, weil

Cliff heute wieder atemberaubend gut aussah und mir soeben aufging, dass ich in meinem allerpeinlichsten Pyjama steckte. Was zur Hölle war soeben geschehen? Warum hatten wir einen Moment lang nicht aufgepasst und Cliff übersehen? Und wie kamen wir da je wieder raus? Unwillkürlich presste ich das Tante-Rose-Kaninchen fester an mich. Das würde hässlich werden.

»Was? Wer?« Tante Helly sah sich um. Leider war sie eine absolut miserable Schauspielerin. »Da war niemand.«

Cliff verdrehte die Augen. »Oh bitte.«

Tante Mildred schien sich einen Ruck zu geben. »Na fein, mein Junge. Du hast gesehen, was du gesehen hast, und wir werden nicht so tun, als sei das eben nicht passiert.« Plötzlich trat ein neuer Ausdruck in ihr Gesicht und sie blickte zum Himmel. MacBiggs war längst in Richtung Highlands davongesegelt. »Warte mal. Was sagst du da? Er hat sich in ein ausgestorbenes Exemplar verwandelt?«

»Ja. Seit mehreren Jahrzehnten ist diese besondere Gattung der Geier komplett von der Bildfläche verschwunden, genau wie viele andere Geierarten in Asien und Afrika.« Cliff klang, als würde ihm dieser Lehrbuchvortrag helfen, nicht auf der Stelle den Verstand zu verlieren. Er räusperte sich und warf mir dabei einen irritierten Blick zu. »Aber könntet ihr mir bitte trotzdem erklären, wovon ich da eben Zeuge geworden bin?«

»Das ist es! Das ist es, Leute!«, jubelte Tante Helly und klatschte in die Hände. »MacBiggs hatte das gleiche Problem wie Ophelia! Er hat sich in einen toten Geier verwandelt und leidet nun an den Nebenwirkungen der Rückverwandlung. Deshalb kann er sich bloß in einen Geier verwandeln.«

Tante Mildred nickte aufgeregt.

Mit Tante Rose im Arm stand ich da und konnte es nicht fassen. Anstatt sich um Cliff zu kümmern, feierten Tante Helly und Tante Mildred gerade ihren eigenen Spürsinn.

»Jetzt ergibt alles Sinn. Deshalb hat er sich auf Ophelias und Loras Party auch nicht aus dem Käfig befreien können. Und gegen seinen Bruder wehren kann er sich genauso wenig!«, fuhr Tante Mildred fort.

Tante Helly lachte. »Genau! Er kann ihm bestenfalls wie eine Taube von oben auf den Kopf ...«

»Hey!«, zischte Lora in Tante Mildreds Ohr. »Habt ihr vergessen, dass Cliff immer noch da ist?« Sie wandte sich ihm freundlich zu. »Hallo, Cliff! Du, es ist gerade total ungünstig. Was tust du denn eigentlich hier? Hättest du dich nicht vielleicht vorher ankündigen ...«

»Ich habe mich vorher angekündigt. Ich habe Ophelia gestern im Wald gesagt, dass ich um vier vorbeikomme und mit ihr sprechen muss«, beteuerte Cliff hilflos und sah mich schon wieder so komisch an. Dann plötzlich dämmerte es mir. Er erkannte mich nicht. Diese abstruse Mischung aus Ophelia und Eleanor musste auf ihn wie eine fremde Person wirken.

»Cliff hat recht«, gestand Tante Mildred und fuhr sich hektisch durchs Haar. »Er hat sich tatsächlich bei Ophelia angekündigt. Mist. In der Hektik des gestrigen Abends habe ich das wohl vergessen.«

»Woher wissen Sie das denn?«, staunte Cliff.

»Das tut nichts zur Sache.« Tante Mildred zog an Cliffs Shirt. »Du kommst erst mal ins Haus, mein Junge, und ihr anderen schaut mich nicht so anklagend an. Ich bringe die Sache wieder in Ordnung. Ich hole jetzt den Laptop, und wir suchen Tricks auf der Website, um Erinnerungen zu löschen … oder die Zeit zurückzudrehen.«

Lora sah Tante Mildred an, als hätte sie den Verstand verloren. Sie musste wirklich verzweifelt sein, um solchen Humbug überhaupt vorzuschlagen. »Komm schon, Tante Mildred. So was gibt es doch nicht.«

Das schien Tante Mildred einzusehen. Die Erfolgsaussichten auf eine unentdeckte Zeitreisefähigkeit in unserer Familie waren tatsächlich äußerst gering. »Mag sein. Aber was ist mit Amnesie? Ihr wisst schon, Gedächtnisverlust, Auslöschen des Kurzzeitgedächtnisses durch Stürze, Kopftraumata oder …«

Cliff machte einen verzweifelten Schritt rückwärts.

»Nicht!«, rief ich und schob mich vor ihn. »Ihr werdet ihm nichts tun. Vorher müsst ihr an mir vorbei.«

Jetzt erst schien Cliff ein Licht aufzugehen. Erstaunt betrachtete er mich von oben bis unten. Mit Eleanors roten Haaren, dafür meinen Augen, ihren Ohren und meiner Stimme gab ich tatsächlich eine wilde Mischung ab.

»Ophelia?«, wisperte Cliff ungläubig.

»Opheleanor«, korrigierte ich schwach. »Keine Sorge, Cliff! Sie tun dir nichts. Brutal und erbarmungslos sind sie normalerweise nur zu mir.«

Cliff zwang sich zu einem Lächeln. So wie er dastand, bemüht, sich seine Unsicherheit nicht anmerken zu lassen, tat er mir sehr leid. Mich überkam das Bedürfnis, ihn in die Arme zu schließen.

»Okay. Der Grabstein da hat mich schon leicht beunruhigt.«

»Der Junge hat seinen Humor nicht verloren«, zwitscherte Tante Mildred. Sie war immer noch ein Nervenbündel. »Keine

Sorge, Cliff, den haben wir bloß hier stehen, damit Ophelia nicht vergisst, dass Eleanor tot ist. Sollte dich nicht verunsichern.« Cliff blinzelte nervös, doch Tante Mildred hatte heute nicht gerade ihren einfühlsamen Tag. »Huch, jetzt habe ich eine grandiose Idee. Wir könnten Cliff mit Whisky abfüllen, bis er sich an nichts mehr erinnern …«

»Eleanor ist *was?*«, rief Cliff.

»Sie ist tot, aber wir waren's nicht, okay?«, mischte sich Lora ein. »Sie ist im Moor ertrunken, aber schon vor einer Ewigkeit. Das da ist ihr Grabstein.«

Tante Helly lachte angestrengt. »Eleanors Grabstein ist wirklich nur dazu da, damit Ophelia aus ihrem Frankensteins-Monster-Zustand wieder zu den Lebenden findet.«

»Helly hat recht.« Zu allem Übel sprach jetzt auch noch das Tante-Rose-Kaninchen in meinem Arm. »Wir sind kein mysteriöser Satanistenkult oder so was. Na ja, mysteriös vielleicht schon, aber mit Satan haben wir nichts am Hut!«

Oh Gott. Ich wollte am liebsten im Erdboden versinken. All diese furchtbaren Anspielungen. Tod, Satan, Frankensteins Monster – es war Cliff hoch anzurechnen, dass er überhaupt noch da war.

»Können wir Cliff bitte alles erklären?«, flehte ich. »Ich weiß, das Familiengeheimnis muss gewahrt werden, aber es ist Cliff und kein Journalist.«

»Er wird uns nicht glauben«, murmelte Mildred.

»Probiert es aus.« Cliff knackste gereizt mit seinen Fingerknochen. »Warum ist Mr Gibs gerade als Geier aus eurem Haus gesegelt? Warum sieht Ophelia beinahe so aus wie Eleanor? Und warum zur Hölle spricht das weiße Kaninchen?« Er lachte hektisch. »Schrumpft ihr mich jetzt gleich und wir landen im Wunderland?«

Tante Mildred blieb ernst. »Vielleicht solltest du dich setzen.«

Cliff betrachtete das Sofa. »Die Couch fängt aber jetzt nicht auch noch zu reden an?«

»Die Couch? Also, das wäre nun wirklich absolut lächerlich, mein Junge!« Das Tante-Rose-Kaninchen lachte und schnitt eine Grimasse, als wäre Cliff hier der Wahnsinnige.

Cliff merkte es und schnaubte.

Ach du liebe Güte. Das lief nicht gut. Das lief gar nicht gut. Ich musste etwas sagen. Etwas, das Cliff langsam an die ganze Sache heranführte. Etwas, das ihn nicht verrückt werden ließ.

»Cliff, meine Familie ist nicht ganz normal«, begann ich schließlich.

»Was du nicht sagst.« Cliff warf dem Kaninchen einen finsteren Blick zu.

»Wir können uns verwandeln«, half mir Lora. »In Menschen und, wie du schon festgestellt hast, auch in Tiere. Es ist so eine Art Familiending. Ein Erbe, das seit Generationen nur Mehrlingsgeburten in unserer Familie befällt. Aber bitte frag mich nicht nach den Details. Die haben wir selbst noch nicht ganz zusammen.«

Cliff drehte sich zu mir um, unendlich viele Fragen in seinem Blick. Wartete er, dass wir das Theater beendeten und schallend zu lachen begannen? Darauf, dass sich das Kaninchen als Marionette entpuppte, ich die Gesichtsmaske abzog und wir uns alle gratulierten, ihn auf den Arm genommen zu haben? Zu gern hätte ich ihm den Gefallen getan.

»Ich weiß es selbst erst seit wenigen Wochen«, sagte ich vorsichtig. Noch nicht mal nach der Mr-Cartmans-Bart-Peinlichkeit hatte ich es so sehr bereut, in diese Familie geboren worden zu sein, wie heute. »Aber glaub mir, ich bin alles andere als gut darin. Noch bis vor Kurzem sind meine Verwandlungen ständig ohne Vorwarnung passiert.«

»Sie stellt ihr Licht unter den Scheffel.« Lora legte den Arm um mich. »Ophelia ist eine absolute Verwandlungsbombe. Ich meine, hey, da war Mr Cartman, wenn auch nur teilverwandelt, dann hatten wir einen halben Adrian, eine halbe Señora Garcia, eine fast komplette Madame Rieux, Roger …«

»Lora!«, rief ich. »Es reicht. Er hat es verstanden.«

Stille. Cliff betrachtete mich plötzlich, als sehe er mich zum allerersten Mal.

»Und Amalia«, sagte er dann.

Ich nickte und mein Herz begann wild zu pochen. Amalias Namen hätte Lora ganz bestimmt nicht erwähnt, so taktlos war noch nicht mal sie, doch das war an dieser Stelle auch gar nicht notwendig. Cliff war clever. Nach so einigen Ungereimtheiten rund um Amalia hatte er wahrscheinlich von alleine kombiniert, dass ich mich auch schon mal in seine Freundin verwandelt haben musste. Verdammt.

»Wie oft?«, fragte er.

»Zwei Mal.« Ich schlug die Augen nieder, denn sein Blick war mir eine Spur zu intensiv. Zwei Mal, damit war man schon Wiederholungstäter. Schlimmer noch: Ich hatte ihn jedes Mal geküsst. Am schlimmsten: Ich hatte es jedes Mal durch und durch genossen. Es wären zweihundert Male daraus geworden, hätte ich gekonnt.

Cliffs nachdenkliches Schweigen brachte mich beinahe um den Verstand. Ob er soeben begriff, wann ich Amalia gewesen war? Dass ich ihn in der Verwandlung sogar geküsst hatte? Erinnerte er sich gerade daran? Würde er mich nun hassen? Vermutlich konnte ich mir jetzt sogar jede Hoffnung auf Freundschaft abschminken. Als wenn mir die jemals gereicht hätte. Wie zum Beweis verschlossen sich seine Gesichtszüge erneut.

»Sonst noch jemand? Meine Mum, mein Dad, mein Hund?« Er zögerte. »Meine Schwester?«

Irgendetwas an mir musste gezuckt haben, als Penelopes Name gefallen war.

»Echt jetzt?« Prompt entglitten ihm seine Gesichtszüge. »Du hast dich in Penny verwandelt?«

»Tut mir leid«, murmelte ich matt. Ich fühlte mich, als hätte er mich beim Klauen erwischt. Beim Klauen seiner Sachen. Fragte sich nur, wie es kam, dass er die Sache mit Amalia verhältnismäßig gut weggesteckt hatte, aber bei Penelope so an die Decke ging?

»Sie kann nichts dafür, okay?«, brach Lora für mich eine Lanze. »Wenn unser Großonkel MacBiggs sich nicht ausgerechnet dich als Ophelias erstes vollständiges Verwandlungsobjekt ausgesucht hätte, hätte sie nie so in deinem Leben herumschnüffeln müssen.«

»Ach so, na dann!«, sagte Cliff, leider mit einer gehörigen Portion Sarkasmus in der Stimme. »Und wie war's so, ich zu sein? Ich hoffe, du hast wenigstens ein paar Matheklausuren für mich geschrieben. Oder willst du es nicht noch mal Dienstag versuchen? Da muss ich zum Zahnarzt.«

»Das geht nicht. Sie steckt in einer Verwandlungsblockade«, sagte das Tante-Rose-Kaninchen.

»Tja, das war auch kein ernst gemeintes Angebot. Ich hätte

euch ohnehin keine Haarsträhne oder Speichelprobe überlassen, damit Ophelia es noch mal anstellen kann.«

»So funktioniert das aber nicht«, verkündete Lora.

»Und wenn euch eine Spinne beißt wie Spiderman, es ist mir egal, wie es funktioniert.« Cliff holte tief Luft, sammelte sich und ließ den Kopf hängen. »Ich dachte, ich kenne dich. Was ist während der letzten Wochen eigentlich wirklich passiert? Und wo hattest du deine Finger im Spiel?«

Ihn so gekränkt zu erleben, brach mir das Herz. »Ich weiß, es ist verwirrend, aber ich würde dir doch nie etwas Böses tun. Ich erzähle dir alles, okay? Ich erzähle dir von jeder einzelnen Verwandlung, von dem Moment an, als mir zum ersten Mal Mr Cartmans Bart gewachsen ist, bis heute, wo ich im Körper eines toten Mädchens feststecke.«

»Das ist alles total gruselig.« Diesmal blickte er nicht auf den Grabstein, sondern direkt in unsere Gesichter.

»Wir verstehen das! Es ist gruselig. Und verwirrend«, bestätigte Tante Mildred und betrachtete Cliff wie eine Bombe, die jeden Moment hochgehen konnte. »Trotzdem musst du dichthalten. Unser Familiengeheimnis muss bewahrt werden und darf keinesfalls an die Öffentlichkeit gelangen. Man würde uns wegsperren und jeden DNS-Strang unter die Lupe nehmen, bis sie herausfinden, warum wir so sind, wie wir sind. Das kannst du uns nicht antun.«

Das Familiengeheimnis bewahren. Das war eine Floskel, die bei uns zu Hause so oft verwendet wurde wie »Benimm dich, Ophelia!«, »Räum dein Zimmer auf, Ophelia!« oder »Stell die leere Milchpackung nicht wieder zurück in den Kühlschrank, du Faulpelz!«. Aber erst jetzt, wo Tante Mildred es aussprach, begann ich zu verstehen. Nur weil ich die Verwandlungen nicht in meinem Leben wollte, hieß das nicht, dass die restliche Welt sich genauso wenig darum scherte. Im Gegenteil. Alle würden so sein wollen wie wir. Diese Gabe bedeutete Macht.

»Kein Problem. Ich will das alles ohnehin vergessen.« Cliff machte auf dem Absatz kehrt, stürmte aus der Tür und ließ mich ohne einen Blick zurück stehen. Unweigerlich stiegen mir Tränen in die Augen und für mich gab es kein Halten mehr. Ich heulte los wie ein Schlosshund. Das war das absolute Superchaos.

»Ich finde, es lief gut«, meinte Tante Mildred.

»Gut?«, schluchzte ich. Mir war, als hätte er mir das Herz herausgerissen und darauf herumgetrampelt.

»Er hat zumindest nicht mit einer Klage gedroht. Betrug, Täuschung, absichtliche Irreführung. Wenn er nachhakt, könnte er uns eine Reihe von Delikten vorwerfen. Er hat doch keinen Anwalt in der Familie, oder?«, vergewisserte sich Mildred.

»Nö. Alles Whiskyproduzenten«, erklärte Lora.

»Gut«, meinte Tante Mildred.

Na, wenigstens eine von uns war zufrieden.

Zumindest eine gute Sache geschah noch an diesem sonst so grauenhaften Tag: Zwei Pendel-Durchgänge später, geleitet von Tante Mildred, war ich nicht nur wieder ganz die Alte, sondern hatte sogar, anders als Big Mac, keinen Deut meiner Verwandlungsfähigkeit eingebüßt. Als Beweis hatte ich mich vor aller Augen in eine Kopie von Tante Mildred, von Tante Rose und zuletzt in ein perfektes Eichhörnchen verwandelt (natürlich ohne zu verraten, wer mir die Eichhörnchenverwandlungen beigebracht hatte) und gleich danach meine Tanten auch noch überzeugt, abends einen kurzen Kontrollbesuch bei Cliff einlegen zu dürfen – natürlich nur, um zu überprüfen, ob er nicht im nächsten Polizeirevier oder in der nächsten Nachrichtenredaktion saß und unser Familiengeheimnis ausplauderte.

»Du weißt schon, dass Ophelia als Eichhörnchen durch sein Zimmerfenster gucken will, um zu sehen, ob er ihr doch noch vergibt?«, hatte Tante Rose während der Hypnose in Tante Mildreds Ohr geflüstert. Offenbar hatte sie vergessen, dass ich dabei blind war und nicht taub. »Und sich nicht wirklich darum kümmert, ob das Familiengeheimnis auffliegt?«

Doch Tante Mildred hatte nur geseufzt. »Und wenn schon. Wir waren doch alle mal jung.«

Und da war sie auch schon. Meine offizielle Erlaubnis, Cliff heute noch als Eichhörnchen zu stalken. Bei einer Sache lagen sie allerdings falsch. Er würde mir nicht vergeben. Ich hatte ihn hintergangen, belogen und ihm Anlass gegeben, alles, was in den letzten Wochen passiert war, infrage zu stellen.

Aber ich musste ihn sehen. Auch wenn das wahrscheinlich nichts als die reine Qual war, er sich in diesem Augenblick mit seiner fiesen Schwester Penelope gegen mich verschwor und sich wünschte, er hätte mich nie kennengelernt. Aber ein letztes Fünkchen Hoffnung in mir hatte mich motiviert, doch loszuziehen, und es hatte es auch gar nicht lange gedauert, ihn zu finden. Selbstverständlich entdeckte ich ihn nicht auf dem Polizeirevier oder im Büro der Lokalzeitung, sondern zu Hause. Das offene Fenster bot mir einen ausgezeichneten Blick in sein Zimmer, in dem natürlich das absolute Chaos herrschte. Cliff selbst saß an seinem mit Büchern, Zetteln, DVDs und Klamotten übersäten Schreibtisch, las und wirkte wie immer. Zumindest gab sein Verhalten keinerlei Anhaltspunkte, anzunehmen, dass er unser Geheimnis herumerzählen, übers Telefon ausplaudern oder ins Internet stellen würde. Ich redete mir ein, dass alles gut war. Tante Mildred jedenfalls wäre zufrieden.

Was leider nicht für mein Gefühlsleben galt. Jetzt, wo ich auf dem Baum vor seinem Haus saß und ihn betrachtete, bloß ein paar Armeslängen von mir entfernt, bereute ich, überhaupt gekommen zu sein. Was geschehen war, war geschehen. Ich musste meine Hoffnungen begraben, aufhören, ihn anzuhimmeln und mich damit selbst zu quälen.

Gerade, als ich mich aufmachte, um in Eichhörnchengeschwindigkeit vom Baum zu klettern und dabei für Tante Helly noch ein paar Nüsse zu stibitzen (die MacAllisters hatten unzählige Haselnusssträucher!), öffnete sich Cliffs Zimmertür.

Es war Penelope, die ihren Kopf durch den Türspalt steckte.

»Hey, du bist ja schon zurück.«

»Jupp.« Cliff vergrub seine Nase tiefer im Buch.

»Darf ich reinkommen?«

Cliff zögerte. Dann stand er auf und betrachtete Penelope von allen Seiten, als wäre seine Türschwelle ein gut gesichertes Grenzgebiet nach Übersee. Er prüfte ihre pinken Klamotten, ihre Zöpfchen, sogar ihre Augenfarbe. Was tat er da?

»Vorher musst du mir eine Frage beantworten«, begann er. »Wie heißt deine Klassenlehrerin?«

»Mrs Fletcher.« Penelope runzelte die Stirn. »Aber warum ...«

»Mist, das kann man googeln.« Er überlegte angestrengt.

»Okay. Noch eine Frage: Weißt du noch, als ich diesen weißen Kater namens Helmut hatte? Du warst so sauer, dass Paps dir auch einen gekauft hat, in Rabenschwarz. Wie hieß der?«

»Na, Dunkelmut. Cliff, du bist total komisch.«

»Prüfung bestanden.« Er begleitete Penelope in sein Zimmer. »Das war nur zu deiner Sicherheit. Komm.«

Penelope öffnete eine Tüte mit Bonbons und sah ihn gespannt an. »Und? Hast du die Sache heute Nachmittag endlich erledigt?«

»Ging nicht. Ist was dazwischengekommen«, antwortete Cliff kurz angebunden.

Vorsichtig kroch ich noch etwas weiter Richtung Zimmerfenster und bohrte dort meine Krallen in den Ast. Die Rückverwandlung war noch in weiter Ferne, und ich wollte unbedingt hören, worum es hier ging. Wovon sprach Cliffs Schwester? Hatte es mit seinem Besuch heute Nachmittag bei uns zu Hause zu tun? Was hatte er da eigentlich tun wollen? Und warum hatte er seinen Besuch schon tags zuvor bei der Tante-Mildred-Ophelia angekündigt? Erst jetzt wurde mir klar, dass das keine zufällige Stippvisite gewesen sein konnte.

»Ach, Cliff! Nicht doch! Du bist so ein Weichei!«, rief Penelope und beschoss ihn wild mit Bonbons. In diesem Augenblick tapste der Dobermann der MacAllisters ins Zimmer, wedelte mit dem Schwanz und ließ sich mitten in Cliffs Chaos nieder. »Ist dein Herrchen nicht ein richtiges Weichei, Napoleon?«

»Stell sofort das Bonbon-Feuer ein«, befahl Cliff. »Und dann schick Napoleon raus.«

Penelope ließ den Kopf hängen. »Aber was hat er dir denn getan?«

Cliff zögerte. Dann legte er sein Buch zur Seite und zog wieder sein merkwürdiges Kontrollprogramm ab. Napoleon gab ein Winseln von sich. »Sag mal, Pen, hatte Napoleon immer schon so lange Ohren?«

»Ich sag's noch mal. Du bist total komisch, Cliff.«

Cliff schnaubte. »Wenn du mich nur nerven willst, dann hau besser ab.«

Penelope rührte sich nicht vom Fleck. »Ich gehe nicht, okay? Ich will, dass du es heute noch hinter dich bringst. Dann muss ich nicht länger schmalzige Gespräche mit dir üben, mir dein dusseliges Das-Leben-ist-ja-so-ungerecht-Gewinsel anhören und traurige SMS aus den Highlands bekommen. Da krieg ich ja noch bessere Laune bei *Bambi*. Und zwar an der Stelle, wo Bambis Mutter stirbt.«

Cliff wedelte desinteressiert mit der Hand. »Dann such dir Freunde. Oder spiel mit ein paar Kätzchen.«

»Ich will aber meinen Bruder zurück.« Wütend zerknüllte Penelope ein Bonbonpapier. »Mach es endlich! Der Zeitpunkt könnte nicht besser sein. Du hast endlich mit Giftspinne Amalia Schluss gemacht.« Penelope rückte etwas näher. »Wie hat sie's eigentlich aufgenommen? Hat sie geheult? Oh, ich hoffe, sie hat geheult! Wolltest du es nicht für mich mitfilmen und über WhatsApp schicken?«

Wa...was? Hatte ich mich gerade verhört? Cliff hatte sich von Amalia getrennt? Hatte er sich nicht erst im Jagdzimmer zu seinen Lügen bekannt und ihr im gleichen Atemzug seine Liebe gestanden? Oder befand ich mich da auf dem Holzweg?

»Erstens habe ich dir sicher nicht versprochen, mein Gespräch mit Amalia aufzuzeichnen. Das hast du im Zuckerrausch fantasiert.« Cliff nahm ihr die Bonbons weg. »Und zweitens war sie regelrecht erleichtert, als ich ihr gesagt habe, dass wir uns besser trennen sollten.«

Penelope schnalzte mit der Zunge. »Na klar, weil du ihr zuvor in dieser Mittelalterburg die Hucke vollgejammert hast! *Ach, ich bin in Wirklichkeit ein falscher, unaufrichtiger Superfreak und fühle mich ganz schlecht deswegen. Ich kaufe Socken mit Superhelden darauf, aber nur, wenn mich keiner sieht, schreibe Theaterstücke und habe so riesengroße Angst, dass mich deswegen niemand mag.* Also, ganz ehrlich, da wäre ich auch froh gewesen, dich losgeworden zu sein.«

Cliff ließ ungeduldig einen Bleistift in den Fingern rotieren. »Amalia wollte sowieso nur mit mir zusammen sein, weil ihre Eltern mich toll finden. Ihre Gefühle sind sofort verpufft, nachdem ich ihr die Wahrheit erzählt hatte. Sie hat mir keine einzige Träne nachgeweint.«

»Zu schade. Ein bisschen Liebeskummer hätte ich der dummen Pute gegönnt. Für die Knöpfe, die sie mir in den Kuchen gebacken hat«, grummelte Penelope. »Aber so ein bisschen verspäteter Liebeskummer kommt bestimmt noch, wenn sie erfährt, dass du bis über beide Ohren in Ophelia verliebt bist. Und wenn es so weit ist, werde ich eine Wanze in ihre Schultasche schmuggeln und alles aufnehmen.«

»Paps hätte dir nie diese Detektivausrüstung kaufen dürfen.«

Fast wäre ich vom Baum gekippt. Ich konnte nicht fassen, was ich gehört hatte. Also nicht die Sache mit Penelope, die eine Wanze besaß und damit umgehen konnte. Sondern dass Cliff in Ophelia verliebt war. Also in MICH! Mein Eichhörnchenherz klopfte plötzlich wild gegen meine Brust. Dabei kam mir der Gedanke, dass das bestimmt die besten und schönsten Worte gewesen waren, die ich jemals aus Penelopes Mund gehört hatte. Sie machten mich so glücklich, dass ich die Welt umarmen wollte. Vorerst begnügte ich mich jedoch mit diesem krummen Birkenast.

»Ophelia und Cliff haben bald ein Date!«, sang Penelope derweil in Cliffs Zimmer. Sie lag auf dem Rücken und machte mit den Armen Schnee-Engel in einem riesigen Papierhaufen. »Wollen sich gerne küssen, nur wissen nicht, wie's geht!« Mit spitzen Fingen hielt sie eine einzelne Socke hoch und fügte, ganz ohne Singsang, hinzu: »Du würdest doch aufräumen, bevor du sie einlädst, oder? Bitte sag mir, dass du aufräumen wirst.«

»Klappe«, grummelte Cliff.

»Küsst ihr euch dann wirklich?« Penelope dachte nicht daran, die Klappe zu halten. Sie machte sich gerade erst warm. »So leidenschaftlich wie in den kitschigen Filmen, die Dad immer so hasst? Ohne Luft zu holen und mit Sabber und so? Davor solltest du aber dringend irgendein Geheimzeichen mit mir vereinbaren, das du an deine Tür klebst, damit ich nicht unabsichtlich hineinplatze. Das will ich wirklich auf keinen Fall …«

»Das wird nicht passieren!«, sagte Cliff laut. Ich zuckte zusammen.

Jetzt sah Penelope ein wenig enttäuscht aus. »Warum denn? Magst du Ophelia nicht mehr?«

Cliff zögerte und ich reckte mein Ohr in seine Richtung. Ausgerechnet in diesem Moment fing eine nervige Taube an, in mein Ohr zu gurren. Ich stellte meinen Schwanz auf, keckerte sie an, und schon war das dumme Ding Richtung Innenstadt verschwunden. Ich wollte kein Wort verpassen.

»Ich bin verrückt nach ihr«, gab Cliff zu. »Das wollte ich ihr heute sagen.«

Ich schmolz dahin. Er war verrückt nach mir. Nach mir! Deshalb war er also bei uns gewesen. Und MacBiggs und seine Verwandlung auf unserer Türschwelle hatten alles ruiniert.

»Und Ophelia?«, fragte Penelope.

»Ophelia ist auch … verrückt.«

Das saß. Verrückt war wohl noch ein wohlwollender Ausdruck für das, was Cliff nun von mir denken musste.

»Dann sag es ihr.« Penelope schien das nicht zu stören. »Und zwar morgen.«

»Nein.«

»Übermorgen?«

»Das muss ich mir erst überlegen«, erklärte er. Dann ging Cliff plötzlich zum Fenster, und bevor ich auch nur ansatzweise in Deckung gehen oder vom Baum springen konnte, hatte er das Eichhörnchen-Ich auch schon entdeckt.

Voller Schreck hielt ich die Luft an. Ahnte er, dass ich es war? Oder wusste er es sogar? Ich jedenfalls hatte noch keinen Fremden so intensiv angesehen. Und schon gar keine fremden Nagetiere.

Für einen kurzen Moment lebte die Hoffnung. Und sie fühlte sich gut an. Cliff liebte mich und ich liebte ihn. Jetzt brauchte er sich einfach nur ein Stückchen nach draußen zu lehnen und seine Hand nach mir auszustrecken. Der Ast war stark genug, ich konnte mich hier und jetzt in mich selbst verwandeln und, trotz Höhenangst, todesmutig in sein Zimmer klettern. Er brauchte noch nicht mal aufzuräumen. Dann konnten wir uns leidenschaftlich küssen wie in den kitschigen Filmen, die Cliffs Dad immer so hasste, ohne Luft zu holen und mit Sabber und so, und danach in der Unordnung Schnee-Engel machen. Gab er uns doch noch eine Chance auf ein Happy End?

Doch Cliff schloss das Fenster und zog die Vorhänge zu. Da war sie, meine Antwort.

✵

Eine Weile saß ich einfach nur da wie versteinert und hoffte, dass er es sich noch mal anders überlegte. Die Minuten vergingen, Cliffs Fenster blieb verschlossen, und ich war schon kurz davor, mich, mein verkorkstes Leben und meine Familie für immer zu verfluchen und meiner seltsamen Tante Bertha in der Einöde der Shetlandinseln Gesellschaft zu leisten, da glitten die Vorhänge wieder auf, und das Fenster öffnete sich.

Vor lauter Überraschung hätte ich fast den Birkenast losgelassen und wäre in die Tiefe geplumpst.

»Du bist also immer noch da«, sagte Cliff, und es klang nicht sehr überrascht. Jetzt war er alleine in seinem Zimmer, Penelope musste inzwischen gegangen sein.

»Ich werde auch nicht so schnell gehen«, sagte ich und beschloss, alles auf eine Karte zu setzen. Dabei durfte auch der niedliche Eichhörnchenblick nicht fehlen, der selbst die Polarkappen zum Schmelzen brachte. Es war ein billiger Trick, aber es war alles, was mir geblieben war.

Der Eichhörnchenblick wirkte, ich konnte es fühlen. Etwas in Cliffs finsterer Miene entspannte sich. »Ich wäre da vorsichtiger. Eichhörnchen haben eine Menge natürlicher Feinde. Habichte, Mäusebussarde, Eulen … und das waren noch längst nicht alle.«

Dass er wieder den ornithologischen Supernerdmodus eingeschaltet hatte, war hoffentlich ein gutes Zeichen. »Das ist mir egal. Ich werde bleiben, bis du mir noch eine Chance gibst, alles zu erklären. Und mich zu entschuldigen.«

Cliff lehnte sich seitwärts gegen den Fensterrahmen, als hätte er alle Zeit der Welt. »Im Winter ist es hier echt ungemütlich. Außerdem halten Eichhörnchen Winterschlaf.«

Ich zuckte mit den Schultern. »Und dann sind da noch die Fehlzeiten in der Schule. Alles ziemlich ungünstig, da hast du recht. Aber ich bin nun mal verliebt in dich und will an deiner Seite sein. So ein Winterschlaf in deiner Nähe hört sich gemütlich an.«

Ein kleines Lächeln stahl sich auf Cliffs Lippen, doch er zwang es, wieder zu verschwinden. »Ich weiß nicht, ob ich das kann«, sagte er dann. »Das ist alles zu viel für mich, Ophelia. Und einen Tick zu verrückt. Ein Eichhörnchen, das spricht. Und das durch mein Fenster in mein Zimmer klettern will.«

»Ich kann auch die Tür benutzen«, schlug ich vor.

Vermutlich war das nicht die Antwort, die Cliff erwartet hatte. Und wahrscheinlich würde er jetzt gleich höhnisch lachen und das Fenster erneut zuknallen. Doch zu meinem Erstaunen entspannten sich seine Gesichtszüge.

»Das wäre ein guter Anfang«, sagte er leise und lächelte.

# Epilog

*Nicht jetzt*, flehte ich in Gedanken.

Aber leider wurde man immer gerade dann gebraucht, wenn man entweder mitten in einem Examen steckte, sich im Tiefschlaf befand oder, so wie jetzt, ungestört Zeit mit seinem neuen Freund verbrachte. Aber eigentlich hätte ich mich längst daran gewöhnen sollen: Wenn man mit seinem schrägen Großonkel das A-Team einer Familiendynastie bildete, das einen aus der Art geratenen Zwillingsbruder finden musste, dann gab es eben keine ruhige Minute.

Die letzten Monate waren hektischer gewesen, als ich es mir je hätte ausmalen können. MacBiggs' Zwillingsbruder war tatsächlich mit allen Wassern gewaschen. Er hatte nicht nur mehrmals versucht, uns an der Nase herumzuführen, er hatte Tante Mildred sogar ein Verbrechen angehängt und durch eine geschickte Verwandlung in den obersten Boss der Zentralbank Schließfächer leer geräumt.

»Ophelia? Ich sagte …« Tante Mildred erschien in der Tür und lief augenblicklich rot an, als sie Cliff und mich auf dem Sofa so dicht nebeneinander sitzen sah. »Oh, entschuldige, ich wusste nicht, dass Cliff zu Gast ist. Tut mir wirklich furchtbar leid.«

Ich verkniff mir ein Grinsen. Seit Cliff von unserer Familie und dem Geheimnis wusste, benahm sich Tante Mildred ihm gegenüber noch seltsamer, als sie es bei MacBiggs tat. Bestimmt hatte sie immer noch Sorge, dass er mit der Geschichte zur nächsten Lokalzeitung ging, sobald sie ihn verärgerte.

Aber das hätte Cliff niemals getan. Stattdessen hörte er artig auf, mich zu küssen, rutschte von mir ab und tat, als hätte er plötzlich großes Interesse an dem Buch entwickelt, das auf dem Tisch neben meinem violetten Sofa lag. *Disney-Prinzessinnen von damals und heute*. Musste von Tante Helly sein.

»Fünf Minuten«, flehte ich und griff nach dem erstbesten Buch auf meinem Schreibtisch. »Wir müssen noch ... Bio lernen.« Ich seufzte. »Es ist nämlich ganz schön schwer, gleichzeitig die Schule zu schaffen und die rechte Hand eines schrägen Verwandlungsgurus zu sein, der die Welt vor dem Bösen retten will.«

Und total verliebt zu sein, fügte ich in Gedanken hinzu. Vor allem in jemanden wie Cliff, der es schaffte, mir jede Sekunde meines Tages im Kopf herumzuspuken. Der es mir unmöglich machte, mich auf etwas anderes zu konzentrieren als auf seinen niedlichen Blick. Auf seine Hand, mit der er meine jeden Tag auf dem Schulflur hielt. Und auf die Tatsache, dass er mich letzte Woche zwei Mal zu sich nach Hause eingeladen hatte. Beim letzten Besuch hatte mir Penelope sogar Käsemakkaroni in der Mikrowelle aufgewärmt. Ausgerechnet Penelope!

»Okay.« Tante Mildred schien die Lüge mit dem Lernen bedingungslos zu schlucken. »Aber beeil dich. Arthur ist schon da und sagt, dass er vorhat, seinem Zwillingsbruder heute eine Falle zu stellen. Er inszeniert eine Halloweenparty und will ihn dazu bringen, sich dafür in einen Toten zu verwandeln.«

»Eine Halloweenparty? Das klappt doch nie im Leben«, antwortete ich.

Tante Mildred seufzte. »Hab ich ihm auch gesagt. Aber Arthur hat offenbar ein unglaubliches Loch-Ness-Monster-Kostüm, das er unbedingt tragen möchte. Ophelia, du bist die beste Verwandlerin in dieser Familie. Hilf ihm, einen besseren Plan zu schmieden, okay?« Dann, mit Blick auf Cliffs offenen ersten Hemdknopf, fügte sie zähneknirschend hinzu: »Wir warten unten auf euch.«

Als Tante Mildred die Tür anlehnte (wahrscheinlich ein Hinweis, dass wir nicht wieder zu knutschen anfangen sollten), sahen Cliff und ich uns an.

»Na los, Ravengirl«, sagte er und strich mir übers Haar.

Ich grinste verschämt. »Ich bin keine Superheldin.«

»Doch. Du bist meine Superheldin.« Ich konnte sehen, wie schwer es ihm fiel, unseren gemeinsamen Samstagabend abzubrechen, noch bevor er begonnen hatte. »Und jetzt los. *Die Schöne und das Biest* kann warten.«

Träge erhob ich mich vom Sofa. Ich wollte lieber tausend andere Dinge tun, als auf Jagd nach MacBiggs' gemeingefährlichem Zwilling zu gehen. Und alle schlossen Cliff mit ein. »Du hast recht. Die Pflicht ruft. Und es ist ja nicht so, als ob wir den Film noch nicht zusammen gesehen hätten.«

Cliff biss sich auf die Lippe. Für einen Moment befürchtete ich, die unüberlegte Anspielung auf die Verwandlung in seine Schwester vor vielen Wochen würde ihn erneut verärgern, aber wie es aussah, war er darüber hinweg. Er hatte mir vergeben. Endlich.

»Aber damals warst du doch Penny. Es wird Zeit, dass ich dir eine eigene Bettenburg baue. Und glaub mir, das, was ich hier vorhabe, ist noch viel ausgefeilter als Pennys Burg.« Er ließ seinen Blick durch mein Zimmer gleiten. »Decken, Sofa, Kissen, alles da. Denkst du, diese Stühle lassen sich stapeln?«

»Ich habe außerdem einen geheimen Nebenraum, der an mein Zimmer grenzt, mit noch viel mehr nützlichem Kram.« Ich grinste und deutete zur Wand, wo der Raum lag, den meine Tanten immer absperrten, weil dort mein geheimes Familienporträt lagerte. »Tante Mildred weiß nicht, dass ich aus meinem Zimmer da rüberklettern ...«

»Ophelia! Jetzt mach schon!«, tönte Tante Mildreds Stimme aus dem ersten Stock.

Stille. Meine Tante war wirklich unerbittlich. Gerade, als ich schon missmutig die Tür aufziehen wollte, um mich meinem Schicksal zu fügen, polterte es im Treppenhaus.

»Ich komme ja schon, Tante Mildred. Meine Güte, kann dieser alte Saftsack sich nicht einen Samstagabend alleine beschäftigen? Kauft ihm ein paar Trickfilme!«, tönte meine eigene Stimme durch den Flur. Nur dass sie nicht aus meinem Mund kam.

Cliff und ich sahen uns an.

»Ophelia!«, mahnte Tante Mildred aus dem ersten Stock. »Pass auf deine Wortwahl auf.«

»Mir doch egal«, antwortete meine Stimme erneut, trotziger, als ich sie in Erinnerung hatte. »Außerdem ist es superunhöflich, dass ich Cliff jetzt alleine zurücklassen muss. Er wollte mir gerade etwas in Mathe erklären.«

Cliffs Augen wurden groß. »Ist das etwa deine Tante Helly?«

»Ist sie.« Ich lachte. »Allerdings gibt sie eine lausige Kopie von mir ab. Außerdem bin ich gut in Mathe.«

»Ich dachte, ihr lernt Biologie?«, tönte es sogleich von Tante Mildred aus Stockwerk Nummer eins.

»Ist doch egal«, johlte Lora aus dem Erdgeschoss. »Die knutschen sowieso nur rum.«

»Denkst du, das weiß ich nicht, Lora?«, knurrte es erneut aus dem ersten Stock.

Cliff lächelte verlegen.

»Tante Helly übernimmt für mich. Sie ist einfach die Beste«, erklärte ich Cliff im Flüsterton. Dann deutete ich mit dem Kinn zur Wand, die in den geheimen Nebenraum führte. »Jetzt müssen wir nur noch dafür sorgen, dass meine Tante mein echtes Ich nicht zufällig entdeckt.«

Während wir hörten, wie Tante Helly MacBiggs unten mit einem »Was steht heute an, Big Mac?« und etwas, das nach einem Highfive klang, begrüßte, schob ich das Sofa beiseite, bedeutete Cliff, seinen Laptop und die DVD zu nehmen und mir in mein geheimes Versteck zu folgen.

»Vielleicht ist eure Gabe doch nicht so schlecht«, sagte er dabei. »Ich hoffe nur, ich küsse nie aus Versehen deine Tante! Oder das Hausschwein.«

Ich grinste. Das Hausschwein war, im Gegensatz zu allen anderen in diesem Haus, zum Glück einfach nur das Hausschwein und konnte sich nicht verwandeln. Cliff hatte noch einiges zu lernen.